GÖTTERSAGEN

GÖTTERSAGEN

Neu erzählt von

ARNO REISSENWEBER

Lizenzausgabe für die XENOS Verlagsgesellschaft m.b.H.
Am Hehsel 42, 2000 Hamburg 63
Titelbild: Antonio de'Agostini
Innenillustrationen: Friedrich Dohrmann
Umschlaggestaltung:
Klingenberg Grafik-Design, Produktion, Hamburg

INHALT

VORWORT

Das wesentlichste Zeugnis altgermanischer Kultur, das uns erhalten blieb, ist die „Edda". Daran ändert auch die Tatsache nichts, daß die Lieder erst im dreizehnten Jahrhundert aufgezeichnet wurden. Also zu einer Zeit, wo Island — als Entstehungsland der „Edda" — schon zwei Jahrhunderte christlich war und bei uns in Deutschland Walther von der Vogelweide und Wolfram von Eschenbach bereits ihre Lieder gesungen hatten.
Tatsächlich aber reichen diese, in westnordischer Sprache geschriebenen Lieder weit in die vorchristliche Zeit zurück. Sie sind unverfälscht und echt germanisch. In ihnen ist kein fremder Wesenszug.
Mit dem Namen „Edda" wurde ursprünglich die Nacherzählung der eddischen Lieder von Snorri Sturlusson belegt, heute aber hat man diese Bezeichnung auf die älteste, auf die „Lieder-Edda" (von Sämund um 1250 gesammelt) übertragen. Unsere Nacherzählung stützt sich in ihren wichtigsten Teilen auf die letztere, da sie nicht nur die älteste, sondern auch die bedeutendste, uns freilich nur bruchstückhaft erhaltene, Quelle ist. Dabei hat der Nacherzähler versucht, dort, wo es ihm angängig schien, auch den Geist der Sprache der alten Dichtungen lebendig zu erhalten. („Von Odins Opfer", „Die Zauberlieder", „Von Brauchtum und Sitte" u. a.)
Auch die „jüngere Edda", eben die von Snorri Sturlusson, wurde benützt und manche andere Quelle.

Gewiß, die Sagen fesseln nicht alle in der gleichen Weise. Manche hätte vielleicht weggelassen werden können. Aber es schien dem Nacherzähler doch wichtig, alle Zeugnisse zu bringen, nicht nur um der Vollständigkeit willen, sondern vor allem deshalb, weil er eine Welt lebendig werden lassen wollte, die gerade durch ihre Vielfarbigkeit, ihre hellen und dunklen Töne, fasziniert. So mag sich der Leser von dieser vielfarbigen Welt der Germanen, ihrem Glauben und ihren Kämpfen, gefangennehmen lassen.

Arno Reißenweber

ERSTES BUCH

WIE DIE WELT ENTSTAND

Am Anfang war gähnende Leere, Nebel brauten über dem Abgrund, und der Eishauch der Kälte wehte durch den ungeheuren Raum. Kein Baum war da, kein Grashalm. Nirgends eine Spur von Leben, kein Krümlein Erde, noch die Bläue des Himmels oder die funkelnden Sterne der Nacht. Trostlos war es und schaurig. Das Grausen feierte seinen Sieg über Schönheit und Glanz, der Hauch des Todes über das Leben.

Weit im Norden war alles in Eis erstarrt, und kein Lichtschein erhellte die trostlose Dunkelheit. Frostklamm schien selbst die Weite. Niflheim ward dieses Gebiet genannt. Wie konnte es auch anders heißen? Im Süden aber lohten die Feuer Muspelheims und hüllten alles in ihre sengende Hitze, so daß auch hier kein Leben möglich war.

Zwischen Norden und Süden aber sprudelte wohltuend ein Brunnen empor, dem zwölf Ströme entflossen. Sie ergossen sich in die Leere und füllten sie mit ihren Fluten. Im Norden erstarrten sie zu Eis, aber im Süden, der erwärmt war von den Feuerfunken, die von Muspelheim herüberflogen, begann die Starre zu schmelzen, und aus der Mischung von geschmolzenem Reif und Feuersglut wurde ein Wesen geboren, das Menschenantlitz trug. Es war aber der bösartige Riese Ymir, den die Hrimthursen Örgelmir nannten und der alles um sich her mit Schrecken erfüllte.

Eines Tages schlief er und fiel in Schweiß. Da entwuchsen seiner Achselhöhle Mann und Frau, sein Fuß aber gebar einen sechs=

häuptigen Sohn. Das Eis jedoch schmolz weiter, und die Kuh Audumbla gewann aus den Wassern Gestalt und Leben. Ihr Euter spendete dem unersättlichen Riesen die Nahrung. Um ihren eigenen Hunger zu stillen, leckte sie an den salzigen Eisblöcken. Und am Abend des ersten Tages kam eines Mannes Haar hervor, am zweiten Tag lag das Haupt frei und am dritten der ganze Mann. Er war kräftig und schön und trug den Namen Buri. Sein Sohn aber hieß Bör. Der aber nahm die Tochter des Riesen Bölthorn, Bestla, zur Frau. Drei Söhne wurden diesem Paare geboren: Odin, Wili, und We. Mit ihnen kamen die Götter, die Asen, in die Welt.

Als die drei herangewachsen und kräftig genug waren, einen Streit zu wagen, zogen sie gegen den alten Riesen Ymir aus.

Ein furchtbarer Kampf entbrannte. Schließlich blieb der Riese tot auf dem Kampfplatz. Seinen Wunden entflossen solche Blutströme, daß das ganze Riesengeschlecht darin ertrank und nur ein einziger, Bergelmir, übrig blieb, der mit seiner Frau in einem Boot der mächtigen Sintflut entkam. Ihrer Gemeinschaft entsprang das neue Riesengeschlecht. Die drei Götter aber warfen den Toten in den Abgrund zwischen Nifl- und Muspelheim. Aus seinem Blute schufen sie Meere, Flüsse und Seen, aus seinem Fleisch die Erde, aus den Knochen die Berge und aus den Zähnen Felsen und Klippen. Die Haare wurden zu Bäumen, das Hirn zu Wolken, und die Schädeldecke bildete den Himmel. Die Funken, die aus Muspelheim herüberflogen und an ihr hängenblieben, wurden zu Sternen und erleuchteten die Erde mit ihrem milden Lichte. Jedem Stern wurde seine Bahn gewiesen, der er für ewige Zeiten zu folgen hatte.

DIE MENSCHEN UND DIE ZWERGE

Die Erde war rund und von einem tiefen Meer umgeben. Den Strand sollten die Riesen bewohnen. Um aber die inwendige Erde gegen ihre Gewalttätigkeiten zu schützen, formten die Götter die Burg Midgard aus den Brauen Ymirs. Dieser geschützte Raum sollte den Menschen zur Wohnung dienen.

Nachdem diese Arbeit getan war, gingen Börs Söhne an den Strand des wogenden Meeres, um sich auszuruhen. Dort fanden sie zwei Bäume, die ihnen gefielen. Odin umfaßte den Stamm des einen Baumes und sah zu seiner Krone empor, die im Licht der Gestirne funkelte.

„Laßt uns einen Menschen aus ihm formen", sagte er. Und schon gewann der Baum Gestalt und Leben. Der erste Mensch schritt über die Erde. Man nannte ihn Askr. Und dann trat Odin zum zweiten Baume, umfaßte ihn ebenfalls mit der Hand, und aus ihm formte sich das erste Weib. Und da dieses auch einen Namen haben sollte, rief man es Embla. Odin gebot beiden, auf der Erde zu leben, sie zu bebauen und von ihren Früchten zu leben. Und da sie von Odin Seele und Leben, von Wili Klugheit und Empfinden, von We aber Antlitz, Sprache, Gehör und Gesicht empfangen hatten, trugen sie Aussehen und Geist, Klugheit und Tatkraft von jenen.

Aber all das genügte den Göttern noch nicht. Sie erschufen die Zwerge, denen sie Verstand und Gestalt der Menschen gaben, zwangen sie aber, unter der Erde zu leben. Es war ein geschäftiges Volk, dem sie da Leben gegeben hatten. Die Zwerge ruhten und rasteten nicht, bis sie die Geheimnisse und Wunder

der Erde entschleiert und entdeckt hatten. Sie waren vieler Künste kundig, wußten die Schätze auszugraben, Silber und Gold zu schmieden, scharfe Schwerter und köstliche Kleinodien zu schaffen. Das waren die Nachtzwerge. Sie wagten sich nie im Tageslicht auf die Erde. In der Nacht jedoch trieben sie oft ihr Unwesen, schreckten die Menschen und quälten die Tiere; sie waren aber auch dankbar, wenn sie in Nöten und Beschwernissen menschlichen Beistand erfuhren.

Neben ihnen gab es Lichtzwerge; die waren strahlend schön, allzeit fröhlich und beschwingten Sinnes. Sie tanzten und jubelten ohne Ende. Alles an ihnen war eitel Beglückung und Wonne. Sie scheuten weder Tag noch Nacht, fürchteten weder die Menschen, noch hatten diese von ihnen Untat oder Schabernack zu befürchten. Es war das Volk der Alfen, den Menschen zur Freude und sich selber zur Lust.

VON DEN NORNEN

Nicht die Götter, nicht einmal Odin, der Mächtigste der Asen, lenkten die Geschicke der Welt. Über den Göttern, den Riesen, den Zwergen und den Menschen steht das Schicksal. Niemand kann sich ihm entziehen. Alle Lebenden sind seinem Machtspruch unterworfen, so sehr sie sich auch dagegen aufbäumen und die Künste ihrer Schlauheit an ihm erproben mögen.

Die Vollstrecker des Schicksals sind die Nornen. Wohl spinnen und weben sie am Schicksalsfaden, aber auch sie können ihn in ihrem Wesen nicht verändern, wenn sie auch viele geheimnisvolle Kräfte besitzen, die den Sterblichen unbegreiflich und voller Wunder sind. Sie kennen die Zukunft, sie erkunden ihre Geheimnisse, sie weissagen. Sie haben die Möglichkeit, Schönheit zu verleihen, durch Häßlichkeit zu strafen, Kraft zu schenken, mit Schwachheit zu schlagen, Mut zu spenden, Feigheit in die Sinne zu träufeln, Weisheit aufblühen zu lassen, mit Torheit den Geist zu trüben und Talente zu wecken. Harfenspiel, Dichtkunst, Rätselraten, Rechtsprechung sind die Gaben, die sie denen verleihen, denen sie hold sind. Sie legen sie ihren Lieblingen in die Wiege; werden sie jedoch gekränkt, dann können sie unbarmherzig und unversöhnlich sein.

Ihre Namen sind: Urd, die Vergangenheit, Werdandi, die Gegenwart und Skuld, die Zukunft. In ihnen liegt Anfang und Ende, Aufblühen und Verblühen, die Grenze alles Lebens beschlossen.

Viele Geschichten wären von ihnen zu künden. Wir werden später davon erzählen.

Die Nornen aber sind auch älter als die Götter. Bei den Riesen wuchsen sie auf, lernten ihre Kräfte erproben und ihr Wissen üben. Als dann alle Götter nach und nach in die Welt traten, standen die Nornen auf der Höhe ihrer Macht. Und als später die Asen sogar schuldig an sich selbst und der Schöpfung wurden, konnten sie ihnen offen entgegentreten, sie mahnen und tadeln, ihnen Unheil und Untergang künden.

Oft aber kamen die Götter ratsuchend zu den weisen Schwestern, ließen sich die Zukunft künden und versuchten bei drohendem Unheil, sie für sich günstig zu stimmen oder es mit ihrer Hilfe abzuwenden. Doch das können sie nicht: sie vermögen weder Baldurs Tod noch ihren eigenen Untergang zu verhindern. Was vom Schicksal beschlossen ist, ist unabänderlich.

Auch im Kampfgetümmel sind sie zu finden. Urd schwebt in Vogelgestalt über die blutgetränkten Gefilde dahin. Und Skuld ist an ihrer Seite zu finden, sie reitet auf feurigem Roß daher, um die auszuwählen, denen das Schicksal den Tod bestimmt hat, und den Sieg denen verkünden, denen er verheißen ist. Meist sind sie von den Wölfen, den Grauhunden, begleitet, die mit hechelnder Zunge und bebenden Flanken ihren Spuren folgen.

Und nun einige Geschichten von den Schicksalsweberinnen:

Als ihm sein Sohn Nornengast geboren war, lud der überglückliche Vater die drei Nornen in sein Haus, um von ihnen zu hören, welche Lose das Schicksal für den Knaben bereithielt. Im festlichen Zuge und mit großem Gefolge kamen sie zu ihm. Lächelnd lag das Kindlein in der Wiege, an der Seite brannte eine Kerze, deren Licht sich in den hellen Augen des Neugeborenen spiegelte. Die weisen Frauen verhießen ihm Glück und Ruhm, Vorrang vor seiner ganzen Verwandtschaft und Machtfülle in der Umgebung. Die jüngste Norne aber, die sich zurückgesetzt fühlte, rief laut und zornig aus, ihre Schwestern möchten inne=halten mit ihren Glückwünschen und günstigen Weissagungen. Betreten schwiegen ihre Schwestern und sahen bestürzt auf Skuld. Diese aber sah starr über Urd und Werdandi hinweg und sagte: „Ich gebiete, daß das Kind nicht länger lebt, als die hier neben ihm angezündete Kerze brennt!" Der Vater erstarrte, und der Mutter schossen die Tränen in die Augen. Was konnten sie auch gegen die Zornige ausrichten? Die älteste Norne aber trat an die Wiege heran, verlöschte die Kerze und reichte sie der Mutter und riet ihr, diese gut aufzubewahren, damit niemand mit ihr Mißbrauch treibe. Die Mutter hütete sie wie ein Kleinod. Als der Sohn zum Jüngling herangewachsen war, holte sie die Kerze aus dem Versteck und übergab sie ihm mit mahnenden Worten. Lange lebte Nornengast in Glück und Frieden, und als er dreihundert Jahre alt war, wünschte er zu sterben, weil das Leben seinem alten Körper nichts mehr bieten konnte. Den Lichtstumpf hatte er all die Jahre her im Stock seiner Harfe auf=bewahrt. Nun holte er ihn heraus, entzündete ihn und wartete auf das Verlöschen der zuckenden Flamme. Mit ihrem Verglim=men verhauchte auch sein Leben.

Eine zweite Geschichte:

Als Märthöll geboren war, lud die Mutter die drei Nornen zu sich ein, damit sie ihre Freude teilen und ein fröhliches Fest mit ihr feiern sollten. Aber die Mutter hatte nicht bedacht, daß sie nur zwei Gedecke hatte. Und als sich die weisen Frauen zu Ti=sche setzten, wurde die jüngste von ihnen zu ihrem Schrecken gewahr, daß für sie nicht gedeckt war. Vor Zorn schoß ihr das Blut ins Gesicht, und sie beschloß, die ihr angetane Schmach bit=ter zu rächen. Während nun ihre Schwestern dem Mädchen Schönheit spendeten, Glück und Heil und dereinst einen Kö=

nigssohn als Gemahl verhießen, ja, ihr prophezeiten, daß sie lauteres Gold weinen sollte, wenn ihr Tränen in die Augen stiegen, stand Skuld mit starren Zügen abseits; denn sie konnte nichts zurücknehmen, was Urd und Werdandi dem Kinde geschenkt hatten. Aber eines konnte sie: dem verliehenen Glücke einen Fluch anfügen, der alles, was im Leben dieses Menschenkindes blühte und duftete, im klirrenden Frost erstarren ließ. So sagte sie, das Mädchen möge dereinst in der Brautnacht zu einem Sperling verwandelt werden und nur in den ersten drei Nächten je eine Stunde die Sperlingshaut ablegen können.

Und nun noch eine dritte Geschichte, die Urd als die Unheilbringende zeigt:

Auf der Bretterwand eines Hauses in Island wurde ein Halbmond sichtbar, den jedermann mit großem Staunen gewahrte, zumal er seine Bahn rückwärts und von der Sonne abgekehrt um das Haus zog und so lange sichtbar blieb, als die Leute beim Feuer saßen. Niemand wußte diese Seltenheit zu deuten, bis ein kluger Mann kam und sagte: „Das ist der Mond der Urd. Er bedeutet Tod und Verderben für alle, die in diesem Hause wohnen." Schrecken erfaßte die Menschen und lähmende Angst, denn niemand wollte sterben. – Abend für Abend zeigte sich der unheilkündende Mond, und bald darauf starb einer nach dem andern. Niemand konnte dem Einhalt gebieten, weder die Götter noch die Riesen oder gar das Zwergenvolk unter und über der Erde. –

In Island nennt man das Ungetüm, dessen Anblick Tod bringt, Urds Katze. Auch die schwarzgekleidete Urd, die wie ein großer Vogel dahinfliegt, kündet Verderben an. Und die Sage berichtet weiter, daß dem Manne, dem am Abend vor der Schlacht ein großes, dunkles Weib erscheine, der Tod gewiß sei.

WALHALL

In der himmlischen Königshalle wohnen Odin und seine Gemahlin Frigg. Gleich einem gewaltigen Tempel breitet sich die Halle in dem heiligen Hain, dessen Blätter von lauterem Gold glänzen und in dem eitel Lust und Frohlocken herrscht, aus. Es ist der schönste Wald, der je in dieser Welt Herz und Sinne erfreute. Hier lustwandeln die Helden, die den Tod in der Schlacht gefunden oder messen sich in edlem Kampfspiel. Odin thront mächtig und erhaben auf seinem Hochsitz Hlidskialf und erfreut sich an den edlen Waffenspielen.
Ein zahlreiches Gefolge umgibt den Göttervater. Die Wunschsöhne stehen hoch in seiner Gunst, weil sie so recht nach seinem Herzen sind, und die Wunschmädchen bewirten und unterhalten die Gäste, die auf den breiten Bänken vor überladenen Tischen sitzen, mit freudiger Hilfsbereitschaft. An der Giebelwand hängt ein mächtiges Hirschgeweih und erinnert die Recken an vergangene irdische Jagdfreuden. Vielleicht mag es den einen oder andern ein wenig wehmütig stimmen, doch bald wird er wieder in den Jubel der Zechenden einstimmen; denn hier in Walhalls Kriegsparadies sind alle Leiden, Entbehrungen und Mühsale des Erdenlebens überwunden.
Schmerzlich ist es nur, daß der strahlende Gott Baldur, der den Tod durch Mörderhand gefunden, nicht in Walhall aufgenommen wurde, sondern hinabreiten mußte in das Todesreich der Hel. Auch die Walküre Brynhild wies Hialmgunnar dorthin und nicht in Göttervaters Heldenhalle, in die verwunderlicherweise Wanlandi, der durch den Druck und Tritt der Mare getötet

wurde, und Sinfiötli, der durch Gift starb, Eingang fanden. Und ist es begreiflich, daß Sigurd, der herrlichste Held der Welt, aus dem Hinterhalt ermordet, zur Hel muß, während der von Schlangen zerfleischte Ragnar fröhlichen Einzug in Walhall halten darf? Wer begreift das Geschick, das unwägbar und rätselhaft ist?

Von Wanlandi erzählt man, daß er eine Königstochter, die ihn heiß liebte, verlassen habe. Um sich zu rächen, dingte sie ein zauberkundiges Weib, das während der Nacht den treulosen Geliebten als Mare erdrücken sollte. Der Mann war kaum eingeschlafen, da stöhnte er unter einem seltsamen Schmerz, der ihm den Atem benahm, auf. Erschreckt rief er seine Diener herbei. Die stürzten erregt ins Zimmer, um ihm beizustehen. Aber die Mare hinderte sie daran. Sie zog sie so mächtig an den Füßen, daß die Beine zu zerreißen drohten. Ohnmächtig mußten sie zusehen, wie die Mare den Kopf ihres Herrn zerdrückte.

Und über Sinfiötlis Tod wird berichtet: Eines Tages lernten Sinfiötli und Borgar, der Bruder seiner Mutter, ein Weib kennen, zu dem sie in heftiger Liebe entbrannten. Da Bogar nicht zurückstehen wollte, erschlug ihn Sinfiötli. Als er dann nach Hause kam, verwies ihm seine Mutter das Vaterhaus. Aber der Vater wollte nicht gerne den Ältesten missen und bot seiner Frau als Wergeld für den erschlagenen Bruder eine hohe Geldbuße an. Und Borghild gab sich mit dieser zufrieden. Als die Leichenfeier begangen wurde und Borghild Bier herumreichte, lohte der Haß gegen den Brudermörder wieder in ihr auf. Sie nahm ein Horn mit vergiftetem Trank und bot es ihrem Stiefsohn dar. Doch als Sinfiötli in das Gefäß blickte, sah er, daß das Bier trübe war. Er sagte zu seinem Vater Sigmund: „Das Getränk ist vergiftet!" Da nahm der Vater das Horn und trank es auf einen Zug aus. Sigmund schadete der Trunk nicht, da er völlig giftfest war, innen und außen, während seine Söhne nur auf der Haut Gift vertragen konnten. Nun brachte Borghild dem Stiefsohn ein anderes Trinkhorn. Und wieder war es vergiftet. Der Vater trank es erneut leer, ohne daß es ihm schadete. Da holte die Stiefmutter ein drittes Mal Bier, gab es Sinfiötli und schalt ihn aus, daß er den Trunk grundlos verweigerte. Und da auch der Vater ihm zuriet, zu trinken, das Bier aber durch den Schnurrbart zu seihen, tat er nach dessen Geheiß. Als er das Horn geleert hatte, sank er tot um. –

Seltsam ist auch die Kunde, die Helgi, der strahlende Held von Walhall bringt, als er nach empfangener Todeswunde noch einmal auf die Erde und zu dem geliebten Weibe zurückkehrt. Wir hören davon:
Helgi ist begraben. Mächtig wölbt sich der Hügel über seiner Totenkammer. Odin empfängt ihn mit großer Freude in Walhall und zeichnet ihn mit einer Gunst aus wie selten einen Recken zuvor. Als aber am Abend eine Magd zum Grabhügel geht, sieht sie, wie ihr toter Herr mit blutenden Wunden und zahlreicher Begleitung dahergeritten kommt. Er hält vor ihr und trägt ihr auf, nach Hause zu gehen und ihrer Herrin zu künden, daß ihr Wunsch, ihn noch einmal zu sehen, erfüllt werde. Er werde noch einmal aus Walhall zum Grabhügel zurückkehren, um sich zum letzten Male mit der geliebten Frau zu vereinen. Die Magd bringt diese Kunde Sigrun, die sogleich hinab in die Grabkammer eilt. Und noch ehe er sich der blutigen Rüstung entledigen kann, fällt sie ihm um den Hals und herzt und küßt ihn. Dann beklagt sie seine Todeswunden und die vielen Blutstropfen, die sein Gewand bedecken. Da unterbricht er sie und sagt: „Daran trägst du allein Schuld; denn jede deiner Tränen fällt als Bluts=

tropfen auf mich herab." Da trocknet sie schnell ihre Tränen, bereitet ein Ruhelager und teilt es mit ihm, wie sie es tat, als er noch lebte. So schlummern sie bis zum Morgengrauen. Dann aber läßt sich Helgi nicht mehr halten; denn ehe der Hahn in Walhall kräht, muß er wieder in den himmlischen Gefilden sein. Schmerzlich nimmt Sigrun Abschied von dem geliebten Manne, der über die Himmelsbrücke davonreitet. Dann kehrt sie in ihr Haus zurück. Am nächsten Abend wartet sie erneut am Grabhügel, aber der Geliebte kommt nicht mehr, nie mehr. So stirbt sie bald an gebrochenem Herzen. —

Neben der Halle des Göttervaters hat jeder Gott in dem großen Haine ein Haus, das ringsum von eigenem Land umgeben ist. Thors Reich heißt Thrudheim, sein Haus Bilskirni, Baldurs Haus trägt den Namen Breidablik. Doch sehen wir uns noch ein wenig in Odins Walhall um! Wie sieht es da aus? Speere bilden das Sparrengerüst. Als Schindeln dienen glänzende Schilder, Brünnen zieren die Bänke, und erleuchtet wird die hohe Halle durch den Glanz der Schwerter. Über dem westlichen Tor hängt ein Wolf, darüber schwebt ein Adler — die Tiere, die den Schlachtengott auf das Walfeld begleiten. Auf dem goldgedeckten Dache aber weidet die Ziege Heidrun; sie spendet den Einheriern jenen köstlichen Trank in unversiegbarer Fülle, der ihnen das heldische Wesen erhält. Sie selber nährt sich von der Weltesche, die ihre Zweige über alle Lande ausbreitet; niemand weiß, wohin deren Wurzeln münden, und weder Eisen noch Feuer vermögen sie zu schädigen. Die Seherin der germanischen Sage berichtet von ihr:

Ich kenne eine Esche, die man den Weltenbaum (Yggdrasil) nennt. Sie ist sehr hoch, und ihre Krone wird von weißem Nebel umhüllt. Von ihm kommt der Tau, der die Täler feuchtet. Zu den Füßen der Immergrünen aber sprudelt der muntere Quell der Norne Urd, in ihren Zweigen spielt das Eichhörnchen Ratatösk, das Unfrieden stiftet.

In der Küche Walhalls waltet der Koch seines Amtes. Sein Gesicht ist schwarz vom Ruß, weil er den ganzen Tag am Kessel steht, in dem der schwarze Eber Sährimnir gesotten wird. Viele Recken essen davon, aber am Abend ist er immer wieder heil. Odin allerdings ißt nichts von dem Fleisch. Er wirft seinen Teil den beiden Wölfen vor, die es gierig verschlingen. Auch trinkt Odin kein Bier, dem die Recken gerne und gewaltig zusprechen. Doch hin und wieder gönnt er sich einen Schluck Wein, wenn er in guter Stimmung ist. Zuweilen verläßt er seinen Hochsitz und mischt sich unter die Feiernden. Er ist ein rechter Hausvater in Walhall, seinem herrlichen Wohnsitz im Asenreich.

DIE WALKÜREN

Die Walküren sind die treuen Gehilfinnen Odins, die die gefallenen Helden aus dem Kampfgetümmel in die himmlischen Gefilde Walhalls geleiten und auf das köstlichste bewirten. Dort oben legen sie ihr kriegerisches Gewand ab und sind voller fraulicher Güte und Hilfsbereitschaft. Ihre Anführerin ist Freya, die Mundschenkin, die jedem Eintretenden das Trinkhorn mit schäumendem Met anbietet und ihn für die erlittene Todesqual ehrt.

Auf feurigen Rossen sausen sie wolkengleich durch die Lüfte, um das Schicksal der Schlacht zu wenden, Sieg zu künden, den Sterbenden ihr Los zu erleichtern und den Zagenden beizustehen. Oft auch verwandeln sie sich in Schwäne, ja einmal hatte sich eine Walküre sogar in eine Krähe verzaubert, um zum Ziele zu gelangen.

Nicht selten treten sie als Todes- und Schicksalsgeister auf und sagen den Ausgang der Schlacht voraus. Darüber berichtet die Sage:

Bevor die blutige Schlacht zwischen den Nordmännern und den Iren begann, sah ein Mann, wie zwölf Frauen ein großes Netz aufgespannt hatten, das von Menschenköpfen beschwert und von menschlichen Därmen geflochten war, und an dem sie weiter werkten. Als Arbeitsgerät dienten ihnen Schwerter als Spulen und Pfeile als Kämme. Zu ihrer Arbeit sangen die Walküren schaurigernste Lieder und weissagten aus dem Gewebe Anfang, Verlauf und Ende des Kampfes. Als sie damit zu Ende waren, bargen sie das Netz, schwangen sich auf ihre wildschnaubenden Pferde und sprengten davon, sechs nach Norden, sechs nach Süden.

An anderer Stelle wird gesagt:

Aus dem leuchtenden Süden kamen die Walküren in den dunklen Wald, um dort zu sinnen und zu deuten, Weissagungen zu raunen und Schicksal zu weben. Am Ufer eines Sees ließen sie

sich nieder. Dort spannen sie das Linnen, aus denen ihnen Kunde werden sollte. Schwanweiß nannte sich die eine, da sie strahlend weiß in ihrem Schwanenkleide war, Allweiß war die zweite und Ölrun die dritte. Nichtsahnend taten sie ihre Arbeit, aber Wölund und seine Brüder belauschten sie. Heimlich nahmen sie die Schwanenkleider weg und versteckten sie, dann zwangen sie die Wehrlosen, mit ihnen in ihr Heim zu gehen und ihre Ehefrauen zu werden.

Sieben lange Jahre blieben sie bei ihnen, teilten das Leben, alle Nöte und Freuden mit ihnen, doch im achten Jahre überkam sie ein urmächtiges Sehnen nach den himmlischen Gefilden, und im neunten konnten keine Gewalt und Liebe sie mehr zurückhalten. Längst hatten ihnen ihre Männer, denen sie bald in Treue zugetan waren, die Schwanengewänder zurückgegeben. Die zogen sie nun an und schwangen sich über den finsteren Wald in die blauen Lüfte. Freudig kehrten sie nach Walhall zurück, um dort ihren Dienst zu tun, der ihnen von Natur aus auferlegt ward.

Hören wir zum Schluß noch einige Sagen.

Als der Dänenkönig Fridleif als Kundschafter unterwegs war, hörte er in der Luft ein noch nie gehörtes Rauschen. Erschrocken hielt er inne und blickte zum Himmel empor. Da vernahm er einen seltsamen Gesang, der von drei Schwänen kam. Und als er genauer hinhörte, verstand er auch die Worte. Erschauernd vernahm er die Kunde, daß der Königssohn durch einen Riesen gewaltsam entführt werde. Darauf fiel ein Gürtel zur Erde, auf dem geheimnisvolle Zeichen geritzt waren.

Dem sieggewohnten Helgi war die Walküre Kara aufrichtig gewogen. Oft begleitete sie ihn in die Schlacht, schwebte mit weichem Flügelschlag über ihm, fächelte ihm Kühlung zu und ermunterte ihn, wenn er erlahmen wollte. Da geschah es, daß er einmal mit dem Schwerte zu weit ausholte und der Schwanenjungfrau dabei ein Bein abhieb. Aufstöhnend stürzte sie zu Boden und starb. Helgis Glück war mit ihrem Ende zerbrochen. –

Als sich einmal die junge Walküre Brynhild mit ihren acht Schwestern im Bade ergötzte, raubte ihnen König Agnar die Federkleider und versteckte sie in der Höhlung einer Eiche. Die Jungfrauen aber zwang er in seinen Dienst. Sie mußten sich ihm fügen, da ihnen in ihrer Hilflosigkeit keine andere Wahl blieb. Eines Tages mußte der König einen Kampf mit dem grauhaarigen Hialmgunnar antreten, dem der Ruf eines großen Helden vorausging, und vor dem Agnar bangte. Er bat daher Brynhild, ihm in dieser entscheidenden Auseinandersetzung beizustehen und seinem Schwerte den Sieg zu verleihen. Sie tat nach seinem Begehr, und der Götterliebling Hialmgunnar erlitt den Tod. Darüber war Odin tief betrübt, und in seinem Zorne stach er Brynhild mit dem Schlafdorn und zog einen Feuerkreis um ihre Wohnstätte, daß niemand zu ihr gelangen konnte. Für ihn war sie tot, nie mehr wollte er ihre Dienste gebrauchen, die Pforten zu Walhall sollten ihr immer und ewig verschlossen sein. Doch während er diesen fürchterlichen Bannfluch über sie sprach, milderte er ihn in väterlicher Güte: wenn ein Freier käme, der die ihrer göttlichen Gewalten beraubte Jungfrau zum Weibe begehre und den Feuerkreis zu durchdringen wage, sollte ihr Erlösung werden.

DIE GÖTTER

Odin

Er ist der oberste Gott, der Gott des Krieges. Immer und ewig lebt er im Widerstreit mit Thor, dem Gotte des Landvolks; denn die Bauern haben keine Freude an den von Odin entfachten Kriegen, die die Gehöfte zerstören und die Felder verwüsten. Doch sonst meint es Odin gut mit den Menschen. Er kann ihnen alle Wünsche erfüllen, er gibt den Seeleuten glückhafte Fahrt und günstigen Wind, beschwichtigt die tobenden Fluten und mischt sich oft als heimlicher Gast unter die Schiffsleute.

Aber am liebsten ist er im Kampfgetümmel und greift nicht selten in das Geschick der Schlacht ein, lenkt sie zum Siege oder zur Niederlage, je nachdem es die Heervölker verdienen. Seine Locken wehen im Winde, und die Nüstern des Pferdes blähen sich im Kampfeseifer. Kühn blitzt das Auge des Gottes, wenn die Waffen im Zusammenprall klirren. Sein Wink gebietet den Walküren, den Schlachtjungfrauen, die die gefallenen Helden zu den himmlischen Gefilden geleiten.

Oft aber ist er auch als geheimnisvoller Wanderer unterwegs; als Fremder für die Menschen und in einfachem Gewande, den Schlapphut tief in die Stirn gezogen und mit der Krempe das fehlende Auge verdeckt, damit er durch seine Einäugigkeit nicht erkannt werde. So tritt er zuweilen als biederer Bauersmann in die Hütte, rastet auf der harten Bank von des Weges Mühe, nimmt an dem kärglichen Mahl des Ackermannes teil, obgleich er sonst Speise und Trank verschmäht, gibt guten Rat und hilft auch in des Tages Nöten, die das arme Volk bedrängen.

In Walhall jedoch thront er mächtig und prächtig auf Hlidskialf, dem Hochsitz, den nur Frigg, sein Eheweib, mit ihm teilen darf. Von hier aus gleitet sein Blick weit über Himmel und Erde. Hier empfängt er auch die gefallenen Recken und ehrt sie um ihrer Todeswunden und Heldentaten willen. Zu seinen Füßen liegen die beiden Wölfe Geri und Freki, die er mit dem Fleische des Ebers Sährimnir füttert und die er zuweilen recht zärtlich liebkost.
Zu seinen Häupten schwebt ein Adler, und auf seinen Schultern sitzen die beiden Raben, die durch ihre Klugheit berühmt sind und ihm uralte Weisheiten ins Ohr raunen. Er hört gerne auf ihren Rat. Draußen vor der Burg aber wartet ungeduldig sein Schlachtroß, um ihn aufs neue in den Kampf zu tragen.
In der weiten Halle bewirtet er die Einherier. Vor jeder Schlacht läßt er bereits ein festliches Mahl richten, damit die gefallenen Helden nicht zu warten brauchen, wenn sie zur Walhall aufsteigen. Um ihnen Ehre zu erweisen, tritt er an die Schwelle des Saales und belohnt sie mit einem Erfrischungstrunk. Die Walküren stehen bereit, um die Recken auf das köstlichste zu bewirten und die geleerten Trinkhörner immer wieder aufs neue zu füllen. Aber die Helden frönen nicht nur dem Gelage. Jeden Morgen ziehen sie zum Kampfe aus und messen sich in edlem Wettspiele, dem Göttervater zur Freude.
Odin ist aber auch der Gott des Sturmes, der Anführer der wilden Jagd, die oft über die Erde dahinbraust und Menschen und Tiere in Angst und Schrecken versetzt.

Thor

Neben ihm gilt Thor als mächtiger Gott. Er ist ein Freund der Menschen. Wohl lenkt er den Blitz, aber nicht, um den Bauer

hinter dem Pflug zu erschlagen, die erntevolle Scheune in Brand zu setzen, noch den Wolkenbruch zu entfesseln oder gar den Hagel, der die wogenden Getreidefelder verwüstet und das Obst an den Bäumen zerschlägt, sondern er ist der Schutzherr und Helfer des Landmannes, der Feind der Riesen, die Glück und Wohlfahrt der Menschen gefährden. Er schreitet segnend über die Felder, kühlt die Schwüle des heißen Sommertages und mildert die Eiseskälte des Winters, damit sie den jungen Saaten und dem Jagdwilde keinen Schaden tut.

Am liebsten weilt Thor unter den Bauern. Das Kriegsvolk ist ihm verhaßt. In den Hütten des einfachen Mannes ist er zu Hause. Er werkt und zecht mit ihnen, versteht auch einen derben Spaß und neckt sich gerne mit dem Weibervolke. Listenreich ist er und gutmütig, aber, wenn er gereizt wird, auch unbändig im Jähzorn.

Die meiste Zeit allerdings ist er unterwegs. Denn der Boden, den die Bauern zu ihrer Nahrung brauchen, muß den Steinriesen abgerungen werden. Das geht nicht ohne harten Kampf ab, und die Bauern wären ihnen gegenüber machtlos, wenn ihnen Thor nicht beistünde. In mächtigem Wurf schleudert er seinen Hammer Miölnir, der immer wieder in seine Hand zurückkehrt, und zerschmettert die harten Schädel seiner Widersacher. Aus ihren Steintrümmern wird im Laufe der Zeit fruchtbares Ackerland. Willig freilich opfern sich die Riesen nicht und fordern immer wieder seinen lohenden Zorn heraus. Seine Augen sprühen Feuerfunken, und sein roter Bart zittert im Kampfeseifer.

Sein Wagen, der donnernd über die Wolken dahinfährt, wird von heiligen Ziegenböcken gezogen, von jenen Tieren, die selbst den ärmsten Menschen bis in die höchsten Gebirgsklüfte, so weit sie noch Frucht auf spärlicher Krume tragen, begleiten.

Sein Steinhammer ist ihm aber nicht nur Waffe, sondern auch ein Mittel des Segens. Die Berührung mit ihm weiht das Mädchen zur bräutlichen Frau und heiligt die Schwelle des Hauses, der Wurf mit ihm ist das Maß bei der Vermessung der Felder, er zeichnet die Grenzen zwischen den Völkerstämmen ab und segnet den Scheiterhaufen, auf dem liebende Hände den Toten zur letzten Ruhe betten.

Tyr

Tyr ist der Bruder Thors, der Schwertgott; er ist gleichsam ein Stück Odins, strahlend und glänzend wie er. Machtvoll schreitet er einher, fürchtet niemand, selbst dem unbändigen Fenriswolf, dem sich niemand zu nahen traut, legt er die Hand ins geifernde Maul und wagt, ihm das Futter vorzulegen. Was schadet es, daß er dabei einen Arm einbüßt? Und selbst Loki, der Spötter, unterläßt es, sich darüber lustig zu machen.

Sein Zeichen ritzen die Krieger in ihre Waffen oder brennen es in die Schilde. Sie rufen ihn an bei drohender Kriegsgefahr, weihen ihm ihre Berge oder ihre Siedlungen. Ihm zu Ehren werden Schwerttänze abgehalten und frohe Waffenfeste gefeiert, bei denen sich die Jungen mit den Alten messen. Sein Zorn gilt den Feiglingen, den Zögerern in der Schlacht. Unfehlbar trifft sie sein Schwertstreich. Aber unter den Helden fühlt er sich wohl. Unsichtbar für Freund und Feind ficht er in den Reihen der Tapferen mit und verbreitet unter den Feinden Schrecken und Vernichtung.

Deshalb preisen und ehren ihn die Kämpfer, bitten um seinen Beistand und um seine Huld. Sie beginnen keinen Kampf, ohne ihn anzurufen; und nach dem Siege gilt ihm ihr jubelnder Dank. Er ist aber auch auf dem Thingplatz, wo die Männer raten und wo Gericht gehalten wird. Er wacht darüber, daß kein Unrecht geschieht, und sein Zorn trifft den Verräter und Meineidigen.

Freyr

Strahlender noch als Tyr ist Freyr, der Sonnengott, der Gott der Fruchtbarkeit auf den Feldern, aber auch der Gott der Ehe und des Kindersegens. Ursprünglich gehörte er nicht zu dem Göttergeschlecht der Asen, sondern, wie seine schöne Schwester Freya, zu den Wanen. Sein Vater ist der Lichtgott des Wanengeschlechts, Niörd, von dem man erzählt, daß ihn einst die Wanen den Asen als Geisel gegeben hätten. Dieser Niörd ist der Gott der fischreichen Gewässer an den Küsten. Sein Reichtum kennt keine Grenzen. Ohne Zahl sind seine Hallen und Heiligtümer. Er ist der Beherrscher des Windes und des Wassers. In Seenot ruft man ihn an. Seine Schwester Nerthus ist ihm Schwester und Gattin zugleich. Sie ist die Mutter der Erde.

Beider Sohn Freyr spendet den lechzenden Fluren erquickenden Sonnenschein und fruchtbringenden Regen. Er ist der Herr des Lichtelfenreiches. Wenn er über die Erde schreitet, folgt ihm der goldborstige Eber. Oft spannt er ihn auch vor seinen Wagen und jagt durch Wälder und Fluren. Er braucht die Nacht nicht zu scheuen, denn die Goldborsten des Ebers sprühen Feuerfunken, die die Dunkelheit erhellen.

Friedlich ist sein Sinn, und wo er seinen Fuß hinsetzt, verebbt aller Streit und Zank. Er hilft den Menschen, wo er kann, selten schlägt er ihnen eine Bitte ab. Sein Knecht ist der treue Skirnir, der ihm zu seinem Weibe verhalf und ihm sonst auch willig zu Diensten ist. Geschickte Zwerge bauten ihm ein herrliches Schiff, das mächtig und stürmefest die Wogen teilt. Niemals mangelt

dem Schiff glückhafter Fahrtwind. Prall stehen die Segel im Sonnenschein, leuchten wie von purem Silber. Keine Last ist ihm zu schwer — alle Götter haben Platz darin und immer ist noch Raum, so gewaltige Ausmaße hat es. Sein Name ist Skid=bladnis, und viel Rühmens ist von ihm unter den Göttern, Rie=sen, Menschen und Zwergen bis auf unseren Tag.
Voll Schönheit strahlen auch sein Weib Gerda, das er dem ge=treuen Skirnir verdankt, und seine Schwester Freya, die Göttin der Walküren.

Freya

Wie der Sonnengott Freyr, entstammt auch seine schöne Schwe=ster Freya dem Göttergeschlecht der Wanen. Sie ist die Tochter Niörds, die Wanengöttin, die Wanenbraut, die Göttin der Liebe. Loki, der Lästerer, schilt sie freilich eine schlimme, frevelhafte Hexe, wirft ihr vor, daß sie ihren eigenen Bruder zum Manne gehabt und daß sie es auch sonst mit der Treue nicht genau ge=nommen habe. Aber wer schenkt Lokis Worten Glauben, der stets auf Rache und Verleumdung sinnt?

Die Asen unterrichtet Freya in den Zauberkünsten, deren die Wanen kundig sind. Aber ihre Hauptaufgabe liegt doch darin, daß sie als Anführerin der Walküren auf den Schlachtfeldern daheim ist und die Hälfte der gefallenen Recken beanspruchen darf, während Odin die andere Hälfte zusteht. Ihre Himmels=burg heißt daher Folkwang, der Anger des gefallenen Volkes, ihr Saal Seßrumnir, der Vielsitzige.
Wie ihr Bruder Freyr auf seinem Schiffe die Lüfte durchsegelt, so Freya in einem Federkleid, das sie falkengleich durch die Lüfte trägt. Dieses Federkleid leiht sie Loki, um das Versteck

von Thors Hammer zu suchen. Auch bei anderer Gelegenheit weiß Loki dieses Vogelgewand an sich zu bringen. Wenn sie aber verreist, so fährt sie in einem kostbaren Wagen, der von flinken Katzen gezogen wird. In diesem Gefährt kommt sie auch zu Baldurs Leichenfeier.

In Walhall übt sie das Amt der Schenkin aus. Sie allein hat den Mut, auch den verwegensten und betrunkensten Riesen gegenüberzutreten. Ja, ihre Schönheit ist sogar die Ursache, daß sich selbst die ungeschlachtesten Riesen in sie verlieben. Allen voran Hrungnir, der bereit ist, die Götter zu töten, nur um Freya und Sif mit in das Riesenland nehmen zu können. Und der Riese Thrym will ebenfalls erst dann Thors Hammer herausgeben, wenn Freya sein Weib wird.

Baldur

Er ist ebenfalls ein Sohn Odins, der lichte, schöne Gott der Sonne und der Schutzherr des Frühlings. Er ist das Sinnbild des aufsteigenden Lichtes, und er muß sterben, wenn das Jahr sich neigt. Als Jüngling hat er den Winterriesen besiegt und getötet, der dann verbrannt wird. Ein Heldenlied singt zu seinem Preise: „Von ihm ist nur Gutes zu berichten; er ist der Beste, und alle loben ihn. Er ist so schön von Ansehen und so herrlich, daß ein leuchtender Glanz von ihm ausgeht; auch gibt es eine Blume, die so weiß ist, daß sie mit Baldurs Wimpern verglichen wurde: es ist aller Gräser weißestes, und danach kann man sich seine Schönheit an Haar und Körper vorstellen. Er ist der weiseste der Asen, versteht am schönsten zu reden und ist der wohltätigste. Er wohnt in Walhall in Breidablik (Weitglanz), und an jener Stelle darf nichts Unreines sich finden."

Forseti

Baldurs Sohn ist der Gott der Rechtsprechung. Er wacht darüber, daß die Richter das rechte Wort finden, schützt den Thingfrieden, verbietet Zank und Waffengebrauch, straft, hört auf die Meinung des Volkes und übt das Amt des Vorsitzenden aus. In der Himmelsburg bewohnt er den Saal, den man Glitnir (der Glänzende) nennt. Dort steht sein Richterstuhl.
Von der Entstehung des Rechtes erzählt man, daß einst zwölf Richter in einem steuerlosen Boot auf dem Meere trieben; sie konnten das rettende Land nicht finden. Deshalb beteten sie, es möge ihnen ein Dreizehnter gesandt werden, der das Recht lehre und zum sicheren Lande führe. Kaum hatten sie die Lippen geschlossen, da saß der erbetene Mann im hinteren Teil des Schiffes, handhabte das Ruder und steuerte geschickt gegen Wind und Wetter. Glücklich kamen sie ans Land. Dort warf er eine Axt, die er bisher auf der Schulter getragen hatte, zur Erde, und im gleichen Augenblick entsprang an derselben Stelle ein sprudelnder Quell. Hier ließ er sich nieder, und die anderen zwölf folgten seinem Beispiel. Mit klugen Worten lehrte er sie das Recht. Dann war er wieder verschwunden, unbekannt für die Ratsuchenden.

Loki

Wie anders ist das Bild von Loki, dem Ränkesüchtigen, Verleumder und eigentlichen Mörder Baldurs! Wie man hört, soll er ein Sohn des Riesen sein, der einst entkam, als in Ymirs Blut das ganze Riesengeschlecht ertrank. In seinen Jugendtagen wanderte er oft mit Odin durch die Lande, schloß Blutsbrüderschaft mit ihm, und als Freunde ritzten sie sich dabei die Adern des Armes, fingen das Blut in einem Becher auf, vermischten es und tranken beide davon; sie wurden wirkliche Brüder. Aber gar zu bald brach Loki den Treubund, er stiftete, wo er nur konnte, Böses, beschimpfte die Götter und verleumdete die Göttinnen. Seine Gattin Sigyn gebar ihm zwei Söhne: Wali und Narwe, die für die Schuld ihres Vaters büßen mußten. Daneben hatte ihm auch die Riesin Angurboda drei schreckliche Sprößlinge geschenkt: den Fenriswolf, die Midgardschlange und Hel, die zum Verhängnis der ganzen Welt wurden.

Hel

Die Göttin des Todes ist Hel. Wohl verbreitet sie nicht den Schrecken um sich wie ihre beiden Geschwister, der Fenriswolf und die Midgardschlange, aber sie ist ebenfalls mehr gefürchtet als beliebt. Wer ersehnt auch den Tod? Es sei denn, er bedeutet Erlösung von Qual und Not.

Neben ihrer finsteren Eigenschaft, die Grab und Tod bedeutet, ist sie auch die lebennährende und beschützende Kraft, die den jungen Keim emporgedeihen läßt und sich schützend über ihn breitet. Die Göttin hat daher eine halb schwarze und halb weiße Hautfarbe. Wer sie schwarz sieht, ist dem Tode verfallen, wer ihre weiße Seite erblickt, darf auf Erlösung hoffen. In ihrem Reich befindet sich auch der Strafort für die abgeschiedenen Seelen, die eine Schuld zu büßen haben. Ströme fließen in ihm, in deren Wasser sich Schlangen und Leichen dahinwälzen, die Leichen derer, die auf Erden meineidig geworden oder des Mor=des an Verwandten bezichtigt wurden. Die Brücke, die zur Un=

terwelt führt, wird von der Riesin Modgud bewacht. Von hier aus führt nordwärts der Weg zur hochumwallten Burg der Hel. Über eine vergoldete Brücke schreiten oder reiten die Seelen. Niemand hat sie gerufen, niemand verwehrt ihnen den Zugang, selbst der Höllenhund Garm nicht, der unmittelbar vor dem Eingang in einer Felsenhöhle wacht. Er läßt die Eintretenden nie wieder hinaus. Neben diesem Hunde sitzt auf der Mauer der Haushahn mit dunklem, nußbraunem Gefieder, ganz anders ist er als der Hahn der Götter, den ein goldener Kamm ziert. Wenn am Jüngsten Tage die Hähne der Götter und Riesen die Recken zum letzten Kampfe wecken, dann kräht auch der Hahn im unterirdischen Reich der Hel und ruft die Verstorbenen.

In der Burg Hels befinden sich große Säle. Kein Sonnenstrahl dringt in die Gemächer, selbst die Eingangspforte zeigt nach dem unwirtlichen Norden. Die Wände sind aus Schlangenleibern gebildet, und durch das Rauchloch im Dach rinnt giftiger Regen. Wilde Ströme umgeben die Burg, die meineidige Männer und Mörder durchwaten müssen, der Drache Nidhögg nährt sich von den Leichen verstorbener Verbrecher, und ein Wolf zerfleischt sie.

Gut haben es die Toten, die auf Erden ein ehrbares Leben geführt haben. Sie finden Heimstatt in festlichen Sälen, sitzen auf goldglänzenden Bänken und vor leuchtenden Tischen, die sich schier unter der Last köstlicher Mahlzeiten und Getränke biegen.

Aber auch die, die im Reiche Hels noch büßen müssen, sind nicht auf ewig verdammt. Sie haben die Möglichkeit, dereinst die Seligkeit zu erlangen, die sich die anderen durch ein gutes Leben am Ende ihrer irdischen Tage bereits verdient haben.

Frigg

Odins Gemahlin, Frigg, ist die Göttin der Ehe und des heiligen Herdes; sie ist das Vorbild der germanischen Hausfrau mit allen ihren Rechten und Pflichten. Die Menschen lehrt sie das Spinnen und ist die Beschützerin dieses edlen Handwerks. An ihrem Gürtel trägt sie den Schlüsselbund, der ihr Gewalt über den ganzen Hausstand gibt. Sie ist die Mutter Baldurs und wird durch das Unglück, das sie durch den jähen Tod des geliebten Sohnes trifft, in tiefen Schmerz gestürzt.

Als Sonnengöttin bewohnt sie die Meersäle Fensalir, tief unten im Meer, wohin am Abend die Sonne zur Ruhe geht. Bei festlichen Anlässen thront sie an Odins Seite auf dem Hochsitz und schaut auf das Treiben der Welt herab. Oft aber sitzt sie am Spinnrocken wie eine tüchtige Hausfrau und werkt zur Freude der Götter und der Menschen. Sie hat die Gabe der Weissagung und wird oft als Fürbitterin in Anspruch genommen. So erzählt man, daß König Reri und seine Frau sie angerufen hätten, da ihre Ehe nicht mit einem Kinde gesegnet sei. Frigg erhörte ihre Bitte, die sie an Odin weiterleitete. Der Göttervater entsandte sogleich eine Walküre mit einem fruchtbringenden Apfel. Die Walküre verwandelte sich in eine Krähe und flog zu dem Hügel, auf dem König Reri saß, und ließ den Apfel in seinen Schoß fallen. Freudig brachte er ihn seiner Königin. Bald darauf wurde ihnen durch die Wunderkraft des Apfels ein Sohn geboren.

Heimdall

Durch strahlende Schönheit zeichnet sich auch Heimdall aus; er ist der Gott des Sonnenlichtes, der Morgenfrühe. Berühmt aber ist er als der getreue Wächter der Regenbogenbrücke Bifröst, die Himmel und Erde verbindet, gegen die Bergriesen. Loki verhöhnt ihn deswegen, da er in Tau, Regen und Schnee, in Sturm und Wetter, bei Tag und Nacht auf seinem beschämenden Posten ausharren müsse. Heimdall benötigt weniger Schlaf als ein Vogel, und sein Auge ist so scharf, daß er selbst bei Dunkelheit hundert Rasten weit sehen kann, selbst das Gras hört er im Boden wachsen und die Wolle auf den Schafen. Die Kunst der Weissagung besitzt er ebenfalls.

An seiner Seite hängt das Giallahorn, das einst am Jüngsten Tage, wenn die Riesen zum letzten Sturme auf Asgard heranreiten, die Götter zum Kampfe rufen soll.

Sein edles Roß Gneltopp („Goldbüschel") erfreut sein Auge. Sogar seine eigenen Zähne sind von rotem Golde wie das Sonnenlicht, wenn es in der Morgenfrühe Himmel und Erde mit Purpur überflutet.

Seine Wohnung hat er auf den Himmelsbergen, deren Felsen jäh zum Meere herabstürzen. Sie liegen an der Grenze des Himmels, wo Bifröst das Reich der Asen berührt.

Seine Mutter ist die Göttin des Meeres, sein Vater Odin. Durch Lokis Hand wird er einst am Jüngsten Tage den Tod finden.

Hödur

Auch Hödur ist ein Sohn Odins. Aber er ist blind. Er ist der Gott des Winters, der Stürme und der froststarren Kälte. Alles Leben erstirbt, wenn er seine Herrschaft antritt. Niemand liebt ihn von den Menschen. Durch seine Hand findet auch der frühlingsschöne Baldur den Tod. Freilich ist er in gewissem Sinne unschuldig; denn Loki hat des Blinden Hand geführt, als er den unseligen Mistelzweig auf den Jüngling abschoß. Mit dem Tod büßte er für diese Untat.

Wali

Wali war es, der Hödur in Hels Reich schickte. Dieser Wali ist das wiederkehrende Sonnenlicht, er ist der Sohn Odins und der Rinda, um die der Göttervater viele Jahre werben mußte. Zum erstenmal kam er zu ihr als Wanderer in wehendem Mantel, den Schlapphut tief ins Gesicht gezogen. Er gewann sich die Gunst des Vaters, schlug als dessen Feldherr die Feinde und erbat als Siegespreis die Hand der Tochter, diese aber belohnte seine Werbung mit einer Ohrfeige. Zum zweiten Male erschien er als Goldschmied und brachte der spröden Maid mancherlei Geschenke. Wieder wurde er mit einer Ohrfeige bedacht. Aber er ließ sich nicht entmutigen und kam erneut als strahlendschöner Krieger. Hoch zu Roß führte er die verwegensten Reiterkunststücke vor. Aber auch dieses Mal wurde seine Werbung nicht erhört. Rinda stieß ihn so derb zurück, daß er zu Boden stürzte. Wutentbrannt berührte er sie mit seinem Zauberstab und nahm ihr den Verstand. Schließlich nahte er als Magd verkleidet und nahm Dienst bei ihr. Demütig wusch er ihr die weißen Füße, und als sie erkrankte, versprach er, sie zu heilen. Die Kur erforderte, daß das Mädchen gebunden wurde. Ihr Vater ließ sie fesseln und übergab sie ihm, dem Göttervater in Weiberkleidern. Auf diese Weise entführte er sie und zwang sie, die Mutter Walis zu werden. Dafür wurde er lange Zeit selbst von den Göttern verachtet. Schließlich verziehen sie ihm, denn eine Weissagung hatte verheißen, daß ein Sohn aus seinem Bund mit Rinda den über alles geliebten Baldur rächen werde.

Uller

Uller ist der Sohn der Sif und Thors Stiefsohn. Er ist in vielen Künsten erfahren, doch im Bogenschießen und im Schneeschuhlaufen übertrifft ihn keiner. Sein Heim hat er im Eibental errichtet, auch sein Bogen ist von Eibenholz. Mit ihm zieht er in die Schneeberge zur Jagd aus. Auf Schneeschuhen gleitet er dahin, und wenn es über das Meer geht, ritzt er geheimnisvolle Zeichen in einen Knochen und verzaubert ihn so, daß er ihn wie ein Schiff dahinträgt. Er ist ein mächtiger Gott. Selbst Odin verheißt dem Ullers Gunst, der ihn aus der Hand Geirröds befreit, als dieser ihn zwischen zwei Feuern folterte. Ja, als Odin, nachdem er Rinda überlistet hatte, von den Göttern zeitweise verstoßen wurde, trat er als oberster Gott an die Stelle des Göttervaters. Zehn Jahre lang herrschte Uller in den himmlischen Gefilden. Als Odin zurückkehrte und seinen Platz wieder auf dem Hochsitz einnahm, wurde Uller vertrieben und starb später durch Mörderhand.

Widar

Man nennt ihn den schweigsamen Asen. An Körperkraft kann er sich fast mit Thor messen. Er ist der Feind und Töter des Fenriswolfes, der Rächer der Götter und Sohn Odins. Seine Mutter ist die Riesin Grid. An ihn wagt sich selbst der Lästerer Loki nicht heran.

Widar hat nur den einen Gedanken: die dem Vater angetane Unbill zu rächen. Einsam verbringt er die Jugendjahre; meist ist er im Stall oder am Küchenherd und wird deshalb oft verspottet. Doch heimlich tummelt er sein Roß in der verschwiegenen Heide, übt sich im Waffenhandwerk und in mancherlei Kriegslist. Als dann der Tag der Rache anbricht, stürmt er machtvoll aus seiner Verborgenheit hervor und rettet den Vater vor dem drohenden Tod. Dazu braucht er weder Schwert noch andere Waffen. Er trägt einen Schuh, der ist aus solch festem Leder gefertigt, daß er unverletzbar ist. Mit kraftvollem Tritt spaltet er den Rachen des Wolfes, packt mit den Händen die Kiefer des mächtigen Tieres und reißt sie völlig auseinander. Tot sinkt das Ungeheuer zur Erde. Der Vater ist gerächt, wenn auch die Welt ihrem Untergang nicht entgeht.

Bragi

Bragi ist der Gott der Dichtkunst. Von ihm wird gesagt, daß er wegen seiner Wortgewandtheit und Redeklugheit gefeiert wird und geschickt in der Skaldenkunst ist, die nach ihm Bragr heißt; auch werden Leute, die redegeschickter als andere sind, Bragurleute genannt. Seine Gattin Idun bewahrt in einem Gefäße jene Äpfel, welche die Götter genießen, um jung zu bleiben. Ihnen verdankt der alte graubärtige Bragi auch jugendliche Spannkraft und Lebensfreude. Ob seines Alters und seiner Besonnenheit verschont ihn die Lästerzunge Lokis nicht. Und als dieser es bei einem Gastmahl gar zu toll treibt und auch Bragi, bierberauscht, kaum zu beruhigen ist, muß Idun beschwörend und beschwichtigend eingreifen.

Bragi kennt viele Sagen und Lieder aus grauer Vorzeit, er weiß die Heldentaten in beredten Worten zu feiern. Gerne lauschen die Götter seinen Weisen, und auch die in Walhall zechenden Recken zollen ihm Beifall, obgleich er der Schlachten unkundig und den rauhen Kriegen auch in seinem Wesen ferne ist.

Idun

Lieblich zur Seite steht Bragi seine Gattin Idun. Sie ist sein guter Geist, die Sonne seines Alters, die beschwingende und verjüngende Kraft seiner Lieder und seines besinnlichen Ernstes. In ihrer Truhe bewahrt sie, wie schon erwähnt, die elf jugendbringenden Äpfel auf. Sorgfältig wacht sie über diesen kostbaren Schatz, und doch wurde er ihr einmal von dem Riesen Thiassi, den Loki dazu angestiftet hatte, geraubt. Ein furchtbares Unheil brach nach dieser Freveltat über die Götter herein, da die lebensverjüngenden Äpfel nicht mehr für sie erreichbar waren. Sie wurden alt und grauhaarig, ihre Kräfte verfielen, und Müdigkeit lähmte ihre Glieder. Asgard drohte Untergang und Vernichtung. Aber noch einmal gelang es, den Schatz zurückzugewinnen und die Weltzerstörung und grauenvolles Verderben aufzuhalten. Trotz ihrer vielen Verdienste für die Erhaltung des Asengeschlechtes schmäht Loki Idun aufs würdeloseste. Aber wer nimmt schon Loki ernst?

Sif

Berühmt durch ihr goldenes Haar ist Sif, das Eheweib Thors. Auch sie ist von blendender Schönheit wie Freya. Selbst Loki kann es nicht lassen, sie zu bewundern und ihr heimlich die Haare abzuschneiden. Dafür droht Thor, dem Frevler alle Knochen im Leibe zu zerbrechen. Loki weiß sich geschickt aus der Schlinge zu ziehen: er verspricht, von den künstereichen Zwergen neues Haar aus purem Golde herstellen zu lassen.
Sif's und Thors Tochter ist Thrud, Sif aber hat auch noch einen Sohn, dessen Vater unbekannt ist. Wir hörten schon von ihm: es ist Uller.

Nanna

Baldurs frühlingshelles Weib ist Nanna, deren junges Glück durch den frühen Tod des Gemahls so jäh zerbrochen wurde. Sie folgt ihm in den Tod und auf den Scheiterhaufen, um mit dem geliebten Manne verbrannt zu werden. Und wenn die Götter um den meuchlings ermordeten Baldur weinen, so gilt ihre Trauer und ihre Bewunderung gleichermaßen der treuen Nanna.

Ägir

Oft hält sich bei den Asen auch Ägir, der Herr der Meere, auf. Wohl ist er ein Riese, doch ist er bei den Göttern gern gesehen, da er ein vortreffliches Bier zu brauen versteht. Darüber hinaus hat er keine der Untugenden seiner zügellosen Genossen; er ist harmlos wie ein Kind. Von rotem Golde glänzt seine unterirdische Halle, und seine beiden Knechte Eldi (Feuer) und Funafeng (Funkenfang) sorgen dafür, daß sie stets festlich erstrahlt, wenn Gäste zur fröhlichen Zecherei in ihr versammelt sind. Die Götter kommen gerne.

Ran

Ganz im Gegensatz zu dem harmlos-gütigen Ägir ist seine Frau, Ran, düsteren, wilden, grausamen und habgierigen Sinnes. Ihr gehören alle, die im Meere umkommen. Mit dem Netze fischt sie die Ertrunkenen auf. Die Fischer fürchten sie und bieten ihr viele Opfer an Geld und Speisen, um sie milde zu stimmen. Ihrer Ehe mit Ägir entstammen neun Töchter, gleich den Wellen der See. Als das brennende Leichenschiff Baldurs über die

Wogen dahingleitet, stimmen sie ihr Klagelied an. Unter ihrem aufbäumenden Schmerz wird das Segel des Bootes hoch an den Himmel geschleudert. Zusammen mit ihrer Mutter trachten sie den Seeleuten nach dem Leben; und oft verbreiten sie in ihrer Wildheit Schrecken und Grauen um sich.
Ein Dichter, dessen Sohn ertrunken ist, droht der Ran: „Eine grausame Lücke riß die Woge in mein Geschlecht. Ran hat mich schlimm geplündert. Das Meer riß die Bande meines Geschlechtes, den festen Faden von mir. Wenn ich meine Sache mit dem Schwerte verfolgen könnte, so wäre es mit dem Bierbrauer Ägir aus. Und wenn ich den gefährlichen Bruder des Sturmes bestehen könnte, würde ich mich zum Kampfe gegen Ägirs Weib aufmachen."
Ran ist ein Weib ohne Herz im Leibe. Unersättlich ist sie in Begierden. So bleibt sie in der Erinnerung der Menschen, die auf den Meeren fahren, lange noch, nachdem die Welt der Götter und Riesen untergegangen und erloschen ist.

Niörd

Wir hörten schon von ihm, als wir von seinem Sohne Freyr sprachen. Er ist ein Wane und hatte in Wanaheim seinen Ursprung. Mit seinem Sohne wurde er den Asen als Geisel gesandt, doch wird er einst am Ende der Welt zu den Wanen zurückkehren. Vermählt war er mit seiner Schwester. Da diese bei den Wanen zurückblieb, heiratete er später die Tochter des Riesen Thiassi, Skadi. Diese Eheschließung kam auf recht seltsame Weise zustande: Als der Riese Thiassi, der sich Iduns mit Gewalt bemächtigt hatte, von den Göttern erschlagen worden war, machte sich seine Tochter Skadi auf, um den Vater zu rächen. Als Sühne für den Erschlagenen boten ihr die Götter einen der ihren, den sie sich selbst erwählen durfte, an. Freilich machte man zur Bedingung, daß sie nur die Füße des Erkorenen zu sehen bekäme. Sie sah sich die Füße daraufhin an, blieb vor einem Manne mit sehr schönen Füßen stehen und sagte: „Dieser da kann Baldur sein; er soll mein Gatte werden." Es war aber nicht Baldur, sondern Niörd, den sie sich zum Manne ausgesucht hatte. So kam Skadi nach Noatun, dem hochgezimmerten Haus Niörds. Niörd ist der Wohlhabendste unter den Göttern; Wind, Meer, Sturm und Feuer gehorchen ihm. Bei der Seefahrt und bei der Jagd kann man seines Schutzes und seiner Hilfe sicher sein, wenn man ihn anruft.

Skadi

Skadi, die schimmernde Götterbraut, zeichnet sich als leidenschaftliche Jägerin und rüstige Schneeschuhläuferin aus. Und es ist daher begreiflich, daß sie nicht allzulange bei Niörd am Gestade des Meeres aushält. Sehnsucht nach der Heimat zieht sie zu den Bergen zurück. Nach ihrer Trennung von Niörd vermählt sich Odin mit ihr. Zahlreiche Söhne entsprießen dieser Verbindung.

Gerda

Nach der Riesin Gerda verzehrte sich Freyr in leidenschaftlicher Liebe. Als er sich keinen anderen Rat mehr weiß, vertraut er sich seinem Knecht Skirnir an. Dieser vermag es, die Geliebte zu überreden. Doch wurde Freyrs Geduld auch dann noch auf eine harte Probe gestellt.

DER WANENKRIEG

Die Wanen, ein edles Göttergeschlecht, dessen Angehörige sich bescheiden im Hintergrund halten. Es sind strahlende, fröhliche und reiche Gottheiten, erfüllt von Lebensfreude und allem Schönen zugewandt. Die Menschen lieben und verehren sie; denn sie wirken stets in Güte und Milde, schreiten segnend über die Fluren, glätten die aufwühlenden und die Arbeit der Erdbewohner schädigenden Spuren der Riesen, die ihnen nicht wohlwollen, sie sind Bringer und Schenker des Reichtums. Handel und Schiffahrt dürfen sich ihrer Gunst erfreuen. Weltweisheit zeichnet sie aus und die Gabe der Zauberkunst.

Und doch sollten sie nicht in Frieden leben. Die Asen waren der Wanengöttin Gullweig, der Zauberkundigen, mißgünstig gesinnt, weil sie ihnen Dinge weissagte, die ihnen nicht gefielen. Daher dachten sie mancherlei Qualen für sie aus, verfolgten und schmähten sie, stachen mit den Geren nach ihr und verbrannten sie dreimal, da sie immer wieder neu aus der Asche erstand. Die Wanen ergriff über diese Schmach und Niedertracht ungeheure Erregung, aber da sie friedlichen Sinnes waren, verzichteten sie auf eine kriegerische Auseinandersetzung. Sie forderten nur Genugtuung, Zahlung einer Buße und Gleichstellung mit den Asen. Aber die Hochmütigen, die auf die wenig streitbaren Wanen verächtlich herabsahen, gingen auf die berechtigte Forderung nicht ein, sondern beschlossen im Rate, die Angelegenheit durch einen Waffengang zu bereinigen. Sie nahmen an, die Wanen, die der Kriegskunst ungewohnt und duldsamen Gemüts waren, schnell und leicht überwinden zu können. Doch das war eine Täuschung. Als Odin den Fehdepfeil in das Heer der Wanen abgeschossen hatte, griffen die Wanen so ungestüm an und zeigten sich derartig geschickt in der Kriegskunst, daß sie die Asen schon nach kurzem Kampf in die Flucht schlugen. Siegreich behaupteten sie die Walstatt, während ihre Widersacher, nachdem sie sich vom ersten Schrecken erholt hatten, auf Rache und Vergeltung sannen. Aber die Wanen hatten bereits alle Kriegslust wieder verloren und drängten auf friedliche Verhandlung. Wahrscheinlich waren sie auch davon überzeugt, daß sie den Asen auf die Dauer nicht widerstehen konnten. So versuchten sie, durch Weisheit einen günstigen Vergleich herbeizuführen. Sie schlugen vor, das Asen- und Wanenreich zu einem gemeinsamen Götterstaat, in dem beide Geschlechter die gleichen Rechte haben sollten, zusammenzuschließen. Die Asen gingen auf diesen Vorschlag ein. Und zur Besiegelung des neuen Bundes wurden Geiseln ausgetauscht. Freyr und Niörd kamen zu den Asen, während Hönir und Mimir in den Kreis der Wanen aufgenommen wurden. Später schickten die Wanen noch Kwasi, den Weisesten aus ihren Reihen, zu den Asen. Doch bald danach endete sein Leben durch Mörderhand: zwei Zwerge erschlugen ihn, sammelten sein Blut in Gefäßen und vermischten es mit Honig. Auf diese Weise entstand der Met Odrörir, von dem man sagt, daß er die, die ihn trinken, zu Dichtern und Weisen mache. So endete der Wanenkrieg, der leicht zum Untergang beider Göttergeschlechter hätte führen können. Der Friedensschluß wurde dadurch besiegelt, daß die Asen und Wanen nach alter Sitte in ein Gefäß hineinspien.

Eine Zeit des Friedens kam. Die Wanen bauten sich Schmiedeessen, hämmerten das Gold zu herrlichen Schmuckstücken, verfertigten Handwerkszeug und vergnügten sich im Brettspiel.

DER FENRISWOLF

Ein Orakel hatte den Göttern verkündet, daß der Wolf Fenrir, der Widersacher der Asen, den Untergang der Welt herbeiführen werde. Mit Schrecken vernahmen es die Asen, und sie hielten Rat darüber, wie man dieser Gefahr begegnen könne. Töten wollten sie das Grautier nicht, da sie die geheiligten Stätten dieser Welt nicht mit dem Blute des Unholds beschmutzen wollten. Sie beschlossen daher, den Wolf sich durch Güte geneigt zu machen. Das war nicht leicht; denn Fenrir war mißtrauisch. Sie versuchten es zunächst damit, daß sie ihm Futter in so verlockender Menge vorwarfen, daß nach ihrer Meinung seine Wildheit hätte gebändigt werden müssen. Doch das Scheusal wollte das Futter nur aus ihrer Hand entgegennehmen. Niemand wagte sich von den Göttern an den Wolf heran, und jeder versuchte, den anderen zu überreden. Schließlich ermannte sich Tyr und erfüllte den Willen des gierigen Tieres.

Fenrir wuchs auf diese Weise übermächtig heran, und die Furcht der Götter, die erschreckt waren durch die Prophezeiung, daß Fenrir sie alle verderben werde, steigerte sich ständig. Sie beschlossen daher, ihn so zu fesseln, daß er keinen Schaden anrichten könnte. Aber wie sollten sie das anfangen? So leicht war ihr Widersacher nicht zu übertölpeln. Sie versuchten alles mögliche, und wirklich gelang es ihnen am Ende durch Spott und List Fenrir mit starken Ketten zu binden. Aber als das mächtige Tier vor Zorn aufschnaubte, zerrissen die Ketten wie Bastfäden. Sie versuchten es zum zweiten Male — und willig ließ es sich das Grautier gefallen, da es sich seiner Stärke bewußt war

— sie schmiedeten noch kräftigere Eisenbande um ihn. Aber auch die zersprangen, als er sich jäh erhob.
Nun war guter Rat teuer. In ihrer Verzweiflung wandten sich die Götter an die Zwerge, die sich schon manchmal als hilfreich erwiesen hatten. Und auch diesmal standen sie ihnen bei und verfertigten eine kunstvolle Fessel aus sechserlei Dingen, und zwar aus den Eingeweiden der Katze, dem Bart des Weibes, den Wurzeln des Berges, den Sehnen des Bären, dem Hauche des Fisches und dem Speichel des Vogels. Das war gewiß ein zartes und weiches Band; aber es war so fest und stark, daß keine Gewalt der Erde es zerreißen konnte.
Freudig nahmen die Götter das Kunstwerk der Zwerge in Empfang. Sie waren überzeugt, daß ihnen ihr Vorhaben nun gelingen werde. Fenrir jedoch war anderer Meinung. Was sollte ihm auch ein solch zartes Band anhaben, nachdem ihm Ketten und eiserne Fesseln nichts vermocht hatten? Willig folgte er den Asen auf eine mit Heidekraut bewachsene Insel, die mitten in einem See lag. Hier forderten sie ihn auf, seine Kräfte an dem seltsamen Seidenband zu versuchen. Sie ziehen sich selbst der Schwachheit und priesen seine Riesenkräfte. Ob er sie nicht beschämen wolle? fragten sie ihn. Fenrir ahnte nun doch, daß ihn die Götter überlisten wollten. Aber da sie ihn nicht feige schelten sollten, erklärte er sich bereit, seine Kräfte zu versuchen. Er verlangte aber von den Göttern, daß ihm zum Unterpfand ihrer Aufrichtigkeit einer von ihnen die Hand ins Maul lege. Über diese Forderung erschraken die Asen sehr; denn niemand von ihnen wollte das Opfer bringen, das da verlangt wurde. Aufmunternd nickten sie einander zu, und jeder wünschte, daß der andere bereit sei, um auf diese Weise die Gefahr zu bannen, die sie alle bedrohte. Wieder erwies sich Tyr als der Retter. Ent=

schlossen trat er vor, streckte seine Rechte aus und legte sie in den Rachen des Wolfes. Die Götter banden das Ungeheuer. Und als Fenrir versuchte, die Fesseln zu zerreißen, erwiesen sie sich als so fest, daß sie nicht zu zersprengen waren. Sie schnitten vielmehr so tief ins Fleisch ein, daß er furchtbare Schmerzen empfand. Mit großer Freude sahen es die Götter, schlugen sich auf die Schultern und schrien erregt durcheinander. In ohnmächtigem Grimm zerriß der Wolf die Hand Tyrs und biß sie am Handgelenk ab.

Doch damit war die Wut des Tieres noch nicht gestillt. Es schnappte so gewaltig um sich, daß sich niemand mehr in seine Nähe wagte. Seine Augen schossen Zornesblitze, und heißer Atem lohte aus seinem Rachen, in den die Götter nach vielen Mühen ein Schwert schleudern konnten. Der Griff der Waffe verklemmte sich im Unterkiefer, während sich die Spitze in den Oberkiefer spießte. Schauerlich heulte der Wolf vor Schmerz und Wut und riß an seinen Fesseln.

Die Zwerge hatten gute Arbeit gemacht. In mächtigem Strom quoll der Geifer aus dem Rachen des gepeinigten Tieres. Breit floß er dahin und bildete den Fluß Wan. Bis zum Untergang der Götter wird er seine Fluten durch die Lande wälzen — bis zu jenem Tage, an dem, nach den Worten der Sage, Fenrir den Sitz der Götter mit Blut rötet, und an dem der Schein der Sonne schwarz wird.

In den Sommern darauf werden wüste Wetter die Erde erzittern machen und die heiteren Sterne vom Himmel stürzen. An jenem Tage werden auch die Menschen die Urgewalt des entfesselten Wolfes zu spüren bekommen. Grausiger Ausblick, der die Angst der Götter und Erdbewohner begreiflich macht!

DIE MIDGARDSCHLANGE

Die Schwester des Fenriswolfes ist die Midgardschlange, die, von Odin ins Meer geworfen, die Erde verschlingt. Sie ist wie er ein Kind Lokis, des Schandflecks aller Götter und Menschen, und der Riesin, die man die Schadenbotin nennt. Gleich ihrem grausigen Bruder ist sie die Ausgeburt der Vernichtung, und auch sie fürchten die Götter und die Menschen, die wissen, daß die Midgardschlange am Untergang der Welt mitwirken, daß sie mit ihrem mächtigen Leibe die Wogen des Meeres ins Unermeßliche auftürmen und das Totenschiff aus seinen Ankern reißen und flott machen wird, damit es über alle Meere dahinbraust. Gift und Feueratem wird sie dann ausspeien und Tod und Verderben allem, was lebt, bringen.

Aber auch sie kann nicht verhüten, daß aus dem Untergegangenen eine neue Welt emporwächst, in der ihre Greuel zwar nicht vergessen sind, sie aber keinen Schaden mehr anzurichten vermag.

Wenn die Sonne über dem ersten Grün der neuerstandenen Erde aufgeht, dann wird sie ein Land bestrahlen, auf dem Unholde und Geschöpfe Lokis keine Macht mehr haben, Unholde, die dem alten Midgard zum Verhängnis wurden.

DIE RIESEN

Die Vorläufer der Menschen waren die Riesen. Zwar verfügen die meisten nicht über Geist und Witz, doch sind sie ihnen an Körpergröße und Kraft überlegen. Sie sind wie die Kinder, leicht zu betören, gutmütig, doch oft aber auch unberechenbar in ihrem Zorn und gewalttätig. So manche von ihnen aber sind listenreich und haben die Gabe der Weissagung.

Mit den Göttern verstehen sie sich schlecht, und auch den Menschen spielen sie manchen Streich. Wir wissen, daß aus dem Körper des Stammvaters des Riesengeschlechtes, Ymir, die Welt geschaffen wurde. Er war ein Ungetüm an Mächtigkeit und in seiner Gesinnung; seine Nachfahren sind nicht anders: sie sind allem feind, was Himmel und Erde schön, angenehm und liebenswert macht. Überall treiben sie ihr Unwesen; auf den winterlichen Fluren, in Berg und Wald, im Gebirge, in den Tälern. Sturmwind und verzehrende Hitze, verheerende Gewitter, das Toben des Meeres haben sie zu Urhebern. Jede Ordnung wollen sie niederreißen, Fortschritte hemmen und weder Gesetze noch Gewohnheiten anerkennen. Kein Wunder also, wenn die Menschen sie fürchten und hassen. Aber auch mit den Göttern leben die Riesen in Zank und ewigem Streit und suchen sie zu schädigen, wo sie es nur vermögen. Die Götter müssen auf der Hut sein, daß sie sich keine Blöße geben, die ihre Widersacher geschickt auszunützen verstehen. Besonders Thor ist es, der ständig Händel mit ihnen hat. Odin freilich versucht, sich gut mit ihnen zu stellen, und nicht selten erbittet er sogar ihren Rat oder mißt sich mit ihnen im Streitgespräch, wobei er manches

Mal der Unterlegene ist. Gerne versuchte er seine Klugheit an dem weisheitsberühmten Riesen Wafthrudnir. Wir werden später noch von ihm hören. Auch Freya verschmäht es nicht, die Riesin Hyndla in ihrer Höhle aufzusuchen und sich von ihr weissagen und sich gute Ratschläge geben zu lassen. Alle Weissagerinnen stammen von Widolf ab, alle Seher von Swarthöfdir.

Die Sage weiß auch viel zu berichten von dem großen Reichtum der Riesen, besonders der Wasserriesen, deren Gemächer von Gold und Edelsteinen so überladen sind, daß sie das Auge des Beschauers blenden. Ja, die Halle Ägirs, die sich auf dem Meeresgrund befindet, wird nicht von Fackeln, sondern von leuchtendem Gold erhellt.

Auf dem Meere leisten die Riesen wenig. Sie sind des Segelns unkundig, nur dem gemächlicheren Ruderboot vertrauen sie sich an. Einmal fuhr Odd mit einem Riesen übers Meer. Nichtsahnend zog Odd die Segel auf, um bei gutem Fahrtwind schnell voranzukommen. Darüber erschrak der Riese so sehr, daß er ihn beschwor, schnell dem vermeintlichen Unheil Einhalt zu tun; denn er glaubte, Land und Berge begännen zu laufen und das Schiff versinke im Meere. Lächelnd raffte Odd die Segel. Land und Berge blieben nun nach der Meinung des Riesen wieder stehen, und er beruhigte sich, und sein schreckensbleiches Gesicht bekam wieder Farbe.

Ebensowenig wie das Segeln erfreut sie der Ackerbau. Er ist ihnen unbekannt und die Landarbeit sogar verhaßt. Am Vieh allerdings haben sie Freude. Sie halten große Ziegenherden; aber auch von ihren reichen und gutgenährten Rinderherden, von schwarzen Ochsen und goldgehörnten Kühen wird berichtet.

Im allgemeinen wird ihre Treue in der Einhaltung von Verträgen lobend erwähnt. Meist aber ist ihre Dummheit und Tolpatschigkeit größer als ihre Weisheit.

Während die Männer oft von wenig einnehmendem Äußeren und häßlichem Antlitz sind, wird die Schönheit der Riesinnen gerühmt. Die Riesin Gerda, um die Freyr warb, soll mit ihrer strahlenden Erscheinung Himmel und Erde erfüllt haben, Skadi darf sich den schönsten Gott als Gemahl aussuchen, ja Odin selbst verschmäht die Liebe der Riesinnen Jörd, Gunnlöd und Grid nicht. Betrachten wir dagegen die Schilderungen der Sage über das Aussehen der Männer! Sie besitzen einen behaarten und zottigen Leib, manche sind auch glatt und schlüpfrig wie Kröten. Sonst ist ihre Gestalt plump und klotzig, ihre Schädel hart und eckig, ihre Nasen sind groß und dick, die Wangen hängen taschenförmig herab. Sie haben wulstige und fleischige Lippen, breite Mahlzähne wie ein Pferd, gewaltige Ohren, die weit vom Kopf abstehen. Das Kinn wird von einem struppigen Bart verunstaltet, und ihre Hände sind groß und ungeschlacht wie Schaufeln. Es ist begreiflich, daß solche Ungeheuer, wenn sie gereizt werden, Verderben und Vernichtung um sich verbreiten und daß sie von den Menschen gefürchtet werden. Aber auch die mächtigen Asen meiden sie, wenn es ihrer Würde nicht abträglich ist und wenn sie es ohne Einbuße an Ansehen tun können.

Wenn die gutmütige und ungeschlachte Ruhe eines Riesen gestört wird, so bäumt sich seine unberechenbare Gewalt auf, er wird hinterhältig und tückisch. Der Urriese Hymir brach allein durch die Kraft seines Blickes einen Pfeiler entzwei. Die Riesen verfügen aber auch über eine starke Verwandlungsgabe. Doch machen sie davon wenig Gebrauch. Sie verlassen sich mehr auf ihre gewaltigen Körperkräfte. Aber dort, wo diese versagen oder nicht angewendet werden können, nützen sie die Verwand=lungskraft. Sie sind bald da, bald dort, tauchen urplötzlich vor den erschreckten Menschen auf und verschwinden ebenso schnell wieder. Von Hardgreip hören wir, daß sie von einem Augen=blick zum andern bald klein, bald groß, bald dick und rund, bald schlank wie ein Baum, bald rotbäckig, bald blaß, bald him=melragend, bald klein wie ein Frosch erscheint, daß sie Wasser zu Eis erstarren und Eis in brausende Ströme verwandeln kann, bald Gegenstände durch die Luft, bald Licht in die Finsternis der Tiefe zu schleudern, die Sterne zu verlöschen und die Götter zu stürzen vermochte. Der Riese Hräswelg erscheint als Adler, unter dessen Flügelschlag der Wind über dem Meere dahin=braust, und der Drache Fafnir liegt lauernd auf dem Nibelun=genhort. Von Fenrir wissen wir, daß er in Wolfsgestalt Himmel und Erde bedrohte. Es gibt verschiedene Arten von Riesen: Luft=, Wasser=, Eis=, Berg=, Wald= und Feuerriesen. Wir werden noch von einigen hören. Ägir und Ran, die Wasserriesen, sind uns bereits bekannt, ebenso die Midgardschlange Jörmungandr, die ebenfalls zu ihrem Geschlecht gehört. Von Hymir, dem Rie=sen des winterlichen Meeres, der in seinen weiten Hallen zwi=schen den Eisbergen wie ein Fürst haust, werden wir uns später noch berichten lassen. Wir lassen uns von Wasserriesinnen er=zählen, daß sie oft und lange am Meere sitzen, ihre Haare mit goldenem Kamme kämmen und gerne mit dem klaren Wasser der See benetzen. Über ihren Schoß haben sie ein goldglänzen=des Tuch gebreitet.

Nicht selten werden sie dabei von Menschen belauscht, und oft entbrannte das Herz so manchen Menschenjünglings zu einer Schönen aus dem Riesenreich.

Aber nicht alle Riesinnen zeichnen sich durch Schönheit, und nicht alle Riesen durch plumpe Gutmütigkeit aus. So erscheint beispielsweise die Meerriesin Forad pechschwarz, in der Gestalt eines Walfisches. Ebenso berühmt wie durch diese Gestalt wurde die Riesin durch ihr abstoßendes Wesen.

Auch von Hrimgerd wird berichtet, daß sie manchen tüchtigen Seefahrer umgebracht hat. Vielerlei Gestalt nahm auch der Sohn einer Meerriesin, Grim, an. Er spie Gift und Feuer, das durch die festesten Rüstungen brannte, verzehrte mit Vorliebe rohes Fleisch und saugte Tieren und Menschen das Blut aus.

Vom Kampf des starken Grettir und einer Riesin berichtet die Sage: In der Nähe eines Wasserfalles in Island verschwand viele Jahre hindurch ein Mann nach dem andern. Darüber waren die Menschen sehr beunruhigt, und sie sannen, wie sie dem Unheil Einhalt tun könnten. Aber niemand brachte den Mut auf, sich in Gefahr zu begeben. Die Männer waren immer in der Julnacht verschwunden, als sie daheim die Hauswache hielten, während die anderen zur Wintersonnenwende geritten waren. Als Grettir davon hörte, erklärte er sich bereit, in der kommenden Julnacht die Wache zu übernehmen. Als die Zeit kam, kehrte er in dem einsamen Bauernhof ein. Er trug noch die Bäurin durch den reißenden Strom, damit sie trockenen Fußes zur Feier gelangen konnte. Dann setzte er sich in das verlassene Haus und harrte der Dinge, die da kommen sollten. Um Mitternacht war plötzlich ein gewaltiger Lärm zu hören. Grettir griff nach seiner Waffe. Ein riesiges Weib trat in die Stube. Am Arm trug sie einen Trog und in der Hand ein Messer. Entschlossen sprang sie Grettir an. Aber so sehr er sich auch anstrengte, er konnte sie nicht überwältigen. Das verzweifelte Ringen dauerte bis zum Morgen. Allmählich spürte er, wie seine Kräfte erlahmten. Darauf hatte die Riesin gewartet. Lachend schleppte sie ihn unterm Arm hinaus zum Fluß. Grettir gab sich bereits verloren, doch noch rechtzeitig erspähte er eine Blöße, die sich das über=mütige Riesenweib gab, und Grettir konnte eine Hand frei be=kommen. Blitzschnell schlug er mit seinem Schwert zu und hieb der Riesin einen Arm ab. Das Ringen hob erneut an, bis die ersten Sonnenstrahlen über den Bergkamm fielen und die Riesin in Stein verwandelten. Noch lange Zeit hatte Grettir unter den Folgen des Kampfes zu leiden. Als er aber genesen war, machte er sich auf, um zu sehen, wo die Riesin hergekommen sein mochte. Nach langem Suchen fand er unter dem Wasserfall eine Höhle, deren Oberfläche spiegelglatt war, so daß es ihm un=möglich schien, auf den Grund zu gelangen. Schließlich versuch=te er sein Heil mit einem Seil, das er an einem in einen Fels=spalt gerammten Pfahl festband, am andern Ende mit einem Stein beschwerte, damit es sich auch im Wasser straffte — denn der Grund der Höhle war mit Wasser angefüllt —, und ließ sich kurz entschlossen hinab. Zu seinem Schutze hatte er nur sein Schwert bei sich. In der Tiefe der Höhle, wohin das Wasser nicht gelangte, saß an einem hellohenden Feuer ein gewaltiger Riese. Als dieser den Eindringling sah, erhob er sich und schwang sein Schwert gegen ihn. Mit wuchtigem Hieb schlug es ihm Grettir aus der Hand. Schnell wandte sich der Riese um, um ein anderes Schwert, das an der Wand hing, zu ergreifen. Dieser Augenblick der Wehrlosigkeit genügte Grettir, um dem Ungeheuer mit einem mächtigen Schlag die Brust aufzureißen. Die Eingeweide quollen heraus und schwammen auf der Was=serfläche davon. Entseelt brach der Riese zusammen. Nun mach=

te sich Grettir daran, die Höhle genauer zu untersuchen. Da fand er viele Schätze und die Gebeine der verschwundenen Männer, die er nach Hause brachte, damit sie bestattet würden.

Die Bergriesen haben ihren Namen von dem Ort ihres Herkommens. Sie wohnen in den Bergen und verbringen auch meist ihr Leben dort. Hin und wieder dringen sie in die Ebenen vor und richten mancherlei Unheil an. Man zählt aber auch die Riesen zu ihrem Geschlecht, deren Körper aus Stein ist. Von Hrungnir hören wir, daß sein dreikantiges Herz, sein viereckiges Haupt und sein mächtiger Schild von Stein gewesen seien. Als Wehr und Waffe benutzte er einen gewaltigen Schleifstein. Viele Riesen wurden auch in Felsen verwandelt. Das weiß man von Thor, der aber auch mit Miölnir, seinem Wurfhammer, manchen Riesenschädel zertrümmert hat und den man daher den Töter der Bergriesen nennt. Die Sage übermittelt uns außer Hrungnirs Namen noch die weiterer Bergriesen. So berichtet sie von Jarngrim, daß er, mit einem Ziegenfell bekleidet und einem Eisenstab in der Hand, durch die Lande gegangen und die Sterbenden zu sich gerufen habe. Der Sohn eines Bergriesen, Hergrim, hielt sich, so meldet die Sage, bald in den Bergen, bald bei den Menschen auf, während Armann kaum jemals seine finstere Berghöhle verließ. In Island erzählt man heute noch viele Geschichten von Bard Snäfellsase, dem Schutzherrn des vielbewunderten Gletschers Snäfell. Auch eine Seherin unter den Bergriesen ist berühmt: Hyndla. Nicht weniger die schöne Gunnlöd, die den Dichtermet in den Bergen hütet.

Unter die Waldriesen zählt Widolf, der Vater aller Weissagerinnen. Zu ihm flüchtete der verwundete Halfdan, dem es aber erst nach vielen Mühen gelang, die Hilfe des Riesen zu erhalten.

Mit dem Bast der Waldbäume wurden seine Wunden verbun=
den und mit heilkräftigen Kräutern und Wurzeln geheilt.
Von den Feuerriesen ist Surt der bekannteste. Er sitzt mit lohen=
dem Schwert im Flammenmeer. Am Ende dieser Welt besiegt er
Freyr und wirft den Feuerbrand über ihn. Auch Loge ist bekannt
und Eld, von den Feuerriesinnen Glod, Eimyria und Eisa.

ZWEITES BUCH

WIE DIE DICHTKUNST IN DIE WELT KAM

Als der Friede zwischen dem Asen= und Wanenreich geschlossen war, traten die Götter, dieses Bündnis zu bekräftigen, von beiden Seiten an ein Gefäß heran und ließen ihren Speichel hineinfallen. Wie die Mischung des Blutes in Brüderschaft verbindet, so sollte dieser heilige Speichel, gleichsam ebenfalls in Blut verwandelt, auf ewig die Gesinnung des Unfriedens verbannen und das Zeichen ewiger Freundschaft und Verbundenheit sein. Damit diese hehre Meinung immer in der Erinnerung bleibe, formten die Götter aus dem Speichel einen Mann, den sie Kwasir nannten. Da er aus so edlen Beweggründen geschaffen wurde, war er der Weiseste unter allen lebenden Wesen. Die Götter freuten sich über ihre Schöpfung und priesen des Mannes Klugheit. Und Kwasir war sich seiner Macht bewußt, nützte sie jedoch nie zum Unheil oder zu bösem Rat. Vielmehr hielt er sich zurück, drängte sich nie auf und gab seiner Weisheit die schönste Krönung durch seine Bescheidenheit. Da ihn die Menschen in ihrer Unwissenheit erbarmten, stieg er aus den himmlischen Höhen herab auf die Erde und lehrte die Menschen, gab ihnen das Wissen, das sie voranbringen, und den Geist des Fortschrittes, der sie veredeln sollte. Die Menschen dankten es ihm durch aufrichtige Verehrung und kündeten sein Lob in ihren Sagen und Liedern.

Eines Tages kam er zu der Wohnung der Zwerge Fialar und Galar. Diese Zwerge waren bösartig und von Mißgunst erfüllt. Sie beneideten Kwasir um sein Können und sannen darauf, ihn zu vernichten. Kwasir hegte in seiner Gutmütigkeit keinen Arg=

wohn, war freundlich zu ihnen und half ihnen bei ihrer täglichen Arbeit. Als er nachts schlief, traten sie heimlich in das Gemach und erschlugen ihn. Sein Blut ließen sie in den Kessel Odrörir und in die beiden Gefäße Son und Bodn rinnen.

Als Fialar und Galar ihr trauriges Werk vollendet hatten, gossen sie Honig in das Blut, vermengten beides miteinander und erzeugten auf diese Weise einen Met, der jedem lebenden Wesen die Gabe der Dichtkunst verlieh.

Die beiden Zwerge wurden ihrer Meintat nicht froh; sie versuchten, den Mord zu leugnen und erzählten überall, Kwasir sei an seinem Tode selbst schuld. Seine übergroße Weisheit habe ihm die Brust beengt, und er sei an ihr erstickt. Manche glaubten es. Viele aber hegten Zweifel. Bald kam das Gerücht auf, die Zwerge seien im Besitz eines kostbaren Getränkes, das aus dem Blute des Weisen gebraut worden sei. Und als Suttung davon hörte, kam er zu ihnen, um Wergeld für den Mord an seinem Vater Kwasir zu fordern. Die Zwerge hatten nichts anderes als den Dichtertrank. Da ihr Leben sonst verwirkt war und sie den Tod fürchteten, gaben sie ihn heraus. Heimlich brachte ihn Suttung in einen Felsengewahrsam und gab ihn seiner Tochter Gunnlöd in Obhut.

Als die Götter von diesem Wundergetränk hörten, beschlossen sie, es in ihren Besitz zu bringen. Odin übernahm selbst diese Aufgabe, stieg auf die Erde herab und mischte sich unter die Bauern, die ihm bei seinem Plane behilflich sein sollten. Er fing es sehr schlau an. Als er durch die Fluren ging, sah er neun Knechte das Gras einer Wiese mähen. Er trat zu ihnen, grüßte sie freundlich und fragte, ob er ihre Sicheln wetzen dürfe. Die Knechte hielten in ihrer Arbeit inne, nickten ihm lächelnd zu und reichten sie ihm. Odin zog einen Wetzstein aus seinem

Gürtel, befeuchtete ihn und schärfte die Sicheln mit geübter Hand. Mit höflicher Gebärde reichte er sie darauf zurück, und die Knechte begannen erneut mit ihrer Arbeit. Schon nach wenigen Schnitten hielten sie inne, sahen verwundert auf; denn die Sicheln schnitten, als ob sie durch Wasser führen. So etwas hatten die Knechte in ihrem ganzen Leben noch nicht erlebt. Den Wunderstein mußten sie haben. Odin zögerte erst ein wenig, dann aber warf er ihn lachend in die Luft, und die Knechte versuchten, ihn aufzufangen. Da ihn jeder haben wollte, kamen sie zu Fall und durchschnitten sich gegenseitig, ohne daß sie es wollten, die Hälse.

Odin mußte also neue Helfer suchen. Rüstig schritt er seines Weges weiter und kam nachts zur Wohnung des Riesen Baugi, dem Bruder Suttungs. Dieser Riese war sehr mißgelaunt; denn die Knechte, die an diesem Tag umgekommen waren, waren die seinen gewesen. Mit ärgerlicher Stimme erzählte er dies dem Göttervater, den er nicht erkannte und von dem er nicht wußte, daß er der eigentliche Urheber seiner Erregung war. Um dem Zürnenden behilflich zu sein, bot sich Odin, der sich Bölwerk nannte, an, die Arbeit der neun Knechte zu übernehmen. Als Lohn forderte er einen Trunk von Suttungs Met. Baugi schüttelte den Kopf. Darauf könne er nicht eingehen, sagte er, denn der Met gehöre nicht ihm, sondern seinem Bruder. Odin blieb bei seinem Verlangen. Und da Baugi auf die Hilfe seines Gastes nicht verzichten wollte, erklärte er sich schließlich bereit, zu versuchen, den Trunk zu erlangen.

Odin-Bölwerk schaffte nun den ganzen Sommer über die Arbeit der neun Knechte. Im Winter aber forderte er seinen Lohn. Baugi konnte sich nicht weigern; er mußte sein Versprechen einlösen. Sie machten sich beide auf die Reise. Dem Riesen war es nicht wohl dabei; denn er kannte seinen Bruder und dessen Unnachgiebigkeit.

Als sie bei Suttung ankamen und ihren Wunsch vortrugen, wandte er ihnen hohnlachend den Rücken. Baugi verlegte sich aufs Bitten; aber auch das nützte nichts. Sein Bruder blieb taub und tat, als ob er nicht höre, und verließ schließlich den Raum. Odin nickte dem hilflosen Baugi zu. „Da hilft weiter nichts. Wir müssen Suttung überlisten", sagte Odin und strich sich die Locke aus dem Gesicht, die sonst über dem fehlenden Auge lag. Der Riese war damit einverstanden; denn er konnte dem vermeintlichen Knecht, der den ganzen Sommer über Neunmännerarbeit getan hatte, den Lohn nicht verweigern, auch wenn er ihm damals keine feste Zusage gegeben hatte.

Odin nahm wieder das Wort und zog einen Bohrer aus der Tasche. „Sieh, das ist Rati, ein wunderreiches Werkzeug! Durchbohre mit ihm die Bergwand, hinter der der kostbare Met verborgen ist, damit wir zu ihm gelangen können, ohne daß Suttung es merkt."

Baugi erklärte sich nur ungern damit einverstanden, denn das Vorhaben war gefährlich, und Odin merkte sein Zögern und den geringen Eifer, mit dem er seine Arbeit tat. Aber er nickte ihm nur ein paarmal ermunternd zu, blies dann in das Loch, das Baugi nun doch gebohrt hatte, daß die Felssplitter und Erdbrocken herauswirbelten.

„Bohre weiter!" forderte er den einstigen Herrn auf. Gehorsam tat Baugi nach seinem Begehr. Als Odin dann wieder in das Loch blies, flogen die Erdmassen in das Innere. Die Bergwand war also durchbohrt.

Der Göttervater sprach nun einen Zauberspruch, verwandelte sich in eine Schlange und kroch behende in das Loch. Baugi, der den Raub des Mets verhindern wollte, stach mit dem Bohrer nach, um das Untier zu töten. Aber er erreichte es nicht mehr. Bleich vor Ärger ließ er sich auf einem Felsbrocken nieder. Odin war inzwischen in das Berginnere gelangt und hatte die drei Gefäße gefunden. Gierig stürzte er sich über Odrörir und trank ihn in einem Zuge leer. Dann machte er sich über Bodn und Son. Im Nu waren auch diese geleert, so daß kein Tropfen mehr in den drei Gefäßen war.

Einen Augenblick hielt er verschnaufend inne. Dann nahm er die Gestalt eines Adlers an und flog davon. Als Suttung das sah, verwandelte er sich ebenfalls in einen Adler und folgte ihm mit mächtigem Flügelschlag. Doch Odin hatte einen ziemlichen Vorsprung, so daß Suttung sich alle Mühe geben mußte, wenn er ihn erreichen wollte.

Als die Asen Odin daherbrausen und von Suttung verfolgt sahen, stellten sie Gefäße im Hof von Asgard bereit. In mächtigem Strahl spie der Göttervater den Met hinein, der auf diese Weise wieder Speichel wurde, der er vordem gewesen war. Ohnmächtig vor Wut gab Sutting die Verfolgung auf und kehrte nach Hnitbiörg zurück.

Odin aber schenkte den Met den Asen und den Menschen, die sich der Dichtkunst weihen wollten.

ODIN UND KÖNIG HEIDREK

Trockenheit herrschte auf der weiten Flur, die König Heidrek gehörte. Das Gras wurde gelb, und das Getreide kümmerte da=hin. Die Bäche trockneten aus, und die Flüsse wurden zu schma=len Gerinnseln. Dumpf brütete die Sonne auf dem sonst so luftigen Königssitz. Die Menschen gingen müde und mißlaunig umher; und wenn die Nächte kamen, brachten auch sie keine Kühlung. Die Vögel verstummten in den Bäumen und Hecken. Ihr Lied war erstorben, und selbst die Frösche in den Weihern hatten keine Freude mehr an ihrem Abendchor. Sie verkrochen sich lieber in den spärlichen Schlammresten, die die geringen Wasser befeuchteten und die sie wenigstens davor bewahrten, daß ihnen die Haut an den mageren Leibern eintrocknete.

Heidrek sann hin und her, wie dem Übel abzuhelfen sei. Aber er ging lange in die Irre, bis er auf den Gedanken kam, dem Gott der Fruchtbarkeit, Freyr, den größten Eber zu opfern, der in seinem Lande aufzutreiben war. Der Eber galt von jeher als ein heiliges Tier, und alle wichtigen Geschehnisse und Bünd=nisse mußten bei seinen Borsten beschworen werden. Er hoffte, daß der Gott milde gestimmt werde, wenn man ihm ein so hehres Tier zur Sühne darbrachte.

Boten gingen im Land umher, sahen sich alle Eber an, die die Bauern hatten, und am Julabend führte man das größte Tier des Reiches in die Königshalle. Die Edlen des Hofes traten herzu, legten die Hände auf die Borsten des Tieres und leisteten ihre Gelübde. König Heidrek aber legte die eine Hand auf den Kopf, die andere auf die Borsten des Ebers. Dann wurde das Tier im

Opfer dargebracht, und Freyr ließ sich bewegen, seinen Segen und seine Gunst wieder dem geplagten Land zuzuwenden.

Später einmal erhielt König Heidrek einen seltsamen Besuch. Ein blinder Mann kam müde am Wanderstab dahergewankt und erbat das Gastrecht. Der Alte nannte sich Gest; und Heidrek willfuhr gerne seiner Bitte, bot ihm den Ehrenplatz an und bewirtete ihn aufs freundlichste. Dieser Blinde war niemand anders als Odin, der sich gerne unerkannt unter die Menschen mischte und sich des öfteren einen Spaß mit ihm machte. Selten wurde er erkannt. Auch in Heidreks Halle war es nicht anders. Die beiden Männer unterhielten sich über mancherlei. Schließlich kamen sie darauf, sich Rätsel aufzugeben. Odin fragte: „Wer sind die beiden, die zehn Füße, drei Augen und doch nur einen Schwanz haben?" Heidrek lachte: „Oh, das ist leicht. Das war in jener Zeit, als der Göttervater das Pferd Sleipnir ritt. Das Tier hatte acht Füße, Odin zwei. Zusammen hatten sie drei Augen, Odin eines und das Pferd zwei. Du siehst, das Rätsel war leicht, und ich habe es schnell gelöst.

Odin nickte. Da mußte er schon mit schwereren Fragen kommen; denn König Heidrek war ein gewitzter Mann, und Odin fragte zum zweiten: „Sag mir, du Vielkundiger, wer ist die Wunderbare, die ich draußen vor den Toren Dellings, des Vaters des Tages, sah? Sie leuchtet zur Freude der Menschen über Berg und Wald und See. Zwei Wölfe sind um sie, der eine läuft ihr voraus, der andere hinterher. Nun denk' darüber nach und rede, wenn du jetzt noch reden kannst."

Aber Heidrek brauchte nicht lange darüber nachzudenken. Schnell antwortete er: „Es ist die Sonne. Sie ist über allen Landen, beglückt Menschen und Fluren durch ihren Strahl, und Skoll und Hati, die beiden Wölfe, balgen sich um sie."

Odin erhob sich, ging ein paar Mal schweren Schrittes hin und her, blieb dann vor dem König stehen und fragte ihn mit listi= gem Zwinkern: „Nun aber sollst du mir sagen, was Odin dem strahlenden Baldur ins Ohr sagte, bevor man ihn auf den Scheiterhaufen trug?"

Da wußte Heidrek keine Antwort, so sehr er sich auch anstreng= te. Als er aber das spöttische Lächeln des blinden Gastes sah, er= grimmte er so sehr, daß er sein Schwert von der Wand nahm und sich zornentbrannt auf den Alten stürzte. Aber bevor er zu= schlagen konnte, verwandelte sich Odin in einen Falken und flog durch das Fenster davon. Nun wußte König Heidrek, wer ihn genarrt hatte. Es war Odin, der sich gerne mit den Men= schen einen Scherz machte und sich nicht scheute, auch einmal einen König in Verlegenheit zu bringen.

Als wieder einmal eine große Hungersnot ausgebrochen war und viele Menschen starben oder das Land verließen, wurden Weissager von überall her an den Königshof entboten, um zu beraten, was zu tun sei, damit das Reich von dieser furchtbaren Geisel erlöst werde. Die Weisen warfen die Lose und sagten dann, das Land würde erst dann wieder fruchtbar sein, wenn der edelste Jüngling geopfert werde.

Heidrek meinte, daß der Sohn seines Schwiegervaters, des Königs Harald, Halfdan, der edelste sei. Aber König Harald schüttelte den Kopf und rief: „O nein! Der vornehmste Jüng= ling ist dein Sohn Angandy!"

Heidrek beugte das Haupt, dann teilte er dem Volke mit, daß sein Sohn Angandy als der Edelste im Lande sein Leben dahin= geben werde, wenn ihm jeder zweite Mann König Haralds Treue und Gefolgschaft schwöre.

Die Eide wurden geleistet. König Heidrek hatte das nicht er=

wartet; denn er dachte, daß die vielen Mannen Haralds sich weigern würden, sich ebenfalls zu opfern. Um das Leben seines Sohnes zu retten, rief er aus:
„Ich glaube, es wird dem Göttervater lieber sein, wenn statt des Knaben Angandy König Harald samt seinem Sohn und seinem Volke in Walhall einziehen!"
Nun hob ein schrecklicher Krieg an, schaurig hallten die Kriegshörner durch die Talgründe, und in blutheischender Wut stürzten sich die Heere aufeinander. Das Kriegsglück neigte sich bald der einen, bald der anderen Seite zu. Schließlich aber sprach Heidreks wunderbares Schwert Tyrfing das letzte Wort: König Harald und sein Sohn Halfdan mußten ihr Leben dahingeben. Mit ihrem Blut ließ Heidrek die Opferaltäre besprengen. Die Gefallenen aber weihte er Odin, in der Hoffnung, daß nun die vertrockneten Felder wieder Frucht bringen würden.
Als Heidreks Gattin, die Tochter König Haralds, erfuhr, daß ihr eigener Mann ihren Vater und Bruder getötet hatte, verließ sie ihn gebrochenen Herzens und erhängte sich.
Aber auch König Heidreks Tochter wurde ihres Lebens nicht froh. Sie war zwar die schönste Jungfrau weit und breit und hatte Männerkräfte, doch war ihr das Glück nicht hold. Schon frühzeitig übte sie sich im Waffengebrauch, schoß mit geübter Hand den Pfeil ins Ziel, handhabte das Schwert wie die besten Recken ihres Vaters, zügelte das wildeste Roß, daß es ihr gehorsam war, und nahm an manchem blutigem Männerkampfe teil, bis sie selbst die tödliche Wunde empfing und ihr junges Leben dahingeben mußte.
So wurde es einsam um König Heidrek, von dessen Taten und von dessen Klugheit die Sage so vieles kündet.

ODIN UND WAFTHRUDNIR

Odin hatte viel Rühmens von der Weisheit Wafthrudnirs gehört, und es reizte ihn, sich selbst davon zu überzeugen. Frigg versuchte, ihn zurückzuhalten, da der Riese als sehr gewalttätig verschrien war, und sie fürchtete, ihr Gemahl könnte Schaden nehmen oder gar umkommen im Riesenreich. Aber der Göttervater schüttelte den Kopf und sagte: „Was soll ich mich fürchten? Ich bin weit in der Welt herumgekommen, habe vieles erfahren, noch mehr erforscht und mich gerne mit klugen Wesen unterhalten. Nun will ich sehen, wie es um die Weisheit des Riesen bestellt ist, von dem man sagt, daß er das ganze Wissen seines Geschlechtes in sich berge, alle Schicksale der Welt vom Anfang bis zu ihrem Ende kenne und bisher noch niemandem im Rätselstreit unterlegen sei."

Damit mußte sich Frigg zufrieden geben, und Odin machte sich auf den Weg, wieder in unscheinbarer Gestalt als armer, fahrender Mann. Bald kam er auch zur Halle des berühmten Riesen. Mit freundlicher Miene trat er ein und entbot dem Hausherrn herzlichen Gruß.

Wafthrudnir saß auf dem Hochsitz am Herde und sah dem Ankömmling fragend entgegen.

„Ich bin zu dir gekommen, Weisester der Weisen, um zu sehen, ob deine Klugheit so groß ist, wie man von dir in allen Landen erzählt."

Der Riese schwieg eine Weile, dann sagte er: „Wer ist der Mann, der in meinem Hause so zu mir spricht? — Wahrlich, wenn du nicht klüger bist als ich, verläßt du schwerlich wieder diesen Saal!" Odin verschwieg seinen wahren Namen und antwortete: „Ich heiße Rätselsieger und komme leeren Magens und durstiger Kehle in deine Wohnung. Weit bin ich gewandert, Riese, und habe nötig, daß du mir Herberge gibst."

Wafthrudnir räusperte sich und brummte: „Warum sprichst du von der Türe aus und trittst nicht mitten in den Saal? – Komm her und zeige, wer klüger ist: der Gast oder der grauhaarige Hausherr?"

Odin antwortete: „Wenn der Arme zum Reichen kommt, geziemt es ihm, höflich zu reden oder ganz zu schweigen. Geschwätzigkeit hat noch nie zu gutem Ende geführt, wenn der Sprecher zu einem unnahbaren Manne kommt."

Der Riese hob die Hand.

„Nun, so sag mir, Rätselsieger, wenn du von der Türe aus dein Heil versuchen willst: Wie heißt der Hengst, der dem Menschenvolk den Tag bringt?"

Odin besann sich nicht lange und antwortete schnell: „Lichtmähne heißt er, der dem Menschenvolk den Tag bringt. Es gibt kein besseres Roß auf dieser Welt, und keines hat eine leuchtendere Mähne."

Der Riese erhob erneut die Hand.

„Nun, so rate weiter, Rätselsieger: Wie heißt das Roß, das den Menschen die Nacht herbeiführt?"

Und auch diese Frage löste der Gast schnell: „Reifmähne nennt man das Roß, das den Menschen die Nacht herbeiführt. Vom Maule tropft ihm der Tau, der die morgendlichen Täler feuchtet."

Der Riese besann sich eine Weile und fragte dann listig: „Sage mir, du Fremder, der du an der Tür stehst und nicht wagst, näher an mich heranzukommen: wie heißt der Fluß, der das Land der Riesen von dem der Götter scheidet?"

Odin lachte, weil die Antwort so leicht war. „Er heißt Ifing, der Strom, der das Land der Riesen von dem der Götter scheidet. Immer und ewig fließt sein Wasser dahin, nie ist es durch Eis behindert."

„Nun, Rätselsieger, rate weiter, wenn dir das Glück noch immer an der Tür hold ist: wie heißt das Schlachtfeld, auf dem der Feuerriese Surt gegen die Götter kämpfen wird?"

Odin lehnte sich gemächlich an den Türpfosten. „Streitbahn heißt das Feld, Riese, auf dem sich Surt und die Götter im Streite messen werden. Hundert Rastplätze sind zur Rechten und zur Linken."

Wafthrudnir sagte weiter: „Du redest klug, mein Gast. Nun komme zu mir auf die Bank und lasse uns im Sitzen sprechen! Wir wollen unser eigenes Haupt zum Pfande setzen. Es sei dem Sieger des Rätselkampfes verfallen."

Odin war damit einverstanden. Und da das Fragen nun an ihm war, fragte er: „Nun so sage mir, Wafthrudnir, zum ersten, wenn dein Verstand dazu reicht: Woher kamen Himmel und Erde?"

Der Riese antwortete: „Die Erde war aus Ymirs Fleisch geschaffen, aus seinen Knochen die Berge, aus seiner Hirnschale der Himmel und aus seinem Blute das Wasser."

Odin nickte. „Und nun künde mir zum zweiten, wenn du kannst und deine Klugheit nicht versagt: Woher kamen Mond und Sonne?"

Der Riese entgegnete ohne Besinnen: „Der Vater beider nennt sich Mundilfari. Beide gehen täglich ihren Weg und künden den Menschen die Zeit."

Odin war auch mit dieser Antwort einverstanden. „Nun, so magst du mir zum dritten sagen, falls dein Geist noch nicht er-

schlafft ist: Wer ist der Vater des Tages, der über die Fluren heraufzieht, und der Nacht, die der Neumond begleitet?"
Wafthrudnir erwiderte: „Den Vater des Tages nennt man den Leuchtenden und den der Nacht den Dunklen. Die verschiedenen Gesichter des Mondes schufen die freundlichen Götter den Menschen zum Zeitmaß."
Der Göttervater nickte zustimmend. „Und so sag mir zum vierten, du Kluger, wenn dein Verstand auch noch diese Frage zu klären vermag: Woher kamen Sommer und Winter zuerst ins Götterreich?"
Da lächelte der Riese.
„Leicht ist das! Kaltwind heißt der Vater des Winters und der des Sommers Wonnesüß."
Odin: „Und nun zum fünften: Wer war der erste von den Göttern und Riesen in der Vorzeit?"
Der Riese: „Der zuerst — vor der Erschaffung der Welt — Geborene war Bärbrüller, dessen Vater Kraftbrüller und sein Ahn Steinbrüller, den man anderwärts auch Ymir nennt."
„Ja, aber woher kam Steinbrüller ins Reich der Riesen?"
„Gifttropfen kamen von Sturmwogen und wuchsen und nahmen Gestalt an, bis ein Riese daraus ward. Aus der südlichen Welt aber kamen Funken, die das Gebilde belebten. Ich will es genauer sagen: Die Sturmwogen Eliwagar kamen von weit her und waren so kalt, daß der Giftstrom zu Eis gefror und stille stand. Reif fiel darüber und gefror wieder zu Eis. So kam Eisschicht über Eisschicht, die die Gestalt des Riesen annahm. Vom Süden aber wehten warme Lüfte, aus Muspelheim, dem Feuerland, die begegneten den eisigen aus Niflheim, dem Nebelland, so daß diese schmolzen und sich in Tropfen auflösten. Dadurch erhielt der Eisriese Leben, und es entstand ein Menschengebild,

das man Ymir nannte, bei den Frostriesen hieß man es Aurgelmir (Steinbrüller). Von ihm stammen alle Frostriesen ab."
Odin fragte weiter: „Und zum siebenten: Woher kamen Ymirs Kinder?"
Da antwortete der Riese: „Unter den Armen wuchsen ihm Sohn und Tochter, aus den Füßen gedieh ihm der sechshäuptige Sohn."
„Und nun, Wafthrudnir, vermelde mir zum achten: Was ist das Älteste, dessen du dich erinnerst?"
„O Gast, das will ich dir sagen: Vor der Erschaffung der Erde ward Bergelmir (Bärbrüller) geboren, und noch jetzt gedenke ich, wie er, als man Ymir ermordet hatte, heimlich im Boote davonfuhr, samt seinem Weibe, und zum Stammvater eines neuen Riesengeschlechtes wurde."
Odin fragte weiter:
„Und woher kommt der Wind, den niemand sieht und der doch über das Meer weht?"
Der Riese antwortete: „Leichenschwelger nennt man ihn. Er hat die Gestalt des Adlers und haust am Ende des Himmels und facht mit seinen Flügeln den Wind an, der über Meer und Erde weht."
Odin neigte zustimmend das Haupt. „So ist es, Riese. Wenn deine Klugheit noch nicht erschöpft ist, so sollst du mir sagen, wie Niörd unter die Asen kam. Er entstammt doch nicht diesem Göttergeschlecht, und trotzdem sind ihm Hunderte von Heiligtümern und Altären geweiht."
Wafthrudnir antwortete ihm: „Das Göttergeschlecht der Wanen schuf ihn und gab ihn dem Göttergeschlecht der Asen als Geisel. Er wird am Weltenende wieder zu den Wanen zurückkehren."
Der Göttervater fragte weiter: „Recht hast du gesagt, Wafthrudnir. Aber nun möchte ich wissen, was die Himmelshelden tun bis zum Untergang der Götter?

„Auch diese Frage kann ich lösen, wißbegieriger Gast! Die Himmelshelden in Odins Saal kämpfen Tag für Tag in edlem Wettstreit miteinander. Abends aber sitzen sie wieder versöhnt und fröhlich beisammen."

„Und nun zum zwölften, Riese: Woher erforschest du die Zukunft der Götter, und wer lehrte dich der Riesen und der Götter Geheimnisse? Künde mir auch dies noch, Allkluger!"

„Auch das will ich dir sagen, mein Gast, denn ich bin viel erfahren, da ich alle Welt durchwanderte. Neun Reiche habe ich besucht und gelangte selbst hinab bis zur nebligen Unterwelt, wohin die meisten Helden kommen, wenn sie ihr Leben auf dieser Erde beschlossen haben."

Odin erhob das Haupt. „Wahrlich, du hast mir, dem Weitgewanderten, viele Rätsel gelöst! Aber nun sage mir: Wer wird von den Menschen den Schreckenswinter überleben?"

„Auch das sollst du, der du dich Rätselsieger nennst, wissen: Sie heißen Leben und Lebenskräfte, die sich im Walde Hoddmimir verborgen halten. Morgentau ist ihre Nahrung, da ihnen anderes mangelt. Von ihnen stammt ein neues, großes Menschengeschlecht."

„Es ward einst gesagt, Waftrudnir, daß der Wolf die Sonne verschlinge. Wie kommt es, daß sie trotzdem vom blauen Himmel herniederstrahlt?"

„Nun, Gast, sie hatte eine Tochter geboren, bevor sie der Wolf erwürgte. Leuchtend fährt nun die Erbin auf der Mutter Bahn."

„Aber noch immer bin ich wißbegierig, Riese: Wer gebietet über das Reich der Götter, wenn das Feuer ihr Geschlecht vernichtet hat?"

„Die Söhne Odins, Widar und Wali, werden die Stätten der Götter bewohnen. Den Hammer Thors, den man Miölnir, den

Zermalmer, nennt, werden die Söhne Thors, Modi und Magni, schwingen."

Und wieder fragte Odin: „Und nun löse noch die Frage: Wie wird Odins Ende sein, wenn die Götter untergehen?"

Der Riese nickte ernst: „Odin wird vom Wolf getötet werden, aber Widar wird ihn rächen. Dem Mörder wird er den Rachen zerreißen."

Da erhob sich Odin. „Und nun zum letzten: Was flüsterte Odin seinem Sohne Baldur ins Ohr, bevor dieser den Scheiterhaufen bestieg?"

Da schüttelte der Riese den Kopf. „Diese Frage wird dir niemand lösen! — Doch nun erkenne ich dich: du bist Odin selbst, der mein Wissen prüfte. Ich bin dir unterlegen, da ich diese Frage nicht beantworten kann. Mein Haupt ist dir verfallen. Du wirst immer der Weiseste sein!"

VON ODINS OPFER

Odin erzählte in ernstgestimmter Götterrunde, als die Sonne sich neigte und die Erde mit Purpur und Gold überwarf, so daß die Menschen erstaunt vor diesem leuchtenden Wunder zum Himmel emporschauten, an dem die dunklen Wolken in feierlicher Ergriffenheit still zu stehen schienen:

Von Odins Opfer

Ich hing einst an einem mächtigen Baume, dessen weitausladende Äste die ganze Welt überspannten. Wer mich dort aufhing, will ich nicht sagen. Es mag auch ohne Bedeutung sein für die, die es nichts angeht; es ist aber auch sonst klüger, zu schweigen.

Neun bange Nächte hing ich da, während die Sonne, Sterne und Mond ihren Weg gingen, die Menschen ihre harte Arbeit taten, die Riesen ernste oder hinterhältige Dinge sannen und die Götter in ihrem Übermut und Leichtsinn meiner nicht gedachten.

Ich hing an dem Ast eines Baumes, von dem man nicht weiß, welche Wurzeln ihn nährten. Die Wunde an meiner Seite blutete und schmerzte; von eigenem Speer ward sie geschlagen weil es so bestimmt war — bestimmt vom Geschick, dem sich auch Odin zu beugen hatte.

Niemand bot mir Speise noch Trank. Alle schienen mich vergessen zu haben, alle, die verpflichtet gewesen wären, mir verpflichtet aus Verbundenheit, Dankbarkeit oder Freundschaft.

Tag um Tag wartete ich; und Nacht um Nacht sann ich, wie ich mein Los erleichtern oder aus meiner unglücklichen Lage befreit werden könnte.

In Not und Verzweiflung beugte ich mich tief zur Erde, daß mir die Arme zu reißen und der Rücken zu zerbrechen drohte. Schreiend nahm ich die heiligen Zauberrunen auf. Und sie lösten die Bande, befreit fiel ich zu Boden.

DIE ZAUBERLIEDER

Und Odin sprach weiter:
Ich kenne Zauberlieder, von denen kein Mensch, weder der König noch der Geringste, etwas weiß.
Das erste trägt den Namen „Hilfe". Es nützt dir in allen Nöten des Streites und der Gefahr. Ein anderes hilft bei Krankheit und Wundschmerzen. Ein drittes bannt die Kraft des feindlichen Speeres und stumpft dessen Spitze. Sie wird mich nicht verwunden, und sei die Waffe noch so listig geführt. Ein viertes zersprengt die Fesseln, die man mir um die Gelenke der Hände gelegt. Sobald ich das Lied anstimme, sind die Hände frei. Ein fünftes hemmt den Flug des Pfeiles, der im Schlachtgetümmel geschleudert wird. Mag er noch so kraftvollen Schwunges sein, er fällt kraftlos zu Boden, wenn ihn nur der drohende Blick meiner Augen trifft.
Verzaubert mich einer mit unheilbringender Baumwurzel, in die Runen geritzt sind, um dem Feind Verletzungen beizubringen, so weiß ich ein sechstes Lied, das den Feind vertilgt, der mir das Böse tat. Das siebente hilft gegen Feuersnot, und sei das brennende Haus noch so hoch und die Glut noch so heiß. Bricht Streit und Hader zwischen den Männern aus, wird ein achtes Zauberlied schnell sein versöhnendes Wunder tun.
Bist du in Seenot und dein Schiff ist gefährdet, so wird ein neuntes Wind und Wellen glätten und das wilde Meere besänftigen. Ein zehntes ist gut, wenn die Hexen durch die Lüfte reiten. Sie werden genötigt, umzukehren; ihr Gewand geht dahin und ihre Kraft versiegt.

Soll ich die Freunde in die Schlacht führen, so hilft ein elftes. Ihre Schilde verzaubere ich. So werden sie siegreich sein und unversehrt aus der Schlacht zurückkehren. Sie werden immer unverletzbar sein. Ein zwölftes wird den Strang zerreißen, der einem am Baumaste Baumelnden um den Hals gelegt ist. Sobald ich das Runenzeichen ritze, wird der Mann zu mir kommen und mit mir sprechen, obgleich er schon tot war. Und soll ich den Sohn eines Helden mit Wasser weihen, so nützt mir ein dreizehntes. Nie wird er fallen in der Schlacht, noch wird irgendein Schwert ihn verletzen.

Ein vierzehntes steht mir bei, wenn ich die Namen der Götter nennen soll. Alle kenne ich, Asen und Alfen. Wenige werden mir gleich sein an Wissen. – Der Zwerg Volkrörir sang ein fünfzehntes vor dem Felsentor Delings, des Vaters des Tages: Stärke gab es den Asen und den Alfen Nutzen, Weisheit aber Odin.

Will ich eine schöne Maid mir willfährig machen, so nenne ich ein sechzehntes. Ein siebzehntes wird mir ihre Wohlgesinnung erhalten.

Magst du die Lieder auch lange nicht beachten, so werden sie dir von größtem Nutzen sein, wenn du sie kennst und im Gedächtnis behältst. Immer werden sie dir helfen, wenn du sie anrufst! Ein achtzehntes Zauberlied aber weiß ich – doch singe ich es nicht vor einem Mädchen oder des anderen Weib, nur mein eigenes Weib soll es hören oder meine Schwester.

Und zum Schluß der Sprüche:

Dieses hehre Lied wurde in der Hohen Halle gesungen. Sei es den Göttern und Menschen zum Segen, den Riesen aber zum Nachteile. Wohl allen, die es kennen: sie werden lange leben und es weitergeben.

ODIN BEI KÖNIG GEIRRÖD

Mächtig blies der Wind in die Segel des einsamen Fischerbootes, das gemächlich aus der Bucht hinausglitt, nun aber, vom Wind erfaßt, mit ungeheurer Geschwindigkeit aufs Meer hinausjagte. Die beiden Königssöhne Geirröd und Agnar waren zum Fischen ausgefahren. Als sie ihr Boot ein wenig auf dem offenen Meer erproben wollten, packte der Sturm, über den sie nicht Herr wurden, das leichte Fahrzeug und ließ es auf den Wellen tanzen. Ohnmächtig mußten sie sich der Gewalt fügen. Es war unmöglich, in dem tobenden Aufruhr von Wetter und Wind die Segel zu bergen. Geirröd, der am Steuer saß, wurde hin= und her=gerissen, daß ihm die Schweißtropfen, trotz des eisigen Windes, auf der Stirn perlten und seine Arme zu erlahmen drohten. Agnar hockte auf dem Boden, die Arme um den Mast geschlungen, und war froh, daß er nicht über Bord gespült wurde. Schreck stand ihm in den Augen, und seine Wangen waren bleich vor Angst, denn er war noch jung und liebte das Leben. Geirröd versuchte, ihn zu trösten, aber das Heulen des Sturmes und das Knattern der Segel verschluckten jeden menschlichen Laut.

Allmählich sank die Nacht hernieder. Die Jünglinge wußten schon längst nicht mehr, wo sie sich befanden. Seit Stunden hatten sie das Land aus den Augen verloren. Für ihr Leben gaben sie nichts mehr, aber es wollte ihnen nicht in den Sinn, daß sie in ihren jungen Jahren für ihren Leichtsinn so hart büßen sollten.

Plötzlich schien es, als ob der Sturm verhielte. Und bald darauf stieß der Kiel des Bootes auf knirschenden Sand. Es dauerte eine ganze Weile, bis die Jungmänner begriffen hatten, daß sie an

Land gekommen und gerettet waren. Dann aber kannte ihre Freude keine Grenze. Mit einem Jubelruf sprangen sie ans Ufer und reckten die Hände zum Himmel empor. Alle Müdigkeit und Angst waren wie weggewischt. Als sie sich umsahen, entdeckten sie in der Ferne ein Licht. Agnar hatte es zuerst gesehen und zeigte es dem Bruder.

„Wo ein Licht ist, werden auch Menschen und ein schützendes Dach sein", sagte er. „Laß uns dorthin gehen!"

Vorsichtig schritten sie über den unebenen Boden. Das Licht war ihnen ein guter Wegweiser in der Nacht, aber da sie weder Weg noch Pfad erkannten, gab es manchen Sturz und manchen Zusammenstoß mit den im Wege stehenden Bäumen. Mit vieler Mühe und nach mancher Verwünschung, die aber gar nicht ernst gemeint war, erreichten sie ein kleines Haus, dessen Dach fast bis auf den Boden herabreichte. Durch das kleine Fenster sahen sie in einen ärmlichen Raum. Ohne Zögern traten sie ein und grüßten freundlich den alten Mann, der mit seiner Frau auf einer Bank an der Wand saß. Er hieß sie willkommen, und sie erzählten den alten Leuten ihr Mißgeschick. Tag um Tag blieben sie bei ihnen, und schließlich kam der Winter, der es ihnen unmöglich machte, vor dem nächsten Frühjahr nach Hause zurückzukehren. Die kalte Zeit wurde ihnen aber nicht langweilig; denn der Grauhaarige wußte viel zu erzählen, und besonders Geirröd fühlte sich zu ihm hingezogen, während sich die Frau mehr des jungen Agnar annahm.

Lange dauerte der Winter, und der Schnee wollte nicht weichen. Schließlich aber siegte doch die Sonne über Eis und Kälte. Die ersten Vögel kamen zurück, probten ihre Lieder und bauten ihre Nester in die Kronen der Bäume oder in das dichte Gesträuch, das weithin das Land bedeckte.

Nun erwachte auch das Heimweh in den Jungmännern. Die Alten hielten sie nicht zurück; der Grauhaarige gab ihnen sogar ein seetüchtiges Schiff, und beide geleiteten sie die Brüder zum Strand. Unterwegs hielt der Alte Geirröd zurück und flüsterte ihm etwas ins Ohr, was die anderen nicht verstanden. Geirröd nickte ihm zu und versprach, seinen Rat zu befolgen. Dann zogen sie die Segel auf, und das Schiff glitt schnell, die Segel vom frühlingsjungen Wind gebläht, aufs Meer hinaus. Bald waren die winkenden Alten ihren Blicken entschwunden.

Als sie an das Land ihres Vaters kamen, sprang Geirröd, der vorn im Schiffe stand, ans Land und stieß es so heftig zurück, daß es erneut hinaus auf die See trieb. Lachend rief er: „Fahre dahin, Agnar, und segle ins Land der Trolle!"

Da gewann der Bannfluch Gewalt, und Agnar mußte sein Leben im Kreise der Trolle verbringen. Er heiratete ein Riesenweib und bekam viele Kinder. Geirröd aber wurde an Stelle seines verstorbenen Vaters Hraudung König in dessen Reich. Der alte Bauer aber in der einsamen Hütte war Odin gewesen und die Alte Frigg. –

Eines Tages saßen Odin und Frigg auf ihrem Hochsitz und schauten über alle Lande. Plötzlich ging ein Schmunzeln über die Züge des Göttervaters. Er zeigte mit seiner Rechten zur Erde und sagte: „Schau deinen Schützling an, wie er mit seinem Riesenweibe in der Höhle lebt und ihm Kind für Kind heranwächst. Dann wende deine Blicke zu Geirröd, meinem Pflegesohn, und sieh, wie herrlich er als König über sein Volk herrscht."

Frigg nickte ein paar Mal vor sich hin. „Nur eines vergaßest du, und das scheint mir wichtig: Dein edler König ist so geizig, daß er seine Gäste hungern läßt."

Odin machte eine wegwerfende Handbewegung. „Das ist ja

Unsinn! Wir wollen eine Wette abschließen und sehen, wer recht hat."

Frigg war sogleich damit einverstanden und schickte ihre Magd Fulla zu Geirröd, damit sie ihm die Botschaft bringe, daß ein Zauberer zu ihm unterwegs sei, vor dem er sich hüten möge. Der Hexenmeister sei jedoch leicht zu erkennen, da ihn selbst der bissigste Hund nicht anzufallen wage.

Geirröd vernahm diese Kunde gerne und rüstete sich darauf, den seltsamen Besucher gebührend zu empfangen. Und als der Fremdling dann kam, ließ er ihn durch seine Knechte festnehmen. Lachend empfing ihn der König in der Halle.

„Wer bist du? Und was suchst du hier?"

Der vermeintliche Zauberer schlug den Mantel zurück und blickte ihm offen in die Augen. „Ich bin Grimnir." Mehr sagte er nicht, so sehr sich der König auch bemühte, ihn zum Sprechen zu bringen.

Schließlich verlor Geirröd die Geduld, und er befahl seinen Knechten, den Fremdling zu foltern, denn der König wollte unter allen Umständen wissen, was es mit dem Zauberkünstler auf sich habe. Die Knechte führten den Mann hinaus. Willig ging er mit; denn auch er war begierig, was man mit ihm anfangen würde. Wenn es zu schlimm werden würde, konnte er sich immer noch zu erkennen geben.

In einem hohen, aus Steinen errichteten Raum wurde er zwischen zwei lohende Feuer auf den Boden gesetzt. Die Flammen züngelten so nahe an ihn heran, daß er große Qualen auszustehen hatte. Aber er ließ sich nicht bewegen, sein Geheimnis preiszugeben. Acht Tage und acht Nächte dauerte die Marter.

Geirröds zehnjähriger Sohn Agnar kam immer wieder in die Folterkammer, weil er Mitleid mit dem fremden Mann hatte.

Oft reichte er ihm einen kühlenden Trunk oder versuchte, ihm sonst Gutes zu tun oder kindliche Trostworte zu sagen. Er verhehlte auch nicht, daß es ihn über die Maßen schmerze, daß der König einen Unschuldigen so demütige und quäle.

Grimnir nahm die Liebesbeweise des Knaben dankbar an.

Je länger der Fremdling zwischen den Feuern saß, um so mehr näherte es sich ihm. Wie eine züngelnde Schlange kroch es heran, jeden Augenblick bereit, sich vernichtend auf das Opfer zu stürzen. Schließlich fing Grimnirs Mantel an zu brennen. Da erst machte der Göttervater von seiner Zaubergewalt Gebrauch und sprach den Spruch, der das Feuer bändigen sollte. Um den König erkennen zu lassen, wen er so foltere, berichtete er von Dingen, die nur Odin selber wissen konnte. Geirröd hörte dies mit Staunen. Ihm stieg eine Ahnung auf. Sollte sich Odin wieder einmal in Menschengestalt verwandelt haben, um die Erdbewohner zu prüfen oder zu necken? Eifrig hörte er zu, was da der Fremde von Walhall, den Walküren, von Odins Wölfen und Raben berichtete. Und als der schließlich bat, man möge die Kessel von dem Feuer nehmen, damit die Götter im Himmel seine Not sähen und ihm zu Hilfe kämen, da schien es ihm fast gewiß zu sein, daß Grimnir niemand anders als der Göttervater selber war.

Agnar hatte inzwischen den Knechten einen Wink gegeben, die Kessel vom Feuer zu entfernen. Grimnir aber fuhr fort in seinen Erzählungen, um den König völlig zu überzeugen. Er berichtete von den vielen Verwandlungen, die er früher durchgemacht und den mannigfaltigen Namen, die er getragen habe.

Der König ließ sich nichts anmerken von seiner Ahnung, und Odin mußte glauben, daß er ihn noch immer nicht erkannt habe. Da blitzte das Auge des Gottes auf. Er wandte sich nun unmittelbar an Geirröd und sagte ihm mit herrischer Stimme:

„Du hast meine Worte bis jetzt nicht beachtet, nur Schmeichlern und willigen Freunden warst du zugängig. Aber ich will dir künden, was dir sonst niemand gesagt hat: bald wirst du unter den Toten sein! Dein Schwert wird sich mit deinem Blute röten, denn die Nornen weben dir schwarzes Schicksal. Odin sitzt vor dir! Wenn du es noch wagst, komme heran!"
Geirröd wurde blaß über die grausige Kunde. Das Schwert lag ihm über den Knien. Und als er aufstehen und den Göttervater vom Feuer wegführen wollte, strauchelte er und stürzte in sein eigenes Schwert, das ihn durchbohrte. Röchelnd brach er zusammen und starb, während Odin verschwand. Agnar aber ward zum König ausgerufen.

ODIN UND KÖNIG WIKAR

König Wikar und Starkad befanden sich auf hoher See. Lange waren sie gefahren, und das schützende Land lag noch fern von ihnen. Der Wind stand so ungünstig, daß sie nicht heimkehren konnten. Tagelang kreuzten sie hin und her, aber ihr Ziel rückte um keinen Schritt näher. Ihre Lebensmittel gingen aus, und Wasser hatten sie schon seit geraumer Zeit nicht mehr. Unbarmherzig brannte die Sonne auf sie nieder, so daß sie sich kaum mehr aufrecht halten konnten. Sie waren der Verzweiflung nahe und gaben sich bereits für verloren. Doch ihr Lebenswille riß sie immer wieder empor. Und als sie keinen Rat mehr wußten, fragten sie die Götter, was sie tun sollten, um günstigen Fahrtwind zu erlangen. Die Antwort kam sogleich und setzte sie in Erschrecken: die Götter verlangten, daß ein Mann ihres Heeres, den das Los bestimmte, sich aufhängen sollte. Da ihnen weiter nichts übrig blieb, versprachen sie, diese Forderung getreulich zu erfüllen. Als sie dann glücklich nach Hause kamen, hätten sie gerne ihr Versprechen ungeschehen gemacht. Aber sie fürchteten den Zorn der Götter. So mußten sie das Los sprechen lassen. Es traf König Wikar.

Einen Augenblick hielt das ganze Heer den Atem an, so schrecklich und ungeheuerlich war ihnen das Ergebnis der Losbefragung; vor allem deswegen, weil der König auf so unrühmliche Art sterben sollte.

Odin beauftragte Starkad sogleich, ihm Wikar zu senden. Dieser Auftrag ließ ihn erbleichen, aber er konnte sich nicht weigern, wenn er sich den Gott nicht zum Feinde machen wollte. So sagte er schweren Herzens zu. Odin gab ihm einen Speer, von dem er sagte, daß er aussähe wie ein Rohrstengel und von Wikar sicher nicht als Waffe erkannt würde. Dann bestimmte er den Tag, an dem ihm das Opfer dargebracht werden und wie es Starkad einrichten sollte, daß es der König auch als solches annehme.

Mit wehmütiger Empfindung machte sich Starkad an die traurige Arbeit. Er suchte sich eine günstige Stelle aus und fand nach langer Mühe eine schlanke Föhre, die neben einem hohen Wurzelstock stand. Auf diesen stieg er hinauf, bog einen langen Ast zu sich hernieder und schlang die Därme eines neugeschlachteten Kalbes um ihn herum. Darauf wandte er sich an Wikar und sagte: „Hier ist der Galgen für dich, König! Sie ihn dir an, er sieht ganz harmlos aus! Komm zu mir, damit ich dir die Schlinge um den Hals lege!"

Wikar stieg zu ihm auf den Baumstumpf, und Starkad legte ihm die Schlinge um den Hals. Dann sprang er herab, nahm den Rohrstengel und stach den König damit, in dem er ausrief: „So sende ich dich zu Odin!" Gleichzeitig ließ er den Föhrenast los, der Rohrstengel wurde zu einem Speer, der den König durchbohrte, die Föhre wippte in mächtigem Schwunge empor, die Kalbsdärme strafften sich und der König, der mit mächtigem Ruck hinaufgeschleudert wurde, mußte sein Leben lassen.

Als das Volk hörte, daß Starkad ihren König auf diese grausame Weise umgebracht hatte, erhob es sich wie ein Mann gegen den Mörder, so daß Starkad außer Landes fliehen mußte.

DAS LIED VOM GRAUBART

Odin drängte es, wieder einmal unerkannt unter die Menschen zu gehen. Er kleidete sich als Fährmann an und wanderte zu einer Meerenge, wo er der Dinge harrte, die da kommen mochten. Er nannte sich Graubart.

Als er geraume Zeit Ausschau gehalten hatte, sah er am anderen Ufer Thor daherkommen, der ihn in seiner Verkleidung nicht erkannte. Es reizte den Göttervater, den Ankömmling ein wenig zu necken, und er rief daher mit verstellter Stimme: „Wer ist der Geselle, der da drüben am andern Ufer steht?"

Thor antwortete: „Wer brüllt da wie ein Stück Vieh über das Wasser?"

Aber Odin lachte nur, und Thor stimmte fröhlich darin ein. Dann rief er: „Wenn du mich, Fährmann, über die Meerenge bringst, so werde ich dich morgen herrlich bewirten. Schau', ich trage auf dem Rücken einen schweren Sack. Er birgt köstliche Speisen, wie es weitum keine besseren gibt. Bevor ich heute aufbrach, habe ich mich dick und voll an Heringen und Haferbrei gegessen, doch habe ich noch genug übrig, daß ein Kerl wie du leicht satt wird."

Der Graubart rief abwehrend: „Hör auf mit deiner Schlemmerei! Du weißt wahrscheinlich nicht, welche Trauer dich zu Hause erwartet; denn deine Mutter ist gerade gestorben."

Thor, der nicht merkte, daß ihm Odin nur einen Schreck einjagen wollte, antwortete: „Das Schmerzlichste muß ich von dir hören; denn welch herbere Botschaft könnte einem Manne gebracht werden als diese."

Der Alte nickte und strich sich den grauen Bart. „Und wie du aussiehst — nicht, als ob drei Höfe dein eigen wären! Barfuß bist du und trägst Bettlergewand, auch deine Hosen such ich vergeblich."

Aber Thor antwortete ihm ungeduldig: „Schwätze nicht so viel, sondern bring rasch lieber das Boot herüber!"

Der Graubart schüttelte den Kopf. „So einfach geht das nicht, denn mein Herr hat mir ausdrücklich gesagt, daß ich nur die Leute übersetzen darf, die ich gut kenne, nicht aber lichtscheues Gesindel und Strolche. Wenn du also wünscht, daß ich dir zu Diensten bin, so magst du mir gefälligst deinen Namen nennen."

„Meinen Namen will ich dir gerne sagen, obgleich ich ruhelos umherwandre: ich bin Odins Sohn, Meilis Bruder und des kräftigen Magni Vater. So, nun weißt du, daß du mit Thor sprichst. Nenne mir auch deinen Namen!"

„Ich heiße Graubart und wüßte nicht, warum ich verschweigen sollte, wie man mich nennt!"

Thor stimmte ihm zu: „Das meine ich auch! Wer ein reines Gewissen hat, braucht seinen Namen nicht zu verheimlichen!"

Der Graubart lachte: „Hahahaha! Wenn mich ein schlechtes Gewissen plagte, so wüßte ich mich trotzdem zu schützen — vollends vor einem, wie du einer bist. Es sei denn, ich läge im Sterben."

Thor brummte mächtig: „Wenn ich durchs Wasser waten könnte, wollte ich dir die freche Antwort gründlich lohnen, du Lumpenkerl!"

Aber der Alte ließ sich nicht einschüchtern. „Oh, ich warte gerne, bis du kommst! Es kann aber dann leicht sein, daß du einen härteren Kampf zu bestehen hättest als einst gegen Hrungnir."

Thor, der den Hohn merkte, der aus Graubarts Worten sprach,

rief: „Du hast leicht reden! Aber ich habe doch den steinköpfigen Riesen getötet. Was aber tatest du in dieser Zeit?
„Ich war fünf Jahre bei Fiölwar auf der grünen Insel. Dort kämpften wir manchen harten Strauß und brachten viele Feinde um. Manches andere haben wir auch versucht und die Mädchen lieb gehabt."
Thor war noch nicht zufrieden mit dieser Antwort: „Und was war weiter mit euren Weibern?"

Graubart antwortete ruhig: „Was soll schon weiter gewesen sein? Sie taten unsere Arbeit. Ich war der Schlaueste: ich hatte deren sieben. — So, nun erzähl wieder von dir!"
Thor rühmte weiter: „Ich erschlug Thiassi, den hoffärtigen Riesen, und schleuderte seine Augen an den Himmel, wo sie den Menschen zu leuchtenden Sternen wurden. Und wieder frage ich dich, was hast du derweil getan?"
Graubart antwortete schmunzelnd: „Manches, was ich besser nicht sage! — Außerdem gab mir der Riese Hlebard seine Wünschelrute, die mir viel Wissen brachte."
Thor: „Ja, du hast ihm die Gabe schlecht gelohnt!"
Der Alte rieb sich die Hände. „Jeder sorgt eben für sich! — Doch berichte weiter von deinen Taten, Thor!"
„Auch das tu ich gerne, Graubart: Ich war im Ostlande, besiegte dort die Bräute der Riesen; denn sie wurden zu übermütig. Wenn es so weiter gegangen wäre, würden sie die Menschen auf der Erde ausgerottet haben. Nun aber erzähle du!"
Graubart: „Ich kämpfte um die Zeit in Welschland und bändigte die einander feindlich gesinnten Fürsten. Odin werden die gefallenen Könige zugehören, dir, Thor, aber nur die Knechte!"
Thor schmunzelte. „Du, Graubart, würdest ein schönes Durcheinander zwischen den Göttern und Menschen anrichten, wenn du die Macht dazu hättest und nicht nur so ein erbämlicher Fährmann wärst!"
Graubart lächelte, da er nicht erkannt ward: „Ei freilich, Thor! Du hast zwar die Macht, aber es mangelt dir der rechte Mut. Und wie feige warst du, als du in einem Handschuh übernachtetest und gerne deinen Namen aus jämmerlicher Angst verleugnet hättest!"
Wütend fuhr Thor auf: „Lasterhafter Bube! Könnte ich doch

nur über das Wasser, ich würde dich wahrlich mit Wonne zur Todesgöttin schicken!"

Aber der Graubart lachte: „Was tust du denn über dem Wasser? Erzähle lieber weiter!"

Thors Zornausbruch legte sich wieder und er fuhr fort: „Ich war, ich sagte es ja schon, im östlichen Lande und zähmte einen wilden Fluß; aber die Söhne Swarangs überfielen mich und bewarfen mich mit Steinen. Sie konnten mir aber nichts anhaben. Bald lagen sie vor mir auf den Knien und bettelten um Frieden. — Und nun magst du wieder von dir erzählen!"

Graubart zwinkerte vielsagend mit den Augen: „Ich war auch einmal im Osten, da hätte ich dich brauchen können — oder hättest du mich betrogen?"

Thor winkte mit der Hand ab: „Ich bin doch kein Spaßverderber."

Der Alte bat Thor, ihn noch ein wenig zu unterhalten; denn seine Taten machten ihm Spaß. Da sagte dieser: „Auf der Insel Lässö richtete ich die wilden Weiber, die die Menschen betrogen hatten."

„O schrecklich, Thor, daß du die Frauen erschlugst!"

„Nenn sie nicht Frauen, Graubart, Wölfinnen waren es, sie zertrümmerten mein Schiff, das ich am Ufer angepfählt hatte und stellten sich mir mit eisernen Keulen kampfbegierig entgegen, daß mein Knecht Thialfi die Flucht ergriff. — Nun magst du wieder ein wenig von dir erzählen."

Graubart: „Ich war dann bei dem Heere, das hier zu kämpfen und die Waffen mit Blut zu röten begehrte."

„Und was wirst du nun tun, Graubart? Bist du nur dazu da, mich zu schmähen?"

Der Alte begütigte: „Wenn ich dir weh tat, so will ich mich

gerne dem Richterspruch unterwerfen und goldene Ringe zur Versöhnung bieten."

„Ich möchte nur wissen, Graubart, woher du die Lästerzunge hast."

„Die hab ich von den alten Leuten, Thor, die in den Wäldern wohnen."

„Die Gräber nennst du Wälder? Wahrlich, du hast einen erfindungsreichen Verstand."

Der Alte lächelte: „Ich bin nun einmal so!"

Thor: „Nimm dich aber dabei in acht; denn deine Klugheit kann dir noch teuer zu stehen kommen, wenn es mir gelingt, das Wasser zu durchwaten. Du wirst lauter als der Wolf heulen, wenn mein Hammer auf deinen Schädel kracht."

Graubart schüttelte sich vor Lachen. „Heb dir lieber deinen Hammer für bessere Gelegenheiten auf, denn deine Frau Sif nimmt's mit der Treue nicht so genau, und es kann sein, daß du einen ungebetenen Gast vorfindest."

Thor drohte mit der Faust. „Das gibt dir ja nur dein Lästermaul ein, um mich zu ärgern, du Schwätzer!"

Aber der Alte ließ sich nicht beirren: „Und doch ist's so, bei meinem Eide. Es wäre also gut für dich, wenn du dich nicht mehr unnötig aufhieltest."

„Und das sagst du mir erst jetzt, Schändlicher, und hemmst meinen Schritt?!"

„Daß ein Viehhirt und Fährmann einem Gott den Weg verlegen könnte, wußte ich bisher nicht!"

Thor bat: „Begrab den Streit und hole mich, den Vater Magnis, über."

Der Graubart schüttelte den Kopf: „Geh nur weiter! Die Fähre wird dich nie herübertragen."

„Dann zeige mir einen anderen Weg, da du mir die Überfahrt verweigerst!"

Graubart: „Wahrlich, du bist bescheiden geworden, doch dadurch wird dein Heimweg keinesfalls kürzer. Zwei Stunden sind es allein bis zur Wegscheide. Dann mußt du links einbiegen, bis du zum Land der Menschen kommst. Dort wirst du deine Mutter treffen. Die wird dir dann den Weg in Odins Land zeigen."

Thor: „Werde ich heute noch heimkommen?"

Graubart: „Du wirst noch vor Abend deine Wohnstatt erreichen."

Thor: „So mag unser Gespräch beendet sein, zänkisch genug war es! Daß du mir die Überfahrt verweigertest, werde ich dir bei Gelegenheit gründlich heimzahlen!"

Graubart lachte schallend: „Na, so fahr los!"

FREYAS HALSBAND

Freya war die schönste Frau in jener Zeit, als die Götter zur Freude der Menschen regierten und die armen und reichen Erdbewohner sie in Nöten des Leibes und der Seele anrufen konnten. Und wenn auch Freya aus dem Wanenreiche als Geisel zu den Asen gekommen war, so liebte Odin sie doch sehr und zog sie zeitweise allen anderen Frauen, selbst Frigg, vor, nicht bloß um ihrer Schönheit und Güte willen, sondern, weil er ihr von Herzen zugetan war.

Eines Tages ging sie zwischen den Klippen, die weithin der Landschaft das Gepräge gaben, spazieren. Sie wußte, daß dort die Zwerge wohnten, und sie wollte gerne ihre Bekanntschaft machen. Sie hatte schon viel von ihrem Können und ihrer Weisheit gehört.

Die Zwerge zeigten auch keinerlei Scheu, als die hehre Frau dahergeschritten kam und unter sie trat. Mit ehrfürchtigen Worten und Gebärden begrüßten sie sie, und auch sie nickte den kleinen Kerlen zu, die ersichtlich von der Schönheit der Göttin beeindruckt waren. Bereitwillig zeigten sie ihre Schätze, die Freya nicht genug bewundern konnte; denn solche Kostbarkeiten an Ringen, Ketten und Edelsteinen sah sie bisher noch nie.

Die Zwerge ließen sich von ihrer Freude mitreißen und zeigten ihr zuletzt eine Kostbarkeit, die noch nie ein fremdes Auge erblickt hatte und die sie sorgsam hüteten. Aber wer konnte dem Liebreiz der schönen Himmelsfrau widerstehen? Freilich sollten sie es sogleich bereuen; denn als Freya das Halsband Brisingamen sah, das alle ihre Vorstellung übertraf und in ihren

Händen schöner als die Sonne strahlte, wollte sie es um alles in der Welt zu eigen haben.
Die Zwerge schüttelten die Köpfe, blickten einander fragend und verlegen an. Wie gerne hätten sie ihre Unüberlegtheit ungeschehen gemacht. Freya aber bat immer eindringlicher. Schließlich bot sie ihnen Gold und Silber, so viel sie haben wollten. Aber alle Beredsamkeit half ihr nichts. Erst als sie sich verärgert und mit Tränen in den Augen von den Zwergen abwandte, schmolz deren starrer Sinn. Ihren Zorn vermochten sie nicht zu ertragen, noch weniger Tränen in ihren sonst so leuchtenden Augen.
Sie berieten miteinander. Es dauerte lange. Aber Freya war geduldig; denn sie fühlte, daß sie die harten Herzen überwunden hatte. Endlich trat der Älteste mit feierlichen Bewegungen auf sie zu, mußte sich aber um die rechten Worte mühen, da sie ihm so unbekümmert fröhlich in die Augen sah, daß es ihm die Rede verschlug und ihn seine Gesellen durch Räuspern, Schnaufen und Stöße ermuntern mußten, endlich das Anliegen vorzutragen.
Sie wollten weder Geld noch Gut, stotterte er schließlich, nur ihre Liebe, ja, ihre Liebe wollten sie — jeder einzelne von ihnen. Freya fand diese Bitte mehr als zudringlich und unbillig. Aber da sie den Schmuck um jeden Preis besitzen wollte und die kleinen Wichte sie so treuherzig ansahen, stimmte sie zu. Vier Zwerge hatten an dem Kunstwerk geschafft — vier Tage und Nächte blieb sie bei ihnen. Am fünften Tage aber verließ sie die Wohnung der Kunstfertigen und kehrte mit dem herrlichen Halsschmuck ins Asenreich zurück.
Aber sie sollte ihres Besitzes nicht froh werden. Wohl hatte sie Odin einen Grund für den Erwerb des Schmuckes angeben können, den dieser willig glaubte, nicht aber Loki, der überall Trug

und Lüge witterte und selber kaum anderes sann. Er horchte bei den Riesen, Menschen und Zwergen umher, erlangte durch Schmeichelei und Versprechungen ihr Vertrauen, stellte geschickte Fragen, zog Schlüsse, verwickelte die ihm an Geist Unterlegenen in Widersprüche, so daß sie am Ende nicht mehr ein und aus wußten und ihm schließlich gestanden, was er wissen wollte. So auch hier. Mit Siegermiene kehrte er heim.

Bei nächster Gelegenheit flüsterte er sein Wissen dem nichtsahnenden Göttervater ins Ohr, der es im ersten Augenblick gar nicht begreifen konnte, was Loki da sagte. Wohl kannte er die Unzulänglichkeit des Schwätzers, schließlich aber siegte doch der Argwohn in ihm. Ein so kostbares Geschmeide bekam man gewiß nicht ohne Gegenlohn geschenkt, sicher auch nicht von den listigen, wenn auch meist gutmütigen Zwergen. Loki wußte, daß sein Stich gesessen hatte, und schnell machte er sich aus dem Staube, bevor der Zorn Odins emporlohte und möglicherweise sich auch an ihm austobte.

Doch Odin wußte ihn zu finden, nicht, um ihm ein Leid anzutun, sondern um ihn um Hilfe zu bitten. Loki hatte ja schon viele schwierige Dinge vollbracht, so daß Odin hoffen konnte, durch seine Hilfe in den Besitz des Geschmeides zu kommen, das Freya niemals freiwillig hergeben würde. Loki sagte um so lieber zu, als das wieder mal eine rechte Aufgabe für ihn war, an der er seine Schlauheit erproben konnte und die ihm Beifall einbringen würde, für den er sehr empfänglich war.

Lange brauchte er nicht zu überlegen, bis er seinen Plan fertig hatte. Er verwandelte sich in eine Fliege und schlüpfte durchs Schlüsselloch in das abgeschlossene Gemach der Göttin. Es war Nacht, und Freya schlief. Ihr Kinn lag schwer auf dem Halsband, daß es Loki nicht möglich war, den Schmuck unbemerkt zu entfernen. Flugs nahm er die Gestalt eines Flohs an, sprang behend auf das Kinn der Schlummernden und stach sie so heftig, daß sie den Kopf zur Seite drehte, gerade so, wie es Loki haben wollte. Er mußte sich zusammennehmen, daß er nicht laut auflachte; denn inzwischen hatte er wieder seine natürliche Körperform angenommen. Nun war es ihm leicht, den Verschluß des Geschmeides zu öffnen und die Kostbarkeit abzunehmen. Auf den Zehenspitzen schlich er dann zur Tür, öffnete leise das Schloß und überbrachte dem bereits wartenden Göttervater das erwünschte Halsband.

Freya erschrak sehr, als sie am andern Morgen erwachte und den Schmuck nicht mehr an ihrem Halse vorfand. Sie brauchte

aber nicht lange danach zu suchen; denn Odin zeigte ihn höhnisch lächelnd, als sie zu ihm ins Gemach trat und ihren Verlust beklagte. Ärgerlich forderte sie das Kleinod mit barschen Worten zurück. Aber Odin verlangte ebenfalls seinen Lohn, da sie einen solchen selbst den Zwergen nicht versagt habe. Mit starren Augen blickte ihn Freya an; er schien also alles zu wissen. Da half alles Leugnen nichts, doch hielt sie es für geraten, ihm keine Antwort zu geben.

Odin widerstand ihrem Blick, allmählich verschwand jedoch das spöttische Lächeln aus seinem Gesicht, und seine Züge wurden ernst.

„Gut, ich will dir den Schmuck zurückgeben", sagte er nach einer Weile, „wenn es dir gelingt, zwei Könige, von denen jeder zwanzig Unterkönige sein eigen nennt, zu einem Kriege von ewiger Dauer zu bewegen. Es sei denn, daß ihn ein mächtiger Zauber beendet."

Freya fügte sich nur widerwillig diesem Verlangen; denn, wenn sie auch die Anführerin der Walküren und verehrte Freundin der gefallenen Recken war, so wollte sie doch keinen Dank spenden für den schmählichen Raub des Halsgeschmeides aus ihrem nächtlichen Gemach. Aber da sie wußte, daß sie Odin nicht anders überzeugen konnte und es ihr Stolz verbot, lange um den Schmuck zu bitten, nahm sie die Bedingung an.

Eines Tages war das Halsband erneut verschwunden. Freya war ratlos; denn sie hatte nichts davon gemerkt und konnte sich auch keiner Unachtsamkeit zeihen. So sehr sie auch suchte und sich um die Wiedererlangung mühte, der Schmuck blieb verschwunden. Selbst Odin war ratlos. Alle Götter wurden aufgeboten. Niemand, außer Heimdall, konnte helfen. Auch Loki tat so, als ob er sich Mühe gäbe, der Göttin wieder zu ihrem Besitz zu verhelfen. Doch er tat das nur aus Heuchelei; denn er wußte genau, wo das Geschmeide lag, da er es selber gestohlen und im Meere verborgen hatte.

Heimdall, der allsehende Sonnengott, hatte Loki beobachtet, als er den Schmuck versteckte. Er tauchte ins Meer, als er von dem Unglück Freyas hörte, und holte das Kleinod heraus. Er hatte sich in eine Robbe verwandelt, war aber bei seinem Beginnen von Loki bemerkt worden, der nun ebenfalls die Gestalt einer Robbe annahm und Heimdall am Strande zwischen den Klippen erwartete. Ahnungslos kam jener ans Land und wurde von Loki aus dem Hinterhalt angefallen, aber ohne daß er dem Sonnenliebling ernstlich Schaden tun konnte. Mächtig ging er gegen den Verleumder und Ränkeschmied an. Wut und Rachegelüste für die der Göttin angetane Schmach verliehen ihm solche Kräfte, daß er Loki überwand und der Spötter schließlich die Flucht ergreifen mußte. Heimdall aber brachte den Schmuck Brisingamen der erfreuten Göttin zurück, wofür er sich viel Dank und Bewunderung erwarb.

DIE BRAUTWERBUNG

Einst saß Freyr, der Sohn Niörds und Skadis, auf dem Hochsitz Odins und schaute in die Lande. Da sah er die Menschen bei der Arbeit, sah, wie sie die Felder bestellten, die Wiesen mähten und im Walde der Jagd nachgingen; er sah die Vögel sich durch die Lüfte schwingen, das Großwild die Kühlung der schattenspendenden Bäume aufsuchen und das Kleingetier sich im Dickicht oder im Schoße der Erde verbergen; denn die Sonne stieg mächtig aus dem Meere auf und warf ihre glühenden Strahlen über die sommerliche Flur. Und Freyr freute sich der Welt, die in ihrem Glanze wie am ersten Tage strahlte, als sie aus Grauen, Kälte und Dunkelheit zur Freude der Götter erstanden war.

Unvermittelt hielt sein suchender Blick inne. Was war dort unten im Reiche der Riesen? Er wischte sich über die Augen, um besser sehen zu können. Aber er hatte sich nicht geirrt. Aus einem Hause war eine so liebliche Jungfrau herausgetreten, wie er noch nie zuvor in seinem Leben gesehen hatte. Eine heiße Liebe zu ihr entbrannte in seinem Herzen und nahm alle seine Sinne gefangen. Doch wie sollte sie sein eigen werden? Er wußte keinen Rat. Traurig ging er umher und nahm kaum Speise und Trank zu sich; er fand weder Freude an der Arbeit, noch am Vergnügen, an dem er vorher so großen Gefallen gefunden hatte. Kaum ein Wort schenkte er seiner Umgebung mehr, geschweige denn Scherze, um die er sonst nicht verlegen war.

Seine Eltern machten sich große Sorgen um ihn. Aber sie konnten die Ursache seines Herzeleids nicht ergründen, so sehr sie sich auch darum mühten. In ihrer Not wandten sie sich an Freyrs

Knecht Skirnir, den sein Herr liebte und dem er sich schon oft anvertraut hatte, wenn er im Leben allein nicht zurechtkam.
„Mache dich auf, Skirnir", sagten sie, „gehe zu unserem Sohn und versuche, aus ihm herauszubekommen, warum sein Herz von Trauer und Ungeduld erfüllt ist."
Der Knecht neigte das Haupt und antwortete:
„Ich will es gerne tun. Doch fürchte ich, euer Sohn wird mich neugierig schelten, wenn ich mich ungebeten in seine Anliegen mische. Solches ziemt einem Knecht nicht."
Aber da ihn die Eltern so herzbeweglich baten, nahm er ihren Auftrag an und machte sich auf den Weg, seinen Herrn zu suchen. Er fand ihn unter einem Baume auf einem Felsblock sitzen, das Haupt sinnend in beide Hände gestützt. Er sah nur flüchtig auf, als Skirnir zu ihm trat, und erwiderte seinen Gruß nicht. Demütig blieb der Knecht stehen und wartete, bis sein Herr ihn nach seinem Begehr fragte. Aber er mußte lange warten; so lange, daß ihm die Beine vom Stehen schmerzten.
Endlich hatte Freyr Erbarmen mit dem so geduldig Harrenden. Müde fragte er ihn: „Was willst du, Freund? Setze dich neben mich und sprich!"
„Darf ich wissen, Herr", begann er, „was dein Herz bedrückt? Sieh, ich bin bei dir so manches Jahr, habe Freude und Leid mit dir geteilt, durfte dir den Rat der Erfahrung geben, und nun muß ich zur Seite stehen, wo ich gerne, wenn ich's vermag, helfen möchte."
Freyr schüttelte den Kopf und antwortete:
„Was soll ich dein gutes Herz mit meinem großen Schmerz beladen? Genügt es nicht, daß er mich zu Boden beugt? Willst auch du noch unter seiner Bürde stöhnen? Wohl lacht die Sonne jeden Tag vom blauen Himmel hernieder, doch nicht zu meiner

Liebesfreude. Geh, Freund, laß mich allein. Freue dich der Sonne und deiner Jugend!"

Da nahm ihn Skirnir bei der Hand und sagte mit warmer Stimme: „Dein Schmerz kann nicht so groß sein, Freund und Herr, daß du ihn nicht sagen könntest. Von jeher — schon seit Jugendtagen — waren wir offen zueinander. Warum soll das jetzt anders sein?"

Freyr sann eine Weile vor sich hin, dann antwortete er mit bewegter Stimme: „Sieh, Freund, ich sah vor Tagen eine schöne Maid aus dem Hause Gymirs treten, die ich nicht vergessen kann. Ihre weißen Arme leuchteten so rein, daß sie die Luft und das Meer mit ihrem Glanze erfüllten, und ihre Augen strahlten herrlicher als die Sonne am Himmel. — Noch nie hat ein Jüngling ein Mädchen so innig geliebt, wie ich diese Jungfrau liebe. Doch weder die Asen noch die Alfen gönnen mir mein Liebesglück, da sie einen feurigen Bannkreis um ihre Wohnung gezogen haben, den niemand durchschreiten kann."

Skirnir blickte dem Freunde herzlich in die Augen und sagte: „Gib mir dein schnelles und zuverlässiges Pferd, damit ich das verwunschene Land und die Feuerlohe durchsprenge, und leih mir auch dein Schwert, das in kundiger Hand von selbst auf deine Feinde niedersaust, dann will ich den Ritt wagen!"

Zum ersten Male seit Beginn des Kummers stahl sich wieder ein Lächeln auf Freyrs Lippen, als er entgegnete: „Gerne geb ich dir mein behendes Roß, damit du den Feuerkreis niederreitest. Nimm auch mein Schwert, das von selbst die Feinde zerschmettert, wenn es eine geübte Faust umspannt."

Freyr ging mit dem Knecht nach Hause und gab ihm beides.

Da nahm Skirnir das treue Tier am Halfter und sprach es an: „Es ist Nacht draußen, edler Renner, doch ist dies die rechte

Zeit, um über das nasse Gebirge ins Land der Riesen zu reiten. Der Weg ist gefährlich, und wenn uns unser Vorhaben nicht gelingt, wird der Riese uns beide vernichten."

Damit saß er auf und ritt davon. Es war ein langer und beschwerlicher Weg. Doch das Pferd hielt sich wacker und trug seinen Reiter sicher dahin. Als sie den Feuerwall ungefährdet durchritten hatten und an die Burg des Riesen kamen, da sprangen dessen Hunde wildkläffend am hohen Zaun empor. Unerschrocken aber rief Skirnir den Torhüter an:

„Sage mir, Wächter, der du vor dem Tore sitzt und acht auf die Kommenden gibst, wie kann ich trotz der unbändigen Hunde zu Gymirs schöner Tochter gelangen?"

Der Wächter erhob sich langsam und sagte :„Suchst du den Tod oder bist du gar schon gestorben, daß du solches begehrst? Nie, Verwegener, wirst du mit der Maid sprechen können. Geh deines Wegs und laß mich in Ruhe!"

Doch Skirnir lachte ihn aus und rief: „Glaubst du, daß ich um eines Spieles willen auszog? Ich bin doch kein Jammerlappen! Dem Manne steht der Mut besser zu Gesicht, wenn er sich zu einer waghalsigen Fahrt rüstet, als Zaudern und Rücksicht auf das eigene Leben. Und dann: unser Weg ist vorausbestimmt, wir müssen ihn so oder so gehen. Es wird mir also zur Unzeit kein Leid geschehen."

Als Gerda, die Jungfrau, in ihrer Halle den lauten Wortwechsel hörte, erhob sie sich und fragte ihre Magd: „Welch ein Geschrei ist vor dem Hause, daß vor Lärm die ganze Burg erzittert?"

Die Magd antwortete: „Ein Mann ist draußen vom Pferde gestiegen und läßt es auf dem Rasen weiden."

Gerda gebot ihr: „So mag er hereinkommen und einen Becher erfrischenden Mets trinken, obgleich ich die Ahnung nicht ban=

nen kann, der Ankömmling könne der Mörder meines Bruders sein."

Die Magd holte Skirnir in den Saal. Ohne Scheu und Zögern trat er ein. Er tat auch gar nicht verwundert, daß ihn die Riesin rufen ließ.

Gerda nickte ihm nur flüchtig zu, als er ihr seinen Gruß entbot. Hastig fragte sie: „Gehörst du den Alfen, Asen oder Wanen an? Und warum kommst du allein ohne jede Begleitung durch das zauberische Feuer zu uns geritten?"

Skirnir trat einen Schritt näher und antwortete: „Ich bin weder ein Alfe, noch ein Ase oder Wane, und ganz allein kam ich zu deines Vaters Burg! — Elf goldene Äpfel bringe ich dir, und sie sollen dir gehören, wenn du meinem Herrn und Freund deine Liebe schenkst."

Doch Gerda schüttelte den Kopf. „Die Äpfel, die du mir für deinen Herrn bietest, will ich nicht, und mit Niörds Sohn werde ich nie Leben und Wohnung teilen, so lange ich auch atmen mag!"

Skirnir ließ sich durch diese Antwort nicht entmutigen; denn er hatte nichts anderes erwartet. „So will ich dir Spröden ein noch größeres Geschenk bieten: hier, diesen Ring Draupnir magst du haben! Er ist durch das Feuer geweiht, in dem man den ermordeten herrlichen Baldur verbrannte und in das ihn Odin selber legte. Es ist ein wundersamer Ring; denn in jeder neunten Nacht gebiert er weitere acht Ringe."

Aber auch durch dieses Geschenk ließ sich Gerda nicht erweichen. Fest antwortete sie: „Was soll mir der Ring? Mag er zehnmal mit Odins Sohn im Feuer gelegen haben! Wir haben keinen Mangel an Gold und Geschmeide. Mein Vater bewahrt mir viele Schätze."

Die Antwort erzürnte den Gast so sehr, daß er das Schwert zog und es der Jungfrau vor die Augen hielt.
„Schau dir diese schmale und reichverzierte Waffe an, deren Knauf meine Finger umspannen! Erhalte ich dein Jawort nicht, so schlage ich dir das Haupt vom Rumpfe. Nimm meine Drohung ernst, damit du es nicht zu bereuen brauchst."
Doch Gerda ließ sich nicht einschüchtern. Ohne mit den Wimpern zu zucken, erwiderte sie: „Ich werde mich durch deine Drohung nicht zwingen lassen, und mein Vater wird mich zu schützen wissen, wenn es nötig sein sollte."
Aber auch Skirnir blieb beharrlich. „Und wieder sage ich dir, Riesin, schau dir dieses schmale und reichverzierte Schwert an, das meine Faust umspannt. Seine Schneide wird auch den alten Riesen fällen, und mit ihm werde ich dir meinen Willen aufzwingen und dich dorthin bringen, wo dich kein lebendes Wesen mehr erblicken wird, wenn ich es nicht will. Auf dem Felsen des Adlers sollst du einsam sitzen, der Welt ab- und dem Totenreich zugewandt. Jede Nahrung soll dich mehr anekeln als den Menschen die schleimige Midgardschlange. Und wenn du heimlich davonschleichen willst, so soll dir der scheußliche Hrimnir mit blöden Augen entgegenstieren und dich zurückhalten. Und dieser Wächter soll noch berühmter werden als der der Götter. So magst du verzweifelt durch das Gitter gaffen und den Tag verfluchen, an dem du meiner Bitte nicht Gehör schenktest!"
Er hielt einen Augenblick inne. Dann fuhr er fort: „Vor Einsamkeit, Ekel und Verwirrung wird dein Herz nach Erlösung schreien, und weinen wirst du über dein Mißgeschick. Setz dich, damit ich dir sage, was dir noch bevorsteht!"
Er ließ sie nicht aus den Augen, während er weitersprach: „Ungeheuer sollen dich Tag für Tag peinigen, und vor Hunger wird

sich dein Körper vor den Burgen der Frostriesen krümmen. Anstatt Freuden sollen dir Leiden, Tränen und Verzweiflung zuteil werden. Mit einem dreiköpfigen Riesen sollst du dein Leben und deine Wohnung teilen oder überhaupt auf Mannesliebe verzichten müssen. Begierden sollen dich martern und Sehnsucht dich verzehren! Wie eine Distel, die ein Fuß zertrat, sollst du verdorren. Odin wird dich hassen und Freyr dich verfluchen! Verlasse eiligst dieses Land und folge mir, bevor dich der Zorn der Götter vernichtet."

Er richtete sich auf und sprach mit lauter Stimme: „Hört her, ihr Riesen und Asen, wie ich der hartherzigen Maid gebiete, wie ich ihr Mannesliebe verbanne. Hrimgrimnir soll dein Gemahl sein und deine Wohnung am Tor des Totenreiches. Dort werden dir verbrecherische Knechte in hohlen Baumwurzeln übelsten Trank bieten und sonst nichts. Du mußt, weil ich's will!"

Seine Stimme erzitterte, als er fortfuhr: „Ein unheilbringendes Runenzeichen werde ich dir ritzen und drei weitere: sie sollen dir Mannessehnsucht, Verzweiflung und verzehrende Liebesglut bingen. So werde ich es tun, wenn du meinem Wunsch nicht willfährst!"

Gerda, die vor diesen schrecklichen Androhungen erbleichte und zusammengesunken dasaß, hatte nun doch den Entschluß gefaßt, Freyrs Weib zu werden. Sie nahm den Kelch, füllte ihn und sprach: „Gesundheit dir, Recke! Nimm den Eiskelch hin und trinke den erfrischenden Firnmet. Nie hätte ich es für möglich gehalten, daß ich einem Wanen in die Ehe folgen sollte!"

Doch Skirnir glaubte noch nicht recht an den Wandel in Gerdas Seele; denn er war ihm zu rasch gekommen. Er sagte daher: „Ich möchte gerne einen sicheren Beweis für deinen guten Willen, bevor ich heimkehre und meinem Herrn die frohe Kunde bringe. Wann kommst du zu ihm?"

Aber Gerda hatte sich endgültig entschlossen, sich dem Begehren des Boten nicht mehr zu widersetzen; denn schrecklich waren seine Drohungen, die er — davon war sie überzeugt — wahr machen würde, wenn sie sich weiter weigerte. Fest sagte sie, und niemand konnte mehr an ihren Worten zweifeln: „Du kennst doch den stillen Waldweg, den man Barri nennt?! Dort werde ich in der neunten Nacht sein und dem Sohne Niörds meine Liebe schenken."

Mit diesem Bescheid ritt Skirnir heim und fand Freyr im Hofe, wo er ihn schon lange erwartete.

„Sage mir, Freund", rief er ihm schon entgegen, noch bevor er aus dem Sattel gestiegen war, „bringst du gute Botschaft aus dem Riesenlande?"

Skirnir nickte lebhaft mit dem Kopfe und rief freudig: „Wohl bringe ich die, Freyr! In der neunten Nacht wird dich Gerda auf dem einsamen Waldweg Barri, den wir beide kennen, erwarten und dir der Minne Freuden bieten!"

Beglückt antwortete ihm Freyr: „Gute Kunde bringst du mir! Doch eine Nacht ist schon lange — und zweie noch länger! Und drei kann ich kaum überstehen, und nun noch neun! Wie oft kam mir ein Monat kurz vor, kürzer als jetzt eine halbe Nacht! Aber ich bin dir von Herzen dankbar, daß du das erreicht hast, was ich so heiß ersehnte. Nun magst du dich von den Beschwernissen der Reise ausruhen!"

Skirnir lachte und sprang vom Pferde. Er verstand den Freund, dem er gerne diesen Dienst getan hatte.

Und wirklich — in der neunten Nacht kam Gerda zu Freyr als Eheweib.

DER RAUB DER GOLDENEN HAARE

Loki sann auf einen neuen Streich, den er den Göttern antun könnte. Aber lange fiel ihm nichts ein, was seiner würdig gewesen wäre. Da kam ihm ein Zufall zu Hilfe. Er fand Sif, Thors Weib, schlafend im Garten Thrudheims. Leise wie ein Raubtier schlich er sich heran, damit er nicht bemerkt wurde. Noch wußte er nicht, was er anstellen sollte. Vielleicht aber genügte es schon, die Schlafende zu belauschen. Es konnte immerhin sein, daß sie träumend ausplauderte, was sie im Wachsein nicht sagen würde und was er irgendwann und auf irgendeine Weise dann zu seinem Vorteil verwenden konnte.

Lauernd stand er hinter einem Busche und kostete das noch harmlose Vergnügen aus. Die Schlafende verriet nichts. In ihren Zügen lag glückliches Lächeln, und die Sonnenstrahlen spielten mit dem Glanze ihrer goldenen Haarfülle. Loki bewunderte diese Pracht. Noch nie sah er schöneres Frauenhaar. Ob er nicht dem rotbärtigen Thor dadurch Ärger bereiten konnte, wenn er heimlich den Hauptschmuck seiner Gemahlin abschnitt? Sicher war das der Fall; und da er von schnellem Entschluß war, zog er sein Messer und führte mit schnellem Schnitte seine Untat aus. Er tat dies so geschickt, daß Sif nichts davon merkte. Ruhig schlief sie weiter.

Lächelnd sah sich Loki um. Dann verschwand er behend wie ein Wiesel und barg seinen Raub in einem heimlichen Versteck. Er freute sich schon jetzt auf Thors Zorn, wenn er sein Eheweib so entstellt sah, und es kümmerte ihn der Schmerz nicht, den Sif empfand, als sie vom köstlichen Schlummer erwachte.

Lähmendes Entsetzen erfaßte sie zuerst, dann aber brach sich die Flut der Tränen Bahn, die in hellen Bächen die Wangen herabrannen. Laut beklagte sie die Schande, die man ihr angetan. Voll Besorgnis kam Thor herbeigeeilt; und als er sah, was sei=

nem Weibe geschehen war, erfaßte ihn ein mächtiger Götterzorn. Schreckliche Verwünschungen stieß er aus, und er schwor, den zu zermalmen, der ihm und Sif solche Schmach angetan hatte. Aber wer war der Täter? Niemand schien es zu wissen.
Und doch kam die gemeine Tat heraus. Loki fing sich in seinem eigenen Lügengewebe, und alle Beteuerungen und Ausreden halfen ihm nichts. Thor stürzte sich wutbrüllend über ihn. Aber da kam Loki ein Einfall zu Hilfe, der ihn schließlich rettete. Er versprach hoch und heilig, Sif zu neuen Haaren zu verhelfen, die, aus echtem Gold angefertigt, noch schöner sein würden als die, die sie durch seinen Scherz verloren habe. Thor ließ sich auf den Handel ein und vertraute dem Schwur des Schalks.
Loki wußte, daß er Wort halten mußte, wenn er sein Leben nicht verlieren wollte. Daher begab er sich sogleich zu den Schwarzalfen und bat sie, die schönsten goldenen Haare aus purem Golde anzufertigen, deren ihre Kunst fähig sei. Die Alfen versprachen ihm das — einesteils, weil sie ihn und seine Streiche fürchteten, andernteils aber, weil sie nicht wußten, ob sie ihn und seine Weisheit eines Tages nicht selber gebrauchten.
Bald darauf konnten sie dem Ränkeschmied ihre vortreffliche Schöpfung aushändigen, die an Pracht alles Vorstellungsvermögen übertraf. Voll Stolz brachte Loki diese Kostbarkeit in Thors Halle, und Sif gab sich mit dem neuen Haarschmuck, der ihre Schönheit noch erhöhte, zufrieden.

VON DEN SCHMIEDEKÜNSTEN DER ZWERGE

Die Schwarzalfen hatten nicht nur das goldene Haar Sifs angefertigt, sondern auch Freyrs Schiff Skidbladnir, das beste, kunstreichste und schnellste aller Wasserfahrzeuge, und Odins Speer Gungnir, auf dem heilige Runen eingeritzt waren, die ihm Wunderkräfte verliehen. Ihn schleuderte Odin unter das Heer der einstmals feindlichen Wanen, ihn gebrauchte er als Wehr beim letzten Kampfe, als der Wolf gegen ihn rachedurstig anstürmte.

Loki sann darauf, wie er die Zauberkünste der kleinen Männer sich noch weiter zunutze machen oder wie er durch ihre Kunstwerke die Herzen der Götter erfreuen könne; denn er hatte es bitter notwendig, sich bei ihnen wieder in Gunst zu setzen, die er durch seine Ränke und Spottlust verloren hatte.

Freundlich trat er in die Schmiede, die einem Zwergenbrüderpaar gehörte. Er setzte sich zu den beiden, die gerade ein wenig von der Arbeit ausruhten, an die Esse und unterhielt sich aufs herzlichste mit ihnen, so daß sie Vertrauen zu ihm gewannen. In seinen Reden pries er die Schönheit der von den Schwarzalfen angefertigten Goldhaare, die Seetüchtigkeit des Schiffes Skidbladnir und die Zauberkraft des Speeres Gungnir. Nur andeutungsweise ließ er einfließen, daß sie wohl kaum solche vortrefflichen Kunstwerke schaffen könnten.

Der Zweifel wirkte. Die beiden Zwerge fühlten sich in ihrer Ehre getroffen. Was die Schwarzalfen fertigbrachten, das schafften sie jeden Tag ohne sonderliche Mühe, riefen sie laut und reckten sich stolz in die Höhe. Loki schmunzelte. Er hatte er=

reicht, was er wollte. Nun brauchte er nur noch den Faden weiterzuspinnen, und die beiden Brüder würden ihm jeden Wunsch erfüllen, der in ihrem Vermögen stand.

Die Zwerge gingen sogleich an die Arbeit. Der ein legte eine Schweinshaut ins Feuer, und der andere setzte den Blasebalg kräftig in Tätigkeit. Loki wollte seine Wette nicht verlieren. Deshalb verwandelte er sich in eine Fliege und schwirrte immer um den Kopf des Bälgeziehers, so daß der ständig um sich schlagen mußte, um sich der Aufdringlichkeit des Geziefers zu erwehren. Aber er hielt dennoch nicht in seiner Arbeit inne, bis schließlich Freyrs goldborstiger Eber in vollkommener Pracht die Esse verließ.

Doch die Zwerge ließen es bei diesem Kunstwerk nicht bewenden. Sie warfen Gold ins Feuer. Und wieder versuchte Loki sein Heil als Fliege. Noch wilder gebärdete er sich als das erste Mal, so daß der Geselle am Blasebalg sich kaum mehr erwehren konnte. In hellen Bächen floß dem kleinen Wicht der Schweiß von der Stirn. Aber nichts konnte ihn von seinem Werke abhalten. – Strahlend kam der Ring Draupnir aus der Glut.

Aber auch damit war der Ehrgeiz der Zwerge noch nicht gestillt. Wieder machten sie sich an die Arbeit, und wieder setzte ihnen Loki als Fliege zu. Besonders auf den Balgzieher hatte er es abgesehen. Aber auch der war wütend, schlug heftig nach dem quälenden Insekt, so daß Loki alles Geschick aufbieten mußte, um nicht erschlagen zu werden und auf diese Weise zu einem unrühmlichen Tod zu kommen. Schließlich gelang es Loki, sich auf die Nase des Schmiedes zu setzen und den kleinen Gesellen so heftig zu stechen, daß er einen Augenblick im Ziehen innehielt und sich vor Schmerz die zerstochene Nase zuhielt.

Dadurch kam es, daß das neue Kunstwerk nicht ganz vollkommen war: der Stiel an Thors Hammer, den sie geschaffen hatten, war zu kurz.

Über dieses Mißgeschick ärgerten sich die Zwerge sehr, mehr aber noch darüber, daß Loki behauptete, sie hätten ihre Wette verloren und seien ihm verfallen. Die Zwerge aber waren anderer Meinung; denn nur durch die Niedertracht des Gottes war ihre letzte Schöpfung nicht so geraten, wie es ohne sein Zutun sonst geworden wäre. Sie riefen daher den Schiedsspruch der Asen an; und die entschieden, daß Loki die Wette verloren und die beiden kunstfertigen Schmiede die Wette gewonnen hätten. Als Loki sah, daß er den Zwergen das Haupt schuldig war, wollte er es lösen; er versprach ihnen alles, was sie sonst wollten. Aber die Zwerge, die schon einmal von ihm genarrt worden waren, gingen nicht auf sein Anerbieten ein. Da blieb Loki nichts anderes übrig, als auf seinen flinken Schuhen die Flucht zu ergreifen.

In ihrer Not wandten sich die Zwerge an Thor, der ihnen durch den gewonnenen Hammer Miölnir zu Dank verpflichtet war. Der rothaarige Gott nahm sogleich die Verfolgung des Fliehenhenden auf und holte ihn auch nach geraumer Zeit ein. Gebunden brachte er ihn zu den Zwergen zurück und legte ihn vor ihrer Esse nieder. Die Schmach der Niederlage nahm Loki allen Verstand. Er schmähte die kleinen Schmiede so sehr, daß sie sich nicht anders zu helfen wußten, als ihm die Lippen zusammenzunähen. Und da sie nun meinten, daß die Strafe genug sei, lösten sie die Fesseln und ließen ihn laufen.

Loki aber entfernte die Fäden wieder, als er außer ihrer Gewalt war, und schwor ihnen grausame Rache. Die Götter aber freuten sich über das Mißgeschick, das ihm widerfahren war.

LOKIS LIST

Da die Riesen immer mächtiger gegen das Asenreich andrängten, beschlossen die Götter, sich eine neue Burg zu bauen; denn die alte war im Wanenkriege vernichtet worden. Doch das Werk zu schaffen, war schwierig. Deshalb beschlossen sie, den Riesenbaumeister, dessen Ruhm auch nach Asgard gedrungen war, mit dem Bau zu beauftragen. Die Götter boten ihm hohen Lohn. Aber der Riese lehnte alles Gold und alle Edelsteine ab. Er forderte Freya, die Sonne und den Mond als Lohn, wenn er in drei Halbjahren sein Werk vollendet hätte.

Das war eine Forderung, auf die die Asen nicht eingehen konnten. Denn wie sollten sie Freya, die Freude der Götter, dem ungeschlachten Riesen opfern! Aber da der Baumeister fest blieb und auf keinen Fall unter anderen Bedingungen das Werk beginnen wollte, schlug Loki, der in jener Zeit noch nicht auf den Felsblöcken gefesselt lag, vor, dem Riesen zu sagen, er werde seinen Lohn bekommen, wenn er die Burg in einem Winter vollenden könne. Nur sein Hengst Swadilfari dürfe ihm dabei helfen. Eine schwierige Bedingung, aber da der Riese Freya sehr liebte, ging er darauf ein, und es wurde ein fester Vertrag geschlossen. Am ersten Wintertage begann der Riese mit seiner Arbeit. Er wußte, daß er ein gewaltiges Werk zu vollbringen hatte und daß die Zeit kurz war. Aber er wollte unter allen Umständen seine Wette und den köstlichen Lohn gewinnen. Deshalb spannte er alle seine Kräfte an und gönnte sich keine Ruhe. Auch sein tüchtiger Hengst mußte ihm helfen, so gut er konnte. Kaum eine Futterpause mochte ihm sein Herr gewähren.

Gewaltige Felsbrocken wurden über Nacht herangeschafft und ganze Bergmassen. Die Götter standen vor einem Rätsel. Sie begriffen nicht, wie das alles möglich war. Ganz offensichtlich hatten sie den Riesen und sein Pferd unterschätzt, sie sahen schon die Wette für sich verloren und begannen, Lokis Rat zu schmähen. Der Ränkeschmied hatte sich wieder einmal als schlechter Ratgeber erwiesen, wie schon so oft. Aber immer wieder hatte er verstanden, sie von seiner angeblich lauteren Absicht zu überzeugen. Thor war nicht im Götterreiche. Seine Hilfe hätten sie gebraucht; vor allem seine Meinung darüber, wie man die drohende Niederlage verhüten könnte. Vertrag war Vertrag, daran war nicht zu deuteln. Er mußte eingehalten werden, wenn der Riesenmeister den Bau rechtzeitig vollendet hatte.

Der Winter ging zu Ende. Die Burg war bereits fertig, und auch der Wall war hoch und stark. Es blieb nur noch wenig zu tun. In drei Tagen war der Sommer da. Drei Tage! Es war den Göttern klar, daß ihnen nur noch ein Wunder helfen konnte.

Sie wandten sich an Loki; denn sie waren zornig und ungehalten über den schlechten Rat, den er ihnen gegeben. Nun mußten sie die strahlendschöne Freya dem ungeschlachten Riesen opfern, dazu die goldene Sonne und den milden Mond, die ihnen Licht und Wärme und den Silberschein der Nacht bedeuteten. In Dunkelheit und Kälte würden sie den Rest ihrer Tage verbringen müssen. Das alles verdankten sie ihm, ihm, dem sie keinen Glauben hätten schenken dürfen.

Loki sah ein, daß er ein Werk vollbringen mußte, das ihm das Vertrauen der Götter wieder gewann. Er sann darüber nach, wie er den Baumeister hindern könne, mit seiner Arbeit rechtzeitig fertig zu werden. Da hatte er einen Einfall, von dem er sich Rettung versprach. Doch niemandem sagte er ein Wort.

Als der Riese mit seinem Hengste in der Nacht wieder Steine fuhr, kam plötzlich aus dem Walde eine Stute mit lautem Wiehern getrabt. Der Hengst hielt inne, erwiderte den Gruß der Stute und zog ungeduldig an den Strängen. Der Baumeister versuchte, die Wildheit des Tieres zu zügeln. Aber damit hatte er keinen Erfolg. Immer toller trieb es der Hengst, bis endlich Stränge und Riemen

gerissen und er frei war. Die Stute galoppierte in den Wald zurück, willig folgte der Hengst. Alles Rufen seines Herrn half nichts.

Vor Verzweiflung raufte sich der Riese den Bart. Er sah sein Werk gefährdet. Das Pferd mußte zurück, wenn es überhaupt gelingen sollte, die Arbeit zur rechten Zeit zu vollenden. Mit aller Kraft bahnte er sich einen Weg durchs Gebüsch und drang in den nachtdunklen Wald ein. Da und dort hörte er das Wiehern und Stampfen der Pferde; aber wenn er zu der Stelle kam, waren die Tiere längst auf und davon. Schweißgebadet irrte er umher, lockte und bat, aber er konnte des Hengstes nicht habhaft werden. Der neue Tag brach an. Er mußte allein an die Arbeit. Aber er war so müde und zerschlagen, daß er wenig schaffte. Am Abend mußte er sich eingestehen, daß alles Mühen vergebens war und er die Wette verloren hatte. Wild sprang er von dem Steine auf, auf dem er ein wenig gerastet hatte, mächtig spannten sich seine Muskeln und hoch wölbte sich vor Zorn seine Brust. Wenn er schon die Burg nicht vollenden konnte, dann sollten sie auch die Asen, die ihm einen solch harten Vertrag aufgezwungen hatten, nicht besitzen!

Als die Götter sahen, welche Gefahr das fast vollendete stolze Bauwerk bedrohte, riefen sie Thor herbei, der sausend den Hammer schwang und dem Riesen das Haupt zerschmetterte. Tot brach der Baumeister zusammen. Befreit atmeten die Götter auf. Noch wußten sie nicht, daß ihnen Loki dazu verholfen hatte, die Wette zu gewinnen. Erst später erfuhren sie es, als Loki ein junges Fohlen bekam; denn er war die Stute gewesen, die dem Riesen den Hengst entführt hatte. Das junge, grauhaarige Fohlen aber hatte acht Beine und hieß Sleipnir. Es wurde dem Göttervater zum Geschenk gemacht.

WIE THOR DEN GERAUBTEN HAMMER ZURÜCKHOLTE

Thor hatte gut geschlafen diese Nacht. Wohlig räkelte er sich auf seinem Lager, dehnte und reckte sich und gähnte so selbstzufrieden, wie es nur einer tun kann, der seiner Meinung nach einen schönen Tag vor sich hat. In gelassener Bewegung griff er nach seinem Hammer, um sich an der Schönheit des Zwergenkunstwerkes zu erfreuen. Da schrak er auf: der Hammer war nicht mehr da!

Mit einem Schlage war er völlig wach. Alle Träume waren wie weggeblasen. Er begriff es noch immer nicht, daß man es gewagt hatte, ihn zu bestehlen! Wie würden die Götter spotten, wenn sie davon erfuhren, vor allem Loki. Loki? Gewiß war er ein Verleumder und Ränkeschmied, aber er war auch listenreich und würde ihm sicher helfen, wenn er ihn darum bat, den Miölnir wieder zu finden.

Loki konnte kaum ein Schmunzeln verbergen, als Thor ihm sein Unglück berichtete. Aber Thor merkte in seiner Erregung nichts davon.

„Höre zu, Loki", sagte er, „was ich dir zu berichten habe. Niemand weiß es, weder die Menschen auf der Erde, noch die Götter im Himmel: mein Hammer ist verschwunden, während ich im Schlafe lag!"

Loki zwinkerte mit den Augen; aber er sagte vorerst nichts, sondern dachte nur angestrengt nach, was zu tun sei. Dann winkte er, mit ihm zu gehen. Ohne Zögern folgte ihm Thor. Der Weg führte durch das blühende Asgard. Nach einer Weile stan=

den sie vor der stattlichen Behausung Freyas. Schweigend traten sie in die Halle, wo sie die schöne Göttin vorfanden. Erst hier ergriff Loki das Wort und sagte:
„Magst du mir, Freya, dein Federgewand leihen, damit ich's mir anlege, um Thors Hammer Miölnir auszukundschaften oder gar zurückzubringen?"
Freya entgegnete ihm: „Dazu gebe ich es dir gerne, selbst wenn es von rotem Gold oder leuchtendem Silber wäre."
Schnell zog Loki es an und flog mit rauschendem Flügelschlag von Asgard ins Reich der Riesen. Dort saß Thrym, der Fürst, auf einem Hügel, liebkoste seine Hunde, schmückte sie mit golddurchwirkten Bändern und kämmte die Mähnen seiner Rosse. Als er den beflügelten Gott herankommen sah, rief er: „Wie sieht es bei den Asen und Alfen aus? Und warum kommst du allein ins Riesenland?"
Loki antwortete, indem er sich neben ihm niederließ: „Es geht den Göttern nicht gut, und auch mit den Alfen steht's schlecht; denn Thors Hammer ist verschwunden. Ich bin gerade auf dem Wege, ihn zu suchen. Hältst du ihn etwa verborgen?"
Lächelnd antwortete ihm der Riesenfürst ohne Umschweife: „Wohl habe ich ihn. Acht Meilen tief liegt er unter der Erde. Dort ist er wohl geborgen, und niemand wird ihn je wieder bekommen, es sei denn, man brächte mir als Entgelt Freya zur Frau."
Mit dieser Forderung flog Loki zum Götterreich zurück. Thor erwartete ihn vor seinem Hause und rief ihm schon von weitem zu: „Sag mir, eh' dein Fuß den Boden berührt, ob dein Flug ins Riesenreich Erfolg hatte oder nicht? Berichte schnell, denn dem Sitzenden fehlt zuweilen das rechte Wort, und im Liegen erzählt man leicht Märchen!"

Loki erwiderte ihm atemlos: „Wohl bringe ich wichtige Kunde! Thrym, der Riesenfürst, hat den Hammer, aber er will ihn nicht herausgeben, es sei denn, man brächte ihm Freya als Ehegemahl."

Thor schüttelte den Kopf; denn diese Forderung erschien ihm unerfüllbar. Aber er folgte dem Kundschafter zu der jugendschönen Göttin und ergriff, als er vor ihr stand, wie ihm von Loki geheißen, das Wort:

„Schmücke dich bräutlich, Tochter Niörds, denn wir beide wollen ins Reich der Riesen fahren, da Thrym, der mächtige Fürst, dich zur Gattin begehrt."

Zornbebend erhob sie sich, und ihre Nasenflügel zitterten vor Erregung. Ihre Kette flog klirrend vom Hals auf die Erde, und der ganze Saal wankte von ihrem Grimm. Vor Ärger überschlug sich ihre Stimme, als sie rief: „Ich müßte ja von Sinnen sein, wenn ich mit dir ins Riesenreich zöge und das Weib des ungeschlachten Tölpels würde!"

Da nun Thor keine Möglichkeit sah, auf diese Weise seinen Hammer wieder zu erlangen, rief er die Götter und Göttinnen zur Beratung zusammen. Aber auch diese wußten keinen Weg, der zum Ziele führte, bis sich endlich Heimdall, der weiße und weise Gott, erhob und sprach: „So soll Thor selbst das bräutliche Linnen umlegen und mit der schönen Kette Freyas seinen Hals schmücken. Um die Lenden mag er den klirrenden Schlüsselbund gürten, und ein langes, weibliches Gewand müßte bis über die Knie herabwallen. Von seiner Brust aber sollen leuchtende Edelsteine blinken, sein Haupt jedoch muß hoch hinauf verschleiert sein, damit der Riese nicht Thors roten Haarschopf sieht."

Vor Erstaunen verschlug es Thor im ersten Augenblick das Wort.

Dann aber erwiderte er ungehalten: „Damit würde ich mich vor aller Welt lächerlich machen. Und die Götter würden mich mit Recht weibisch schelten, wenn ich mit dem Brautgewand einherschreite."

Aber auch Loki riet ihm zu und sagte: „Rede nicht solche Worte, Thor! Denn wenn du den Hammer nicht bald wieder erringst, werden die Riesen bald im Götterreich die Herren sein."

Da gab Thor schließlich nach und ließ sich mit dem Brautkleid schmücken. Die Schlüssel klirrten um seine Hüfte, und das Gewand wallte weit über die Knie herab. Auch von der Brust blinkten wertvolle Edelsteine, und das Haupt war hoch hinauf verschleiert.

Als sie damit fertig waren, sagte Loki: „So, und nun werde ich dich als deine Magd ins Riesenreich begleiten, damit du keine Torheiten machst!"

Nun wurden die Böcke von der Weide geholt und an den Wagen geschirrt. Wie eine Windsbraut stürmte der Wagen dahin, daß die Felsen splitterten und die Funken von dem Gestein stoben. – So kam Thor ins Riesenreich.

Als Thrym ihn kommen sah, rief er freudig: „Steht auf, Gesellen, und schmückt die Bänke festlich, denn man bringt mir Niörds Tochter aus Noatun zum Gemahl. Mein Hof birgt viele goldgehörnte Rinder und rabenschwarze Ochsen. Der Besitz erfreut mein Herz, wie meine kostbaren Schätze und mein reicher Schmuck – nur Freya fehlte mir noch zu meinem Glücke! Nun aber kommt sie."

Wortlos war zwar die Begrüßung von seiten der Braut. Doch Thrym störte die Schweigsamkeit der vermeintlichen Jungfrau nicht. Seine Freude kannte keine Grenzen, und er ließ zum Abend ein festliches Mahl richten, zu dem sich erwartungsvolle

Gäste frühzeitig und in großer Zahl einfanden. Als der Riese mit der vermeintlichen Freya kam, ging ein Raunen durch die Reihen, das einer Verwunderung Platz machte, als sie mit eigenen Augen sehen mußten, wie die Braut allein einen ganzen Ochsen und acht Lachse aß, die Süßigkeiten aber, die für die Frauen reichlich aufgetischt waren, verschmähte. Außerdem trank sie drei Fässer Met mit großem Genusse leer.

Als der Riesenfürst dies sah, rief er verwundert: „Ei der Tausend! Noch nie habe ich eine Braut mit so gesegnetem Appetit gesehen und nie ein Mädchen mit so durstiger Kehle!"

Thor schaute ein wenig unbeholfen drein, doch seine Magd — Loki — warf schnell ein: „Du brauchst dich darüber nicht zu wundern, Thrym, denn Freya verzehrte sich fast vor Sehnsucht nach dir, so daß sie acht Tage weder Nahrung noch Getränk zu sich nahm."

Da strahlte der Riese über das ganze Gesicht und beseligt hob er den Schleier der Braut ein wenig empor, um ihr ins schöne Antlitz zu schauen. Doch er erschrak von ihrem Anblick so heftig, daß er mit einem Sprung den ganzen Saal durchmaß und ausrief: „Schrecklich sind ihre Augen! Wie Feuerbrände lohten sie mir entgegen!"

Und wieder half die schlaue Magd der ungeschickten Braut aus der Verlegenheit: „Sie hat acht Nächte kein Auge zugetan, so groß war ihr Verlangen nach deinem Heim, Fürst!"

Da trat die betagte Schwester des Riesen in den Saal, um sich die Brautgabe zu erbitten. Sie sagte: „Gib mir die goldenen Ringe von deinen Armen, Braut, wenn ich dir meine Liebe und meine Gunst schenken soll!"

Und freudig erregt rief daraufhin Thrym: „Holt mir den Hammer Miölnir und legt ihn der Jungfrau zur ehelichen Weihe in den Schoß, damit wir nach alter Sitte und nach altem Brauche als Mann und Frau zusammengegeben sind."

Diese Worte erfreuten Thors Herz unbändig, und bald hatte er den Zerschmetterer in der Hand. Sein erster Hieb traf den verdutzten Riesenfürsten, dann folgte ihm sein ganzes Geschlecht in den Tod nach. Auch die Schwester des Riesen, die sich die Brautgabe erbeten hatte, bekam den Hammer zu spüren: für Geschenke erhielt sie Hiebe, dröhnenden Hammerschlag statt goldschimmernder Ringe und fand dabei ein unrühmliches Ende. So kam Thor wieder zu seinem Hammer.

THORS KAMPF MIT DER MIDGARDSCHLANGE

Als Thor noch jung an Jahren war, trieb ihn die Abenteuerlust hinaus in die Welt. Viel sah er auf seiner Wanderung durch die Gaue der Menschen, und nicht weniger erlebte er im Riesenreich, wo er, meist unerkannt, viel Gastfreundschaft erfuhr. So kam er auch in das Haus des Riesen Hymir, von dem er gerne aufgenommen wurde und auf dessen Fellager er die Nacht verbringen konnte; denn er war müde von der weiten Reise.

Frisch gestärkt stand Thor am anderen Morgen auf und trat vor das Haus. Da sah er, daß sich sein Gastgeber anschickte, zum Fischfang auszufahren. Mit ein paar Schritten stand Thor an seiner Seite und bat, mit aufs Meer hinausgenommen zu werden und ihm bei der Arbeit helfen zu dürfen.

Aber da lachte ihn der Riese an. Was er mit solch einem jungen Kerl auf der tobenden See anfangen solle, fragte er ihn und schüttelte den Kopf. „Nein, nein", fuhr er fort, „das geht nicht, du Schwächling würdest mir ja draußen erfrieren. Und dann bleibe ich wohl länger, als dir lieb ist und als du ertragen kannst."

Das war eine Herausforderung, die Thor nicht unwidersprochen hinnehmen durfte. Ganz deutlich hatte er den Hohn in den Worten Hymirs gespürt. Am liebsten hätte er seinem Hammer das Wort gegeben, damit der Protz erfahren hätte, mit wem er es zu tun habe. Aber er hatte andere Dinge vor, die ihm wichtiger schienen, deshalb unterließ er es und folgte dem Riesen auf dem Weg zum Strande.

„Damit du nicht ganz unnütz bist", begann Hymir nach einer Weile, „so sorge wenigstens für einen ordentlichen Köder an meine Angel!"

Thor ließ sich das nicht zweimal sagen, er eilte zur Viehweide des Riesen, fing sich den größten Stier und riß ihm mit einem einzigen Ruck den Kopf ab. Lachend trug er ihn dann ins Boot und legte ihn vor die Füße. Dann ergriff er die Ruder und holte gewaltig aus, so daß das Boot wie ein Pfeil davonschoß.

Nach einer Weile gebot ihm der Riese, er möge innehalten; denn sie seien an den Fischgründen angelangt. Weiter hinaus wage er sich nicht, da das Meer dort draußen über die Maßen heimtückisch sei. Doch Thor kümmerte sich nicht um die Mahnung des Ängstlichen; denn er war ja auf Abenteuer aus, und er wußte, daß er weiter draußen die Midgardschlange fände, mit der er gerne anbinden wollte.

Als er an die Stelle kam, wo er das Untier vermutete, machte er die Angelschnur zurecht, steckte den Stierkopf an den Haken und warf den Köder aus. Der versank so schnell in die Tiefe, daß die Leine mächtig am Bootsbord hinabbrauste. Die Midgardschlange stürzte sich sogleich auf die Angel und schnappte gierig danach. Der Haken blieb ihr im Gaumen hängen. Wild vor Schmerz bäumte sie sich auf und riß so ungestüm an der Leine, daß das Boot fast kenterte. Thor stemmte sich mächtig gegen den gewaltigen Zug; denn er wollte auf keinen Fall die Angel und das tobende Ungetüm freigeben. Aber der Druck war so heftig, daß seine Füße die Bodenplanken des Bootes durchstießen und er auf den Boden des Meeres zu stehen kam. Nun hatte er einen festen Stand, und er konnte die Schlange ins Boot ziehen. Der Riese, der sich in einer Ecke niedergekauert hatte, folgte dem Beginnen Thors mit Furcht und Grauen. Unheimlich, wie

die Augen des rothaarigen Gesellen vor Gier aufglühten! Und nicht anzusehen, wie das gefangene Tier Gift und Dampf ausspie! Noch nie hatte er Schrecklicheres gesehen!

In mächtigen Brechern klatschte das Wasser ins Boot und versetzte den Riesen in Todesangst. Thor ließ sich freilich nicht beirren. Seine Jagdleidenschaft machte ihn blind für die Gefahr. Als er nach dem Hammer langte, um den Schädel der Schlange zu zerschmettern, stürzte Hymir mit dem Messer hinzu und durchschnitt die Angelschnur. Gurgelnd versank das Untier wieder in den Tiefen des Meeres.

Wutentbrannt schleuderte Thor seinen Hammer nach, aber es blieb lange ungewiß, ob er die Schlange getroffen hatte. Dann gab er dem Riesen zornerfüllt eine mächtige Ohrfeige, daß er über Bord stürzte und lautklatschend ins Wasser fiel. Er selber aber watete mit wütendem Gesicht ans Land und schaute sich nicht mehr um.

VON THORS BÖCKEN

Eines Tages fuhren Thor und Loki über Land. An ihren gold=gesäumten Wagen hatten sie die wohlgehörnten Ziegenböcke gespannt, die sie hurtigen Fußes auf dem sonnenbeschienenen Weg dahinführten. Wie im Fluge zogen die Bilder der Land=schaft an ihnen vorbei und erfreuten das Auge der Götter.

Gegen Abend kamen sie ins Riesenreich, wo sie im Hause Egils Herberge nahmen. Der Bauer begrüßte seine beiden Gäste herz=lich und führte sie in den Wohnraum, wo sie sich auf die Bank niederließen und ein wenig mit den Kindern des Hauses, Thialfi und Röskwa, scherzten.

Als die Essenszeit herankam, schlachtete Thor seine beiden Böcke, zog ihnen die Felle ab und warf das Fleisch in den Kessel, in dem das Wasser bereits brodelte. Neugierig schauten die Kin=der zu und konnten kaum erwarten, bis das Fleisch gar war. Aber auch die Bauersleute waren nicht wenig verwundert über das seltsame Beginnen Thors.

Schließlich aber war es doch so weit, und Thor konnte das Fleisch herausnehmen. Alle lud er zum Mahle ein, die im Hause waren, und jeder bekam so viel, als er mochte. Die Knochen mußten auf Thors Geheiß auf die Ziegenfelle geworfen werden, die am Boden ausgebreitet lagen.

Thialfi zersplitterte mit seinem Messer einen Schenkelknochen, um das Mark herausholen zu können. Thor merkte davon nichts, und ohne Arg ging er schlafen.

Am nächsten Morgen nahm er seinen Hammer zur Hand und weihte damit die Ziegenfelle. Da standen die beiden Böcke wohl=

gemut wieder auf, und nichts fehlte ihnen. Erwartungsvoll tänzelte sie in der Stube. Aber einer von ihnen hinkte mit einem Hinterfuß. Erschreckt sah es Thor und bückte sich sogleich, um die Ursache für das auffällige Gebaren des Tieres zu begründen. Da mußte er feststellen, daß der Schenkelknochen des Tieres zerbrochen war.

Traurig wandte er sich an den Bauern und beklagte sich darüber, daß man mit den Knochen seiner edlen Tiere so unvorsichtig umgegangen sei und der Bock nun für alle Zeiten an diesem Gebrechen leiden müsse. Der Bauer wurde bleich und bat den Gott mit rührenden Worten um Verzeihung. Kaum konnte er den anklagenden Blick Thors aushalten. Es war ihm, als ob er vor ihm niedersinken müsse.

Um sich von seinem Zorn nicht übermannen zu lassen, klammerte Thor seine Hände so fest um den Stiel des Hammers, daß die Knöchel weiß wurden. Schluchzend warf sich ihm die Bauersfrau zu Füßen und flehte ihn an, sie und die Ihren nicht entgelten zu lassen, was Unvorsichtiges oder Unbedachtes in ihrem Hause geschehen sei. All ihren Besitz bot sie zur Sühne an, und ihr Mann pflichtete ihr bei.

Als Thor die Furcht der beiden Leute sah, hatte er Mitleid mit ihnen, und sein Zorn verlöschte. Als Entschädigung verlangte er aber die beiden Kinder der Bauersleute, Thialfi und Röskwa, als Knecht und Magd. Willig gaben die Eltern sie ihm, und die beiden dienten dem Gotte getreulich viele Jahre, obgleich die Sage ging, daß Loki der Urheber des Verbrechens an dem Bocke Thors gewesen sei und in Thialfi nur ein williges Werkzeug gehabt habe.

WIE THOR HYMIRS KESSEL HOLTE

Die Götter kamen einst mit reicher Beute von der Jagd nach Hause. Da sie hungrig waren, bereiteten sie sich das Wildbret zum Mahle, jedoch fehlte ihnen ein erfrischender Trunk dazu. Sie befragten daher das Schicksal, wie sie zu einem Trunke kommen könnten, legten die weissagenden Stäbe und beschauten das Opferblut. Da sahen sie, daß Ägir viele Kessel hatte, um ihnen Bier zu bereiten.

Darauf gingen sie zu dem Meerriesen und fanden ihn fröhlich und guter Dinge. Thor, der seinen Durst kaum bändigen konnte und deshalb über die Maßen ungeduldig war, sah ihn herausfordernd an und sagte in barschem Tone: „Beeile dich und schaffe den Göttern zu trinken, wenn du sie nicht ungnädig sehen willst!"

Der herrische Ton reizte den Riesen, und er sann auf Vergeltung, aber er ließ nichts merken und sagte in freundlicher Weise: „Schaff' mir einen großen Kessel, so will ich euch gerne Bier brauen, soviel ihr wollt."

Aber da war guter Rat teuer. Woher sollten die Götter einen solchen großen Kessel nehmen, in dem so viel Bier Platz fände, um ihren gewaltigen Durst zu stillen? Da kam Tyr der rettende Einfall. Er entsann sich, daß sein Vater Hymir einen Kessel von ungeheurem Ausmaß – wohl eine Meile tief – besaß. Das erzählte er den Göttern, die darüber sehr erfreut waren und ihn und Thor baten, sich sogleich ins Riesenland aufzumachen, um den Kessel zu holen. Thor freilich zögerte noch und meinte: „Glaubst du, daß wir ihn auch bekommen werden und nicht die weite und beschwerliche Reise umsonst machen?"

Tyr war zuversichtlich und entgegnete: „Wenn wir es schlau anfangen, sicher."
So machten sich beide auf den Weg und fuhren den ganzen Tag lang vom Götterreiche bis zur Wohnstatt Egils. Dort stellten sie ihre herrlichgehörnten Zugböcke ein und begaben sich schnell zu Hymirs Halle. Hier fand Tyr seine neunhunderthäuptige Ahne vor, die er nicht leiden konnte. Seine Mutter, Hymirs Frau, jedoch erfreute sie mit schäumendem Bier und sagte: „Ich will euch, kühne Männer, unter dem großen Kessel verstecken, damit euch kein Leid geschieht, denn Hymir ist oft unberechenbar, wenn er heimkehrt und unerwartete Gäste vorfindet."
Spät abends kam der Riese von der Jagd zurück. Sein Bart hing so voller Eiszapfen, daß er bei jeder Bewegung wie Glas klirrte. Seine Frau trat ihm entgegen und sagte: „Sei gegrüßt, Hymir, und sei verträglichen Sinnes; denn dein Sohn ist gekommen, der lange nicht im Hause des Vaters war. Er hat auch einen guten Freund mitgebracht, der ein Gönner der Menschen und ein Feind deiner Feinde ist. Beschirmer nennt er sich. Sieh, sie sitzen dort am Ende des Saales hinter der Säule."
Vor dem Blick des Riesen zerbarst der starke Pfeiler, und der Balken, der die Kessel trug, zersplitterte. Ihrer acht fielen herab und gingen in Trümmer, nur ein besonders starker blieb ganz. Da kamen die Gäste hervor, und der Riese musterte sie mißtrauisch. Er ahnte nichts Gutes, als er Thor, den Feind des Riesengeschlechtes, erkannte. Dennoch wollte er das Gastrecht nicht verletzen. Er gebot daher eilends, drei Stiere zu schlachten und den Männern zum Mahle vorzusetzen.
Schnell war den Tieren der Kopf abgeschlagen, und bald sotten sie im Kessel. Wohliger Fleischduft durchzog das Haus, und Thor lief schon das Wasser im Munde zusammen; denn er war

von der weiten Fahrt sehr hungrig geworden. Er verzehrte daher in kurzer Frist zwei Ochsen und wischte sich wohlgesättigt den roten Bart. Den Riesen freilich brachte er dadurch in nicht geringe Verlegenheit, da er nicht wußte, was er dem anspruchsvollen Gott am nächsten Tage vorsetzen sollte. Ärgerlich sagte er: „Nun müssen wir übrigen drei uns morgen abend anders behelfen und mit der Jagdbeute vorlieb nehmen."

Thor empfand den Vorwurf, und er erbot sich, am anderen Morgen hinaus aufs Meer zu fahren und zu fischen, falls ihm der Riese einen Köder und eine Angel gäbe. Hymir war damit einverstanden. Er sagte, wie schon einmal: „Wenn du Mut hast, so gehe hinaus zur Herde und hole dir selbst einen Köder! Freilich, von den wilden schwarzen Stieren wirst du schwerlich einen erlangen können!"

Thor schmunzelte. Er hatte da ja Erfahrung, und der schwerfällige Riese schien vergeßlich. Er mußte dies mit seinem besten Stier bezahlen, dem der Gott mit geübtem Griff den Kopf abriß. Und dann fuhren sie gemeinsam hinaus aufs Meer, während Tyr zu Hause bei seiner Mutter blieb, die er lange nicht gesehen und der er viel zu erzählen hatte.

Hymir warf unweit vom Strande die Angel aus und fing zwei mächtige Walfische, die er mit einem Ruck in das Schiff zog. Thor hatte nur ein mitleidiges Lächeln dafür. Zornig runzelte der Riese über diese Nichtachtung seiner Kraftleistung die Brauen; aber er fürchtete den Hammer im Gürtel des rothaarigen Gottes, der im ganzen Riesenreiche zu traurigem Ansehen gelangt war. Deshalb schwieg er.

Der Gott aber ließ sich nicht beeindrucken. Er ruderte noch ein großes Stück weiter aufs Meer hinaus, band, ohne ein Wort zu sagen, die Angelschnur am Boote fest, spießte den Köder an den

Haken und warf ihn aus. Im gleichen Augenblick schnappte auch schon die scheußliche Midgardschlange danach. Mit kräftigem Schwunge zog Thor sie zum Schiffsbord herauf und schlug ihr den Hammer mit gewaltigem Hiebe aufs Haupt, daß die Berge dröhnten und die Erde erbebte. Dann warf er den Giftwurm ins Meer zurück, in dem er rauschend und schäumend versank, um am Tage des Weltendes wieder zum Schrecken aller Lebewesen aufzutauchen.

Dem Riesen wurde unheimlich zu Mute, mächtig legte er sich in die Riemen und lenkte das Boot eilig heimwärts. Kein Wort redete er. Erst als sie ans Land gingen, sagte er zu Thor: „Wenn du mir helfen willst, so trage die Walfische heim oder, wenn sie dir zu schwer sind, binde wenigstens das Boot an den Pfahl!"

Bereitwillig ergriff Thor das Schiff mitsamt dem Wasser, das beim Sturme hineingeschlagen war, und dem Fischgerät, und trug es wie ein leichtes Gepäck zum Riesenhof.

Diese Kraftprobe forderte Hymir erneut heraus, und er sagte: „Erst der ist kräftig, der so rudert wie ich oder der den Kelch dort zerschmettern kann."

Thors Blick folgte der ausgestreckten Hand. Ohne Zögern nahm er das Trinkgefäß und schlug es kräftig gegen die Säulen. Diese gingen zwar entzwei, der Becher aber blieb heil. Da trat die Frau des Riesen zu dem Gotte und flüsterte: „Wirf ihn Hymir an den Kopf, der ist härter als der Kelch."

Thor wußte, daß es nun um sein Ansehen ging. Er erhob sich von seinem Platze und setzte seine ganze Kraft ein. Mit machtvollem Schwunge schleuderte er den Trinkbecher gegen den Riesenschädel, der heil blieb. Der Kelch aber ging in Trümmer, und Thor hatte die erneute Kraftprobe bestanden.

Hymir faßte sich nicht einmal an die Stirne, an der der harte

Wurf keinerlei Spuren hinterlassen hatte. Er sagte nur mit grimmiger Stimme: „Nun ist er hin, zersplittert liegt er mir zu Füßen. Nie mehr werde ich wieder solch törichtes Wort reden, das mich um edlen Besitz bringt. Auch mit dem Biertrinken ist es nun zu Ende, da der Becher zu nichts mehr nütze ist. Was soll ich da noch mit dem Braukessel? Schafft ihn fort, wenn ihr Kraft genug dazu habt. Ich will ihn nicht mehr sehen, da mir alle Freude vergällt ist!"

Tyr versuchte es zweimal, aber vergebens: der Kessel stand un=

beweglich. Da umspannte ihn Thor am Rand, stieg von seinem erhöhten Platz herab und warf sich den Kessel so schwungvoll auf seine rechte Schulter, daß ihm die Kesselringe um die Gelenke klirrten. Leichtfüßig schritt er hinaus. Tyr folgte ihm aufatmend.

Als sie zu Egil kamen, lud Thor seine Last auf den Wagen, und sie setzten sich daneben. Dann zogen die Ziegenböcke an, und in schneller Fahrt ging es dahin.

Als sich Thor einmal zu den Höhlen der Riesen umwandte, sah er, daß ihnen Hymir mit seinen Knechten folgte; und die beiden Götter hätten sich auf einen blutigen Kampf gefaßt machen müssen, wenn Thor nicht Miölnir, seinen treffsicheren Hammer, dabei gehabt hätte.

Als die wilden Gesellen nahe genug heran waren, zuckte der Hammer wie ein Blitzstrahl hin und her, und ein Riese nach dem andern sank zu Tode getroffen zu Boden. Keiner kam mit dem Leben davon. Mit heiserem Lachen steckte Thor — als die blutige Arbeit getan war — die Waffe, die stets gehorsam in seine Hand zurückgekehrt war, in den Gürtel. Dann fuhren sie im scharfen Trabe weiter, da die Götter in Ägirs Halle schon allzu lange hatten warten müssen.

Plötzlich sank einer ihrer Böcke kraftlos zu Boden. Er lahmte schon vorher auf einem Bein. Das war Lokis Werk gewesen. Nun aber schien es ganz aus zu sein. Thor stieg vom Wagen und redete dem erschöpften Tiere gut zu. Willig erhob es sich und legte sich ins Geschirr. Sie kamen aber nur langsam voran, und die durstigen Asen wurden auf eine harte Geduldsprobe gestellt. Schließlich aber kamen Tyr und Thor doch mit Hymirs Kessel zu Ägir, der sich sogleich an die Arbeit machte, um das schäumende Bier zu brauen.

WIE THOR EINE SCHRECKLICHE NACHT VERBRACHTE

Als Thor seinerzeit die Kinder des Bauern Egil, Thialfi und Röskwa, als Entschädigung für die Verstümmelung des Bocks erhalten hatte, zog er mit ihnen und Loki weiter ins Riesenreich. Die beiden Böcke aber hatte er in der Obhut Egils zurückgelassen. Dort mochten sie rasten und sich von den Anstrengungen der letzten Fahrten erholen.

Sie wanderten über Berg und Tal, durch liebliche Auen und schattige Wälder, an manch munter sprudelnder Quelle vorbei und kamen endlich an das Meer, das sie durchschwammen. In mächtigen Stößen zerteilte Thor das Wasser, so daß es Wogen aufwarf wie ein Schiff, das in flotter Fahrt dahinsegelt. Auch Loki stand kaum hinter ihm zurück; die beiden Bauernkinder jedoch hatte es schwer und kamen viel später als die Götter und sehr erschöpft ans andere Ufer. Thor hatte Geduld mit ihnen und ließ sie rasten, bis sie von selber zur Fortsetzung der Wanderung drängten.

Bald nahm sie ein weitgedehnter Wald auf, der herrliche Kühlung spendete. In den Bäumen jubilierten die Vögel, und auch das andere Wild konnten die fröhlichen Wandersleute nicht schrecken. Es kam sogar ganz zutraulich an den Weg und ließ sich selbst die plumpen Zärtlichkeiten Thors gefallen, vor Loki zeigten sie jedoch eine auffällige Scheu, was weder ihn noch Thor wundernahm.

Allmählich ging es auf den Abend; aber noch immer bemühte sich Thor nicht um ein Nachtquartier. Röskwa war schon lange müde, und auch Thialfi wäre froh gewesen, wenn die beiden Götter ihnen Ruhe gegönnt hätten. Es wurde immer dunkler im Walde, und bald war es völlige Nacht. Der Mond goß sein mildes Licht über die leise rauschenden Bäume und warf gespenstische Schatten auf den spärlich begangenen Weg. Dem Mädchen wurde es unheimlich, und es suchte die schützende Nähe des Bruders.

Endlich hielt Thor vor einem großen Haus inne, dessen Tür so breit wie die ganze Vorderfront war. In diesem Gebäude legten sie sich zur Ruhe nieder und schliefen bald ein. Zur Mitternachtszeit aber schreckte sie eine mächtige Erschütterung auf. Es deuchte sie, ein Erdbeben habe den Boden zum Wanken gebracht, unter dessen gewaltigen Stößen das ganze Haus wie ein Schiff auf wogender Flut schwankte.

Alle vier sprangen entsetzt von ihrem Lager auf und flüchteten in einen seitlichen Anbau. Thor setzte sich, zu allem entschlossen und den Hammer fest in der Rechten, in den Eingang. Niemand sollte es wagen, sie anzugreifen. Das Brausen und Brodeln hörte die ganze Nacht nicht auf. Es war schrecklich und unerklärlich zugleich. Von den Wandersleuten tat niemand ein Auge zu.

Im Morgengrauen ging Thor hinaus ins Freie. Er atmete auf, als er endlich das schwankende Gebäude verlassen konnte. Hinter ihm drängten sich Loki und die beiden Bauernkinder, die ebenfalls froh waren, daß die fürchterliche Nacht ein Ende hatte. Thor brauchte nicht weit zu gehen, um die Ursache des nächtlichen Tobens zu ergründen. Ganz in der Nähe ihres Rastplatzes fand er einen riesengroßen, häßlichen Mann auf der Erde liegen, der schreckliche Schnarchtöne von sich gab. Darüber mußte er so lachen, daß der schlafende Riese erwachte, noch bevor Thor

ihm mit seinem Hammer den Lohn für die nächtliche Ruhestörung und den nicht geringen Schrecken geben konnte.
Wütend sprang der Riese, den man Skrymir nannte, auf und wollte den Fremden angehen, der sich da in seine Nähe wagte und offensichtlich gar keine Furcht vor ihm hatte.
„Kerl!" brüllte er ihn an, daß sich die Bäume des Waldes von seinem Atemstoß wie vor einem Sturmwind beugten, dann aber erkannte er Thor und dessen gefährlichen Hammer, und seine Stimme wurde merklich liebenswürdiger. „Ach, du bist es, Thor — aber sag, wohin hast du meinen Handschuh geschleppt? Er lag doch da irgendwo."
Nun mußte Thor erkennen, daß er mit seinen Begleitern die Nacht in Skrymirs Handschuh verbracht hatte. Darüber mußte er herzlich lachen, doch als er Lokis Gesicht sah, wußte er, daß ihm dieses Erlebnis Anlaß zu manchem Spott sein würde; denn er kannte den Lästerer und wußte um seine Gepflogenheiten.
Da Skrymir und die Götter das gleiche Wanderziel hatten, schloß er sich ihnen an. Bereitwillig trug er ihren Speisesack, der für ihn keine große Last bedeutete. Mit einem Finger warf er ihn auf die Schulter. Jedenfalls war ihm das eine geringere Mühe als der Weg, den er neben den zartgliedrigen Göttern und Menschenkindern unter seine klobigen Riesenfüße nehmen mußte. Er war daher auch völlig erschöpft, als sie sich unter einer knorrigen Eiche zur Nachtrast niederließen. Sogleich legte er sich zum Schlafen zurecht, und schon nach wenigen Atemzügen war er entschlummert. Auch Thialfi und Röskwa lehnten völlig übermüdet an dem knorrigen Stamm und hatten Mühe, die Augen offenzuhalten. Nur Loki war noch zum Schabernack aufgelegt; aber der Riese schlief so abgrundtief, daß das Nasenkitzeln, das ihm der Götterschalk mit einem Aste zufügte, keine andere

Wirkung zeitigte als ein so mächtiges Schnauben, daß der Störenfried fast umgeworfen worden wäre.
Thor mühte sich indessen, den Speisesack, den der Riese zugeschnürt hatte, aufzuknoten. Aber es gelang ihm trotz aller Mühe und Kraftanwendung nicht. Es blieb ihm weiter nichts übrig, als Skrymir aufzuwecken, damit er den Riemen löse, so beschämend dies auch für ihn war. Aber wie sollte er ihn munter kriegen? Das war nicht leicht. Thor versuchte es mit mancherlei. Zuletzt ergriff er vor Wut seinen Hammer und schlug damit dem Riesen auf die Stirn. Aber das hatte keine andere Wirkung, als daß dieser schlaftrunken murmelte, ob ihm ein Laubblatt auf den Kopf gefallen sei.
Zum zweiten Male schlug Thor zu und, als dies nicht wirkte, ein drittes Mal. Dieses Mal aber so heftig, daß der Hammer bis zum Stiele in den Riesenschädel fuhr. Mühsam öffnete Skrymir die Augen, und langsam strich seine Hand über das Gesicht, als wenn sie eine lästige Fliege wegscheuchen wollte. Gähnend fragte er: „Ist mir eine Eichel auf den Kopf gefallen? Mir war's so. Oder nur eine Feder von den Vögeln, die sich droben in den Zweigen der Eiche miteinander zanken." Dann erhob er sich, reckte und streckte sich, und fuhr fort: „Doch es wird Zeit, daß wir unseren Fuß weitersetzen. Ihr wollt zur Burg Utgard — ich habe ein anderes Ziel. So müssen sich unsere Wege trennen. Laßt euch nicht zu sehr von den Kerlen überraschen, die ihr besuchen wollt. Sie sind nicht so friedlich wie ich."
Er lachte, daß es über Berg und Tal wie mächtiges Donnergrollen dröhnte, nahm sein Bündel und stampfte mit schweren Schritten von dannen.

THOR BEI UTGARDA=LOKI

Als der Riese Skrymir Thor und seine Begleiter verlassen hatte, machten sich diese auch auf den Weg, um noch vor Abend Utgard zu erreichen; denn sie wollten nicht wieder die Nacht auf so lächerliche Art verbringen wie die vergangene.
Um die Mittagszeit sahen sie bereits die Burg, die sie noch gar nicht erwartet hatten. Aber sie waren deswegen nicht traurig. Die Mauern waren so hoch, daß sie die Köpfe weit zurücklegen mußten, um die Zinnen sehen zu können. Loki war es nicht ganz geheuer, und er wäre gerne wieder umgekehrt, Thor aber verließ sich auf den Ruf seines Hammers und — wenn es sein mußte — auch auf dessen Wirkung. Die beiden Bauernkinder, Thialfi und Röskwa, hielten sich ängstlich in seiner Nähe, um Schutz bei ihm zu finden, wenn Gefahr drohte.
Das mächtige Tor war mit einem Gitter verschlossen, und niemand von den Burgbewohnern dachte daran, es aufzutun. Aber Thor stieß sich nicht daran, daß man so wenig gastfreundlich war. Er zwängte sich durch die Stäbe und gelangte in den Vorraum. Loki und die Kinder folgten ihm nach einigem Zögern. Selbstbewußt trat Thor in die Halle, wo Utgarda=Loki saß und neugierig auf die Eindringlinge herunterschaute. Spöttisch verzog er den Mund und fragte höhnisch mit blinkenden Zähnen: „Ist dieser Zwerg hier vor mir der berühmte Thor mit seinen hurtigen Ziegenböcken?"
Thor bejahte die Frage, und der Riese nickte ihm ein paar Mal verwundert zu. Dann fuhr er fort: „Nun möchte ich gerne wissen, welche Künste du und deine Begleiter beherrschen; denn es

wird in meiner Burg niemand aufgenommen, der sich nicht durch irgendeine Fertigkeit auszeichnet."

Da drängte sich Loki, weil er glaubte, einen guten Einfall zu haben, vor und rief: „Gut, ich will's versuchen! Miß du dich mit mir im Schnellessen! Wir wollen sehen, wer Sieger bleibt."

Utgarda=Loki war damit einverstanden. Er winkte seinen Knechten und ließ zwei mächtige Tröge voll Fleisch bringen. Sofort machte sich Loki über den seinen. Als er mit dem Fleisch fertig war, mußte er zu seinem Schrecken feststellen, daß sein Gegner nicht nur das Fleisch, sondern auch die Knochen und den Trog verschlungen hatte.

Nun kam Thialfi an die Reihe. Er war bereit, mit Hugi um die Wette zu laufen. Auch dieser Vorschlag wurde von Utgarda=Loki angenommen. Thialfi rannte so schnell, daß selbst der Blitz Mühe gehabt hätte, ihm zu folgen. Aber es nützte ihm alles nichts, Hugi war viel schneller und längst vor ihm am Ziel.

Utgarda=Loki lachte, daß er sich den mächtigen Bauch halten mußte. Als er sich einigermaßen beruhigt hatte, forderte er Thor auf, nun seine Künste zu zeigen. „Ich habe da einen Krug", sagte er, „den müssen meine Leute zur Strafe leeren, wenn sie sich gegen die Trinkgesetze, die hier herrschen, versündigen. Willst du es mit ihm versuchen?"

Thor nickte. Es sei ihm gleich, meinte er, denn er sei in vielen Künsten erfahren. Utgarda=Loki ließ das gefüllte Trinkhorn bringen, und Thor setzte an und tat einen gewaltigen Zug, aber der Met nahm nicht ab, so viel er auch trank. Thor mußte aufgeben. Darauf versuchte er, eine graue Katze vom Boden emporzuheben. Aber diese machte einen Buckel und war so schwer, daß es Thor trotz aller Kraftanwendung nur gelang, einen ihrer Füße ein wenig vom Boden zu lüpfen.

Utgarda-Loki machte eine wegwerfende Handbewegung. „Ich habe mehr von dir, rotschopfiger Gott, erwartet! Aber vielleicht versuchst du einmal einen Ringkampf mit meiner Amme Elli? Die wirst du doch bezwingen?“

Schweigend begann Thor den Kampf; aber er mußte bald erkennen, daß die Alte fest wie ein Baum stand und nicht niederzuzwingen war. Ja, je länger das Ringen dauerte, um so kräftiger schien das Weib zu werden, während Thor seine Kräfte ermatten spürte. Als ihn die Alte auf ein Knie niedergerungen hatte, mußte er aufgeben.

Traurig und beschämt begaben sich die Gäste zur Ruhe. Am anderen Morgen geleitete sie Utgarda-Loki hinaus vors Tor und sagte beim Abschied zu Thor: „Du wärst nie in meine Burg gelangt, wenn ich vorher gewußt hätte, wie stark du bist. Du sollst es wissen, daß ich dich mit Blendwerken getäuscht und in die Irre geführt habe. Im Walde war ich selber der Riese Skrymir, der dir den Speisesack mit Eisendrähten zuschnürte. Zum Schutz gegen deine Hammerschläge hatte ich das Gebirge vorgeschoben, in das du mächtig hineinschlugst und wähntest, meinen Kopf zu treffen. Loki da an deiner Seite hat mit dem Feuer um die Wette gegessen. Und keiner von euch wird behaupten wollen, daß das Feuer an Schnelligkeit zu übertreffen ist. Und Thialfi ist mit dem Gedanken um die Wette gelaufen; und auch der ist berühmt dafür, daß keiner ihn je besiegen wird. Du, Thor, aber hast aus dem Meere getrunken, in das die offene Spitze des Trinkhorns hinabreichte. Durch deinen gewaltigen Zug ist die Ebbe im Meer entstanden. Die Katze jedoch war die Midgardschlange. Und wir alle erbleichten, als es dir gelang, einen ihrer Füße vom Boden zu heben; denn wir fürchteten den Untergang der Welt, wenn du mehr erreicht hättest.

Und auch mit meiner Amme hast du nicht gerungen, sondern mit dem Alter, das kein lebendes Wesen zu überwinden vermag."

Wutentbrannt griff Thor nach seinem Hammer, aber Utgarda=Loki war verschwunden und mit ihm die Burg mit den festen Mauern und wehrhaften Zinnen. Nur weite große Grasfelder lagen vor ihnen. Kopfschüttelnd sahen die Götter und Menschenkinder sich an. Es schien ihnen, als ob sie von dem schlauen Riesenkönig über die Maßen genarrt worden seien. Nur Loki schmunzelte. Er hatte sein Wissen bereichert, von dem er gerne Gebrauch machen wollte, wenn es beim fröhlichen Göttermahle Thor wieder einmal zu necken galt.

THOR UND DER RIESE GEIRRÖD

Loki war wieder einmal unterwegs, diesmal in Friggs Falkenhemd, das ihn durch die Lüfte dahintrug. In seinem Übermut verirrte er sich und geriet ins Land der Riesen. Auf einem Dache ließ er sich nieder. Und da er nicht wußte, wohin er geraten war, schaute er durch die Dachöffnung, durch die sonst der Rauch ins Freie und das Licht ins Innere der Halle gelangte, hinein. Das ging nicht ohne Lärm ab, und der Riese Geirröd schaute von seinem Platz am Tische auf und sah den seltsamen Vogel, der ihm da auf den First seines Hauses geraten war. Er gab seinem Knecht den Befehl, den Federkerl zu fangen. Aber das war leichter gesagt als getan: der Knecht hatte nicht nur alle Mühe, das Dach zu erklimmen, es machte ihm noch viel mehr Beschwer, den Vogel zu jagen.

Loki erkannte sehr bald, daß ihm von dieser Seite keine Gefahr drohte. Er war bald da, bald dort, hüpfte hinauf und hinunter, und der arme Jäger kam außer Atem und vergoß Ströme von Schweiß, was aber Loki keinen Kummer bereitete. Im Gegenteil, er fand recht viel Gefallen daran.

Einmal ließ er ihr, um ihn zu necken, ganz nahe herankommen, so daß der Riesenknecht wähnte, ihn bereits sicher zu haben. Aber da hatte Loki Pech, denn er war auf Pech geraten, das ihn bewegungsunfähig machte. So wurde er gefangen und vor den Riesen Geirröd gebracht. Der sah gar bald, daß er einen seltsamen Fang gemacht hatte; denn an den Augen erkannte er, daß unmöglich ein Vogel in dem Federkleid steckte. Er forderte ihn daher auf, ihm zu sagen, wer er sei. Doch Loki schwieg. Und da alles Zureden nichts nutzte, ließ der Riese seine Beute in eine Kiste sperren und hungern. Nach seiner Meinung würde der Verstockte auf diese Weise recht bald zum Reden zu bringen sein. Und er hatte recht, wenn er sich auch in der Zeit geirrt hatte. Drei Monate hielt es Loki in seinem engen Gefängnis aus. Dann war es nicht nur mit seiner Geduld, sondern auch mit seiner Kraft zu Ende. Er war bereit, dem Wunsch Geirröds zu willfahren. Als der Riese wieder einmal den Raum besuchte, in dem die Kiste stand, rief ihm Loki zu, er wolle sagen, wer er sei, und nannte seinen Namen.

Da lachte Geirröd mächtig auf und rieb sich die Hände. Daß er einen Gott in seinem Gewahrsam hatte, war ihm eine große Genugtuung. Endlich hatte er einmal einen von dem verhaßten Göttergeschlechte, die ihm und seinem Volke so viel Kummer bereiteten.

Loki bangte um sein Leben, und er beschwor den Riesen, ihn freizugeben. Aber Geirröd zeigte keine Lust dazu. Der Gott mochte getrost noch ein wenig zappeln! Und wenn er auch wußte, daß Loki nicht viel Freunde im Asenreich hatte, so gehörte er doch zu jenen, die im ewigen Widerstreit mit den Riesen lagen. Besonders Thor — halt, da kam ihm ein Gedanke! Thor, ja, Thor, den mußte er haben! Der wäre etwas anderes als der windige, selbst von den Göttern gehaßte und wohl gern entbehrte Loki. Er konnte also kaum die Götter treffen, wenn er Loki umbrachte. Das Leben Thors hatte ein anderes Gewicht, sowohl für ihn wie für die Herren des Asenreiches. Er sagte deshalb zu seinem Gefangenen:

„Höre gut zu, Loki, was ich dir jetzt sage: bringe mir Thor als

Beute, dann sollst du frei sein! Willst du einen heiligen Eid schwören, daß du ihn mir in die Hand gibst?"

Loki, der um jeden Preis sein Leben retten wollte, schwur diesen Eid und bekräftigte durch Wort und Handschlag, daß er Thor nicht nur in Geirröds Hof bringen wolle, sondern daß er ihn auch dazu überreden werde, seinen Hammer, seine eisernen Handschuhe und seinen Kraftgürtel zu Hause zu lassen. Daraufhin wurde er freigegeben.

Auf dem Heimwege sann er darüber nach, wie er Thor überlisten könne, daß er ins Riesenreich zöge. Er wußte, daß es nicht leicht sein würde, das Versprechen einzulösen. Aber da er den Eid geschworen hatte, mußte er zu ihm stehen. Ein Eid war heilig, selbst für Loki, wenn ihm sonst auch nichts heilig war.

Als er zu Thor kam, schwärmte er ihm von dem wundersamen Hof Geirröds vor, von den grünen Wegen, der Pracht des Hauses und der Schönheit seiner Töchter. Auch wußte er die Gastfreundschaft des Riesen über die Maßen zu rühmen, und Thor ließ sich beschwätzen. Er machte sich sogleich ohne Arg auf den Weg, obgleich ihm Lokis Geschäftigkeit Anlaß zu Mißtrauen hätte sein müssen.

Am ersten Abend kehrte Thor bei der Riesin Grid, der Mutter des schweigsamen Widar, ein und erzählte ihr von seinem Vorhaben. Die Riesin warnte ihn vor Geirröd; denn dieser sei nicht nur ein hinterhältiger Unhold, sondern auch so listenreich, daß man leicht seinem Trug unterläge. Doch Thor lachte sie aus. Noch sei er mit jedem Riesen fertig geworden, sagte er. Er werde auch Geirröd zu Hel schicken. Aber da fiel ihm ein, daß er seinen Hammer daheim gelassen hatte. Ohne ihn war die Fahrt leichtfertig und gefährlich. Dennoch wollte er nicht, da er schon so weit gegangen war, unverrichteter Dinge nach Asgard zurückkehren. Da ihn Grid gern hatte, wollte sie sein Leben nicht in Gefahr bringen lassen. Sie lieh ihm daher ihren eigenen Kraftgürtel, ihre eisernen Handschuhe und ihren Zauberstab.

Frischgemut machte sich Thor am anderen Morgen auf den Weg. Schon vor Mittag kam er an den gewaltigen Fluß Wimur, den er durchwatete. Als er sich aber in der Mitte der weiten Wasserfläche befand, begann die Flut so gewaltig anzuschwellen, daß sie ihm bis an den Hals reichte. Zudem waren die Steine auf dem Boden so glatt, daß sich Thor in den mächtig dahinbrausenden Wogen kaum mehr auf den Beinen halten konnte.

Thor schaute zum Himmel empor, da sah er, daß Geirröds Tochter Gialp mit gespreizten Beinen über dem Fluß stand und auf diese Weise die Stauung des Wassers verursachte, um Thor ertrinken zu lassen. Vor Wut schoß Thor das Blut in den Kopf. Er tauchte ins Wasser, nahm einen gewaltigen Steinbrocken vom Boden auf und warf ihn nach der Riesin, die sogleich die Flucht ergriff, weil sie annahm, Thor habe seinen Hammer Miölnir nach ihr geschleudert. Der Fluß hatte nun wieder freie Bahn, und die Schwellung des Wassers nahm ab. An einem Vogelbeerstrauch zog sich Thor am anderen Ufer empor und kam bald zum Hofe Geirröds.

Dort tat man so, als ob man ihn für einen unbekannten und wenig angesehenen Besucher hielte und wies ihn in das Gästehaus. Dürftig war die Kammer, die man ihm gab. Ein einziger Stuhl stand im Raum; und da Thor müde war, setzte er sich darauf. Aber kaum hatte er das getan, so hob sich der Stuhl empor und drückte ihn gegen das Dach. Thor wußte vor Verwunderung im ersten Augenblick nicht, wie ihm geschah und

was er gegen diese Zauberei tun sollte. Aber dann fiel ihm ein, daß er Grids Zauberstab in der Hand hielt. Mit ihm stemmte er sich gegen das Dach, um den Stuhl wieder auf den Boden zu=

rückzudrücken. Dies gelang ihm auch. Es war aber von einem schrecklichen Geschrei begleitet, das weitum zu hören war. Gleichzeitig erfolgte ein grausiges Krachen, als ob Knochen entzweigebrochen würden. Aufs höchste verwundert, untersuchte Thor den Stuhl, der nun wieder auf dem Boden stand. Da sah er, daß er den Töchtern Geirröds, Gialp und Greip, die unter dem Stuhle gesessen und ihm am Dachgebälk das Genick hatten brechen wollen, das Rückgrat zerschmettert hatte.

Kopfschüttelnd stand Thor neben den toten Riesenmädchen. Das hatte er nicht gewollt. Aber es war ihm nichts anderes übrig geblieben, da ihm die beiden auf so schändliche Art das Leben hatten nehmen wollen.

Von dem Todesschrei der beiden Riesentöchter waren aber auch die Knechte angelockt worden. Sie überwältigten Thor und brachten ihn vor ihren Herrn, der in der Halle auf seinem Hochsitze saß und Genugtuung von ihm forderte.

Wortlos stand Thor vor ihm.

Mit einer Zange faßte der Riese in das Feuer, das rechts von seinem Hochsitz lohte, und nahm einen glühenden Eisenkeil heraus. Den warf er Thor zu. Dieser fing ihn mit seiner Eisenfaust auf und wollte ihn zurückwerfen. Der Riese barg sich jedoch blitzschnell hinter einer Säule, um sich zu schützen. Aber diese Feigheit erzürnte Thor so, daß er das Eisenstück so hoch in die Luft warf, daß die ganze Halle erzitterte. Prasselnd durchschlug das Geschoß die Säule, durchbohrte den Riesen und die Hauswand und fuhr tief in die Erde. Die übrigen Riesen, die Gäste in Geirröds Halle waren, suchten sich zu verstecken. Thor aber wußte sie zu finden und ihrer Strafe zuzuführen. Mit dem Zauberstab Grids erschlug er sie alle und verschonte keinen.

Tatenfroh kehrte er zum Asenreich zurück.

THOR UND DER ZWERG ALWIS

Als Thor auf weiter Fahrt und fern dem Asenreich war, verstand es der Zwerg Alwis, sich in das Herz seiner Tochter Thrud zu schmeicheln. Er wußte die Worte wohl zu setzen, glänzte durch Klugheit und war in allen Künsten Meister. So war es verständlich, daß Thrud ihn schätzen und lieben lernte und sich ihm anverlobte. Als Thor nach Hause kam und von dem Verspruch Kenntnis erhielt, brach er in helle Wut aus, und er fuhr den unerwünschten Schwiegersohn zornig an:
„Wie kannst du es wagen, du winziger Kerl, um meine Tochter zu werben! Totenbleich bist du vor Angst, und die Knie schlottern dir, weil du um dein jämmerliches Leben bangst. Niemand weiß, woher du stammst, und kein lebendes Wesen achtet dich Kümmerling. Wahrlich, du bist ein dürftiger Bursche und völlig ungeeignet für eine so stattliche Braut, wie es meine Tochter ist. Sie bedarf eher eines Riesen zum Gatten, als eines so lächerlichen Zwerges!"
Da blitzte es in den Augen des Kleinen auf. Entschlossen trat er einen Schritt näher und antwortete mit seiner hellen Stimme:
„Man nennt mich Alwis, und meine Wohnung liegt unter der Erde, wohlgeborgen im harten Fels und im Lichte der Edelsteine und Goldschätze erstrahlend. Ich könnte deine Tochter mit Glanz und Reichtum umgeben, ihr alle Freuden des Lebens bieten und ein Herz voller Liebe schenken. Doch es ist müßig, dir das zu sagen: unser Bund ist fest geschlossen, und ich warne dich, ihn zu brechen. Du würdest den Schaden davon haben und deiner Tochter, die du liebst, das arme Herz zerbrechen."

Thor brauste unbeherrscht auf: „Ich werde den Bund brechen, erbärmlicher Wicht! Denn über das Schicksal der Tochter bestimmt der Vater, nicht du, der du noch nicht einmal recht reden kannst, oder gar die Tochter, die dem Vater zu Gehorsam verpflichtet ist. Der Vater ist schmählich hintergangen worden, während er von zuhause fort war. Wäre er da gewesen, würdest du nicht die Schwelle seines Hauses überschritten haben, um das Herz der Tochter zu beschwätzen. Wie wagst du anzunehmen, daß die junge, strahlendschöne und schneeweiße Tochter dir, dem unterirdischen, lichtscheuen und unheimlichen Erdgeist in deine schmutzige Felsenhöhle folgen möchte, dir, mit deiner blauen Nase, die ausschaut, als hättest du die Nacht bei den Leichen verbracht, die in der dunklen Erde liegen und zur Nachtzeit hervorkommen?"

Dem Zwerge schoß die Zornröte ins Gesicht. Außer sich vor Zorn schrie er mit sich überschlagender Stimme: „Den Mann möchte ich kennen, der hier noch ein Machtwort über die jugendschöne Braut sprechen wollte — und vollends du, du Strolch, der du wohl kaum einem Lebenden recht mit dem Namen bekannt bist."

Der aufgeblasene kleine Wicht reizte den Gott trotz seines Zornes zum Lachen. Er hätte ihn in seiner Hand wie eine Fliege zerquetschen können, aber es machte ihm Spaß, ihn noch mehr zu erzürnen.

„Nach meinem Namen fragst du? Nun, du sollst ihn wissen: ich bin Thor, Walvaters Sohn. Vielleicht wirst du nun anderen Sinnes; denn ich bin schon mit ganz anderen Kerlen fertig geworden, als du einer bist. Denke an die Riesen, die mein Hammer zerschmetterte. Willst du mir immer noch Widerpart leisten? Sprich es aus! Ich bin begierig, deine Meinung zu hören!"

Auf Alwis machten diese Worte ersichtlichen Eindruck. Einlenkend sagte er: „Da du der Vater der holden Maid bist, so will ich dich herzlich um deine Zustimmung bitten; denn ich kann ohne die herrliche Frau nicht leben."

Thor sah ihn eine Weile belustigt an. Dann nickte er ein paar=mal und brummte scheinbar gutmütig: „Ich kann die Liebe meiner Tochter zu dir nicht verbieten, aber dich möchte ich doch erst genauer kennenlernen. So will ich dich prüfen, ob du ihrer würdig bist."

Treuherzig — wenn auch noch ein wenig zweifelnd, da der Ge=fühlsumschwung zu überraschend kam — schaute ihm der Zwerg in die Augen. „Rede, Thor, ich will mir alle Mühe geben, dein väterliches Herz für mich zu gewinnen."

Thor fuhr sich nachdenklich mit der Hand durch die roten Haare. Dann fragte er: „Nun, künde mir, weiser Zwerg: wie heißt die Erde, die vor uns allen liegt?"

Schnell erwiderte Alwis: „Die Menschen nennen sie Erde, die Asen Feld, die Wanen Weg, die Riesen Grünland und die Alfen Sprießland, die Zwerge aber Sand."

Thor nickte. „Und nun magst du mir sagen, weiser Zwerg: wie nennt man allerorten den Himmel, der sich über uns allen wölbt?"

Auch hier besann sich Alwis nicht lange: „Die Menschen heißen ihn Himmel, die Asen Dach, die Wanen Windpforte, die Riesen Überwelt, die Alfen Lichthelm und die Zwerge Regenloch."

Damit war Thor ebenfalls zufrieden. Und weiter ging die Prü=fung: „Sage mir, wenn du es vermagst, wie nennt man bei den Lebenden den Mond?"

Über diese Frage lächelte der Zwerg. Mit ihr konnte ihn Thor nicht in Verlegenheit bringen. Ohne Zögern antwortete er: „Die Menschen nennen ihn Mond, die Götter Scheibe, die im Toten=

reich kreisendes Rad, die Riesen Flieger, die Zwerge Mattglanz und die Alfen Zeitmesser."

Auch diese Antwort genügte Thor; und er mußte weiterfragen, wenn er den Zwerg beschämen wollte: „Nun magst du mir die Namen der Sonne, die uns alle bestrahlt, nennen!"

Alwis erwiderte ohne Besinnen: „Die Menschen sagen Sonne, die Riesen Lichtauge, die Alfen Lichtkugel, die Toten Gestirn, die Zwerge Allkugel, die Asen aber Weltschein."

Thor nickte: „Fürwahr, du bist ein kluger Kerl! Nun magst du mir aber sagen, wie man die Wolken nennt, die über den Himmel eilen?"

Alwis lächelte: „Leicht sind deine Fragen, Thor! Bei den Menschen nennt man sie Wolken, Wasserspender bei den Asen, Windbringer bei den Wanen, Regensprenger bei den Riesen, Wetterbraus bei den Alfen und Nebelhelm bei der Todesgöttin."

Thor schien unersättlich in diesem Fragespiel. Sogleich fragte er weiter: „Nun will ich wissen, gescheiter Zwerg: Wie nennt man den Wind bei allen, die Himmel, Erde und Untererde bevölkern?"

Doch auch hier blieb Alwis die Antwort nicht schuldig. „Die Menschen bezeichnen ihn mit Wind, mit Weher die Götter, mit Murmeler die Zwerge, mit Heuler die Riesen, mit Brüller die Alfen und mit Schreier die im Totenreich."

„Auch das hast du recht erraten, kluger Zwerg! Nun magst du mir noch sagen, wie man die Windstille allerorts benennt!"

„Bei den Menschen Windstille, bei den Asen Ruhestatt, bei den Wanen Windflucht, bei den Riesen Leere, bei den Alfen Ohnewind und bei den Zwergen Lustfülle."

„Auch mit dieser Antwort bin ich zufrieden, Alwis. So kannst

du mir wohl noch sagen, wie man bei allen Lebenden das Meer nennt, das die von Männern geruderten Boote durchschneiden?"
„Wohl, Thor, weiß ich das: Die Menschen nennen es Meer, die Asen Spiegel, die Wanen Weller, die Riesen Fischhort, die Alfen Wasserreich, die Zwerge aber Wasserberg."
Da ihn Thor bis zum Tagesanbruch, wo der Zwerg zu Stein erstarren würde, hinhalten wollte, ließ er nicht locker und fragte erneut: „Wie heißt das Feuer überall, Allweiser?"
Alwis antwortete: „Feuer heißen es die Menschen, Flamme die Asen, Lohe die Wanen, Funkensprüher die Zwerge; im Totenreich aber rufen sie es Verzehrer."
Mit dieser Antwort war der Gott ebenfalls zufrieden. Er lobte ihn: „Auch das nenne ich eine kluge Antwort, Zwerg Alwis. Doch sage mir: welchen Namen trägt der Wald bei den verschiedenen Lebewesen?"
Alwis beeilte sich mit seiner Antwort; denn auch er spürte den nahenden Tag und die ihm drohende Gefahr. „Nun, bei den Menschen Wald, bei den Asen Berghaar, bei den Wanen Baumflur, bei den Riesen Baumlohe, bei den Alfen Astgewirr, im Totenreich Bergmoos."
Thor besann sich absichtlich recht lange, um Zeit zu gewinnen. Scheinbar freundlich lächelnd sagte er: „Wohlan, so magst du mir künden, wie man Niörds Tochter, die Nacht, allerwegen nennt!"
Noch bevor er den Satz zu Ende gesprochen hatte, rief Alwis schnell: „Bei den Menschen Nacht, bei den Göttern Nebel, bei den Riesen Lichtlos, bei den Alfen Schlafbringer und bei den Zwergen Traumspender."
Thor zögerte noch länger, bevor er weiter fragte: „Und wie nennt man die Saat, Zwerg?"

Vor Ungeduld konnte Alwis kaum mehr antworten. Am liebsten wäre er davongegangen, um noch vor Tagesanbruch seine Felsenhöhle zu erreichen. Aber die liebliche Thrud hatte ihn gefangen, und er begehrte sie mit leidenschaftlicher Liebe. So blieb er und antwortete: „Saat bei den Menschen, Sprosse bei den Asen, Aufgeher bei den Wanen, Zehrung bei den Riesen, Nahrung bei den Alfen und Samenwogen bei Hel."

Da stand Thor langsam auf, lief ein paarmal hin und her und sagte dann, wobei er kaum seine unverhohlene Freude über den anscheinend nichtsahnenden Zwerg verbergen konnte: „So will ich dich nun zum letzten fragen, du Allkluger: Wie nennt man das Bier, das alle gerne trinken, Menschen oder höhere Wesen?"

Schweißperlen standen dem kleinen Kerl auf der Stirne. Er zitterte am ganzen Körper vor Erregung, und kaum vernehmbar erwiderte er: „Die Menschen nennen es Bier, die Asen Getränk, die Wanen Saft, die Riesen Goldwasser, im Totenreich aber nennt man es Met."

Da rief Thor lachend: „Wahrlich, so viel Weisheit sah ich selten unter einer Stirne vereint! Aber trotz deiner Klugheit hast du die liebliche Tochter verloren, denn der erste Sonnenstrahl, der dich eben trifft, wird deine lächerliche Gestalt in Stein verwandeln."

Es war wirklich so; der Zwerg erlag dem Zauber des Tageslichts und erstarrte zu Stein.

So wurde Thor den unbequemen Freier los, weil er klüger war als der, den man den Allweisen nannte und dessen Liebe ihn blind gemacht hatte. Befriedigt strich sich Thor über das rote Haar. Da mochten noch viele kommen, um ihn durch Klugheit überwinden zu können!

THORS KAMPF MIT HRUNGNIR

In jener Zeit, als Thor im Osten weilte, um die Götterfeinde zu züchtigen, ritt Odin auf seinem achtbeinigen Roß Sleipnir ins Land der Riesen, um Unterhaltung oder Händel zu suchen; denn schon lange hatte er keine Gelegenheit gehabt, sich im Wettstreit zu messen. Er kehrte auf dieser Reise bei dem Riesen Hrungnir ein, und gleich erwachte seine alte Wettlust, die bei ihm zur wahren Leidenschaft geworden war. Er behauptete, daß sein Roß schneller sei als Hrungnirs Goldmähne. Das konnte der Riese natürlich nicht auf sich sitzen lassen, denn er war fest davon überzeugt, daß seine Goldmähne von keinem andern Pferde zu übertreffen sei. Odin bot ihm die Hand zum Einschlag: „Wetten wir um den Preis unseres Kopfes! Er soll dem Sieger verfallen sein."

Hrungnir nahm die dargebotene Rechte und sagte entschlossen: „Es soll so sein!"

Sogleich wurden die Tiere vorgeführt, und die Wettjagd begann. Wie eine Windsbraut sausten sie dahin, und jeder war darauf bedacht, den anderen zu überholen. Aber Odins Pferd war stets ein ganzes Stück voraus und erreichte immer vor dem Tiere Hrungnirs die Spitzen der Berge. Im Übereifer, den siegenden Odin zu überholen, merkte der Riese nicht, daß er ganz unvermittelt ins Asenreich gelangt war und eigentlich die Wette verloren hatte. Doch Odin lachte ihn aus; denn er legte keinen Wert auf den Kopf des Riesen. Ihm war es nur um einen Spaß zu tun gewesen. Und den hatte er gehabt.

„Da du nun einmal da bist, Hrungnir", sagte der Göttervater, „sollst du bei einer fröhlichen Zecherei in Asgard mein Gast sein."
Der Riese war über diese Einladung sehr erfreut, nicht nur, weil er seinen Kopf gerettet hatte, sondern auch weil er ein Freund von Trinkgelagen war.

Am Abend waren die Götter versammelt, und Hrungnir saß mitten unter ihnen. Man reichte ihm die beiden Schalen, aus denen Thor seinen Durst stillte, und der Riese trank eine um die andere abwechselnd aus und gönnte sich kaum eine Atempause. Die Götter freuten sich darüber; denn Hrungnir war bald so betrunken, daß er nicht mehr wußte, was er Törichtes reden sollte; und er prahlte so mächtig, daß sich die Balken in Walhall bogen.

„Was glaubt ihr, daß ich tun werde? Nun ratet, ihr Helden! Hahaha, Walhall werde ich forttragen — hier, mit meinen beiden Händen, und ihr könnt drinnen bleiben im hohen Saal und weiter zechen, bis euch die Bäuche platzen!"

Ein schallendes Gelächter war die Antwort der Zecher. Aber das reizte ihn noch mehr. Und er schrie: „Nicht nur das werde ich tun! Ich werde ganz Asgard ins Meer versenken und alle Götter töten! Keiner soll leben bleiben! Nur Freya und Sif, die werde ich mitnehmen in mein Riesenreich und will Freude an ihnen haben! Jawohl, das werde ich, und ich werde es tun, so wahr ich Hrungnir heiße!"

Er schlug mit der Faust auf den Tisch, daß die ganze Halle wie bei einem Erdbeben schwankte, und er schrie so mächtig, daß ihm das Gesicht rot und blau anlief und sich niemand mehr in seine Nähe wagte. Aber er blökte nach Met wie ein Tier. Und als sich niemand bereit fand, den Trunk zu bringen, drohte er, alles zu Brei zu zerstampfen. Da ermannte sich Freya und schenkte ihm ein. Das ließ er sich gerne gefallen. Und sie mußte das oft tun, denn der Durst des betrunkenen Riesen schien unergründlich, so daß am Ende kein Tropfen Bier mehr aufzutreiben war. Alles hatte er ausgetrunken und begehrte immer noch mehr.

Da wußten sich die Götter nicht mehr zu helfen, auch waren sie seiner Großsprecherei und Drohungen müde. In ihrer Not riefen sie Thor um Hilfe, und im gleichen Augenblick betrat er die Halle. Als er sah, daß man einen Riesen in Walhall bewirtete, lohte ein so gewaltiger Zorn in ihm auf, daß er drohend seinen Hammer schwang und sich auf Hrungnir stürzte.

Der schreckliche Anblick seines Erzfeindes ernüchterte Hrungnir. Er erhob sich in seiner ganzen Größe, um der Gefahr begegnen zu können. Aber es schien ihm doch geraten, sich auf Odins Frieden zu berufen, den er als Gast in Walhall genieße. Schließlich sei es ja auch keine Kunst, sagte er, einen Wehrlosen zu töten, der Schild und Keule daheim gelassen habe. Er sei jedoch gerne bereit, draußen den Zweikampf mit ihm zu wagen. Da werde sich zeigen, wer Mut zu einem rechten Männerkampfe habe.

Thor war sogleich damit einverstanden und versprach, sich dem Feigling zu dem gewünschten Holmgange zu stellen.

Als die Riesen das hörten, waren sie entsetzt; denn sie nahmen mit Recht an, daß sie von Thor größtes Unheil zu befürchten hätten, wenn er Hrungnir bei dieser Auseinandersetzung töten würde; denn dieser war der kräftigste und kampferprobteste Riese. Sie beschlossen daher, auch für Thors Knecht Thialfi einen Gegner aufzustellen. Sie fanden aber keinen Riesen für ihn und mußten daher selbst einen verfertigen. Ihrer Kunstfertigkeit gelang es, aus Lehm einen neun Meilen hohen und unter den Armen drei Meilen breiten Mann zu formen. Aber als er fertig war, merkten sie, daß er kein Leben in sich hatte. Es fehlte ihm das Herz, das groß genug war, um diesem mächtigen Gebilde zum Leben zu verhelfen. Schließlich schnitten sie einer Stute das Herz aus dem Leibe und setzten es ihm ein.

Hrungnir aber hatte ein Herz aus Stein mit scharfen Kanten und drei spitzen Ecken. Auch sein Haupt war aus Stein; in der

Hand jedoch hielt er einen gewaltigen Schild, der aus Stein und Holz angefertigt war, und als Waffe trug er einen Wetzstein von ungeheurem Ausmaße. So bewaffnet, erwartete er den Gott.

Als Thialfi dieses kampfbegierige Ungeheuer sah, gebrauchte er eine List. Er lief seinem Herrn voraus und rief Hrungnir zu, Thor habe ihn gesehen und sei in die Erde gefahren, um ihn von unten zu verderben.

Hrungnir grunzte wie ein urweltliches Tier und schob seinen Schild unter die Füße, um sich auf diese Weise vor dem erwarteten Angriff zu schützen; den Wetzstein aber schwang er drohend hin und her, daß die Luft wie bei einem Sturme rauschte. So hörte er nicht, daß Thor in gewaltigen Sprüngen herbeistürmte und schon aus großer Entfernung unter Donner und Blitz seinen Hammer schleuderte. Gerade noch rechtzeitig aber sah der Riese das nahende Wurfgeschoß und schleuderte mit beiden Händen den Wetzstein entgegen. Gewaltig prallten beide Waffen im Fluge zusammen, so daß der Wetzstein in zwei Teile zerbrach. Die eine Hälfte polterte auf die Erde und wurde zur Mutter aller Wetzsteinfelsen, die andere aber drang in Thors Stirne ein und warf ihn zu Boden. Aber auch der Hammer erreichte sein Ziel und zerschmetterte Hrungnirs Schädel. Tot brach der Riese zusammen und fiel so unglücklich über Thor, daß sein Fuß auf dessen Hals zu liegen kam und ihn zu ersticken drohte.

Thialfi hatte geringere Mühe gehabt, seinen ungeschlachten Gegner zu überwinden. Doch als er seinem Herrn beistehen und ihn aus seiner unglücklichen Lage befreien wollte, mußte er zu seinem Kummer feststellen, daß dazu seine Kräfte nicht ausreichten. Ratlos stand er neben seinem stöhnenden Herrn und konnte nicht helfen.

Als Thor schon bald am Ende war, kam sein Sohn Magni, der

erst drei Tage alt war, herbeigeeilt. Er stieß den Riesenfuß zur Seite und rief: „Schmach und Schande, daß ich zu spät gekommen bin; ich hätte den Riesen mit der bloßen Faust erschlagen!" Mit Zornesblicken erhob sich Thor, doch er konnte nicht umhin, dem Knaben lobend die Hand auf die Schulter zu legen und ihm zu sagen, daß von ihm noch manche Heldentat zu erwarten sei. Zum Lohne schenkte er ihm Hrungnirs goldmähniges Roß, sehr zum Leide Odins, der es gerne selbst besessen hätte.

Betrübten Herzens machte sich Thor auf den Heimweg. In seinem Kopfe steckte noch immer das abgebrochene Stück des Wetzsteins. Er trug schwer an ihm, noch schwerer jedoch an den Schmerzen, die es ihm fast unmöglich machten, den Weg fortzusetzen. Zu seinem Glücke traf er die Seherin Groa, Aurwaldils, des Unverzagten, Gattin. Als sie seine Not sah, gebot sie ihm, innezuhalten und ein wenig zu rasten. Dann sang sie ihre Zauberlieder über ihn, bis sich der Wetzstein lockerte und er von seinen Schmerzen befreit war.

Thor war über diese Liebestat so gerührt, daß er ihr eine Freude machen wollte. Er erzählte ihr, wie er einst droben im Nordlande ihren Gatten Aurwaldil in einem Korbe von Jötingheim über die winterlichen Eisschollen getragen habe. Wenn sie es nicht glaube, dann möge sie sich die Zehen ihres Ehegemahls ansehen. Eine von ihnen, die unten aus dem Korbe herausgeschaut habe, sei erfroren. Diese habe er abgebrochen und hinauf an den Himmel geschleudert. So sei das Sternbild entstanden, das man Aurwaldils Zehe heiße.

Darüber war Groa sehr glücklich; denn nun durfte sie hoffen, daß ihr Gatte bald heimkehren würde. Über ihrer Freude aber vergaß sie, ihre Zauberlieder weiterzusingen, und so wurde Thor den Wetzstein nicht los. Er steckt noch immer in seinem Haupte.

DIE ENTSTEHUNG
DER MENSCHLICHEN STÄNDE

Heimdall, der kluge Gott, ging einst auf grünen Wegen am Meeresstrand entlang und kam zu einer Hütte, deren Tür nur angelehnt war. Er trat in den Flur, und da sah er, daß zwei Alte behaglich am ärmlichen Feuer saßen. Die beiden Menschen hie=ßen Urgroßvater und Urgroßmutter.

Mit freundlichem Gruß setzte er sich zu ihnen auf die Bank und gab ihnen manch guten Rat. Die Alte brachte ihm dürftiges, hartes und schweres Kleiebrot und dazu einen Topf voll Brühe. Als der Gott gegessen hatte, begab er sich mit seinen Gast=gebern zur Ruhe. Und da nur ein Bett vorhanden war, legte er sich zwischen beide.

Drei Nächte blieb er so bei den armen Leuten; dann wanderte er weiter. Als der Mond sich neunmal gewendet hatte, schenkte die Alte einem Kinde das Leben, dem sie den Namen Knecht gaben. Der Junge wuchs kräftig heran. Seine Hände waren rauh, die Gelenke unförmig, die Finger dick, derb die Gesichtszüge, der Rücken gekrümmt und die Fersen lang.

Bald mußte er arbeiten, Bast binden, Bündel schnüren und den ganzen Tag Reisig vom Walde nach Hause schleppen.

Um diese Zeit kam auch ein junges, schwerfälliges Weib zur Hütte, mit schmutzigen Füßen, sonnenverbrannten Armen und platter Nase. Sie hieß Magd.

Knecht und Magd saßen nun auf der Bank zusammen und teil=ten das Lager. Viele Kinder entsprossen ihrer Ehe. Sie waren noch unförmiger als die Eltern und hatten auch die entspre=chenden Namen.

Sie ackerten und werkten allesamt vom frühen Morgen bis spät in die Nacht, bauten Zäune, brachten Dünger auf das Feld, hüteten die Schweine, ließen die Ziegen weiden und stachen Torf. Von ihnen kam der Stand der Knechte. –

Heimdall aber wanderte weiter und kam an eine Halle, deren Tür ebenfalls nur angelehnt war. Müde von weiter Wanderung trat er ein und fand auch hier Mann und Frau am Feuer sitzen und arbeiten.

Der Mann bewegte den Baum des Webstuhls. Sein Haar war ein wenig in die Stirn gekämmt und sein Bart beschnitten. Eng schmiegte sich sein Gewand um den kräftigen Körper. Auf dem Fußboden neben ihm stand eine Lade.

Seine Frau spann den Flachs. Vom Rocken drehten ihre flinken Hände das Gespinst zu einem dünnen, haltbaren Faden. Auf dem Kopfe trug sie eine Haube, um den Hals eine schlichte Kette und um die Schultern ein schönes buntes Tuch.

Der Mann nannte sich Großvater und die Frau Großmutter.

Auch hier lud man Heimdall zum Mahl. Die Hausfrau brachte besseres Brot, Käse und Butter und einen Krug schäumenden Biers. Auch Kalbfleisch stand in einer Schüssel auf dem Tisch. Nachdem man gegessen hatte, bot man dem Gast die gemeinsame Lagerstätte an, und wieder schlief der Gott zwischen beiden. Nach drei Tagen lenkte er seine Schritte weiter.

Und wieder vergingen neun Monde. Da wurde der Frau ein Knabe geschenkt, dem sie den Namen Freibauer gaben. Glücklich umsorgte die Mutter das quicklebendige, blauäugige Kind.

Der Knabe wuchs stattlich heran. Bald baute er Pflüge, gewöhnte die Ochsen ans Joch, errichtete Häuser, erweiterte die Scheunen, zimmerte Wagen und führte den Pflug durchs Ackerland.

Als er erwachsen war, kam des Freibauern Verlobte auf den Hof.

Sie trug ein Kleid aus Ziegenfellen, und um ihre Hüften klirrte der Schlüsselbund. Sie hieß Schwiegertochter und ward des Frei=bauern Weib. Die beiden richteten sich nun eine weiträumige Bauernwirtschaft ein, und viele Kinder waren ihrer glücklichen Ehe beschieden. So gut gewachsen und tüchtig sie waren, so klangfällige, gute Namen erhielten sie.

Von ihnen kam der Stand der freien Bauern. —

Und weiter lenkte Heimdall seine Schritte und kam an eine Burg, deren Tor nach Süden zeigte. Auch sie war nicht verschlossen, am Torbalken aber hing ein Ring, mit dem man seine Ankunft anmelden konnte. Der Wanderer trat in den kühlen Torraum, dessen Boden mit Sand bestreut war. Auch hier saßen die Ehe=leute einträchtig beisammen und regten die Hände.

Ihre Namen waren Vater und Mutter.

Der Hausherr saß am Feuer, drehte die Sehne und spannte sie über den Bogen. Dann schärfte er die Spitzen der Pfeile. Seine Frau saß neben ihm und ordnete ihr Kleid, zupfte ein wenig den Ärmel zurecht und glättete die Falten. Sie trug einen Schleier, und auf ihrer Brust blinkte ein Edelstein, während ihr Rock schleppenartig herabwallte. Ihre Augenbrauen waren hellblond und ihr Nacken leuchtender als der Schnee.

Heimdall setzte sich zu ihnen und sprach freundliche Worte. Währenddem legte die Frau ein gemustertes Leinentuch auf den Tisch, schnitt dünne Scheiben vom Weizenbrot und legte sie dem Gast vor. Dann brachte sie eine silberne Schüssel mit köst=lich duftendem Speck und gebratenem Geflügel. Daneben stellte sie reich verzierte Kelche und Kannen voll blumigen Weines. So zechten und aßen sie, bis der Tag zur Neige ging.

Da erhob sich der Gott und legte sich in das Bett seiner Gast=geber, die links und rechts von ihm ruhten. Auch hier blieb

Heimdall drei Tage und drei Nächte, um dann erneut seine Wanderschaft fortzusetzen.

Als der Mond neunmal seinen Weg vollendet hatte, genas die Mutter eines Knaben, den sie in' kostbare Seide hüllte. Die glücklichen Eltern tauften ihn und gaben ihm den Namen Herzog. Blond war sein Haar und frischfarben seine Wangen, die Augen scharf wie die der Schlange.

Stattlich wuchs er heran und lernte bald den Schild zu gebrauchen. Auch den Ger schleuderte er mit nerviger Faust, und die Lanze fand sicher ihr Ziel. Fest saß er im Sattel des Hengstes, und vernichtend führte er das Schwert. Auch den breiten Sund lernte er bald zu durchschwimmen.

Eines Tages kam Heimdall aus dem Walde und trat zu dem Knaben, um ihn die heiligen Runen zu lehren. Er rief ihn als seinen Sohn und gab ihm stattliche, alteingesessene Erbhöfe zu eigen.

Der Jüngling ritt nun landaus, landein, durch dunkle Wälder und über nasse Gebirgskämme, um seinen Besitz zu besuchen. Er spornte das Roß, hob den Schild, schwang das Schwert und schleuderte den Speer. Kampf brandete auf, und die Fluren färbten sich vom Blute erschlagener Männer. So errang er das Land und machte es sich untertan.

Achtzehn Höfe erkämpfte er sich. Aber er war großzügig und freigebig, verteilte kostbare Schätze und beschenkte alle, die zu ihm kamen, mit Edelsteinen, goldenen Ringen, reichverzierten Ketten und schnellfüßigen Pferden.

Bald schickte er auch seine Boten zum Hofe des Freiherrn und ließ um dessen Tochter werben. Willig folgte dem Boten die weißarmige, kluge und schlanke Maid zum Herzog. Sie nannte sich Erna, das heißt die Tüchtige.

So wurden beide Mann und Frau, und sie liebten sich innig bis ins hohe Alter. Ein reicher Kindersegen erblühte ihrer Ehe. Bub nannten sie den ersten, Junge den anderen, die folgenden Erbe, Adel, Junker, Jüngling, Verwandter, Sohn, Sproß und Sprößling. Den jüngsten aber nannten sie König.

Die Kinder wuchsen heran, badeten im See und saßen beim Brettspiel. Dann zähmten sie die Hengste, machten sich runde Schilde, schärften die Pfeile und schleuderten wuchtig die Speere. Jung-König aber war noch der Runen kundig, sowohl der Zeitrunen als auch der Zukunftsrunen. So war es ihm möglich, seine Krieger geschickt vor den Blicken seiner Feinde zu verbergen und deren Schwerter stumpf zu machen. Auch die wildwogende See vermochte er zu glätten. Daneben verstand er die Stimmen der Vögel, konnte das ungebärdige Feuer bannen, erregten Sinn beschwichtigen und die Sorgen zerstreuen. Auch besaß er die Kraft von acht Männern.

Im Runenstreit maß er sein Wissen mit Heimdall und dem Herzog. Aber er blieb Sieger. Da verlieh ihm der Gott das Recht, sich nach ihm zu benennen. Und damit gab es für ihn kein Rätsel mehr auf dieser Welt.

So ritt der König durch Feld und Wald, schoß sichere Pfeile und fing die Vögel auf dem Vogelherd.

Eine Krähe aber, die auf dem Ast eines nahen Baumes saß, rief ihm zu:

„Warum, Jung-König, fängst du die Vögel? Wahrlich, es stünde dir besser an, den Hengst zu tummeln und das Schwert in der Schlacht zu führen, zumal anderer Könige Hallen stattlicher als die deinen sind und ihr Besitz den deinen weit überragt; auch verstehen sie, die Schiffe durch das stürmische Meer zu jagen, die Schwerter mannhaft zu gebrauchen und tiefe Wunden zu schlagen."

DAS WÄCHTERLIED

Ein Fremdling nahte sich der Burg Menglöds. Als ihn der Wächter sah, rief er ihn an:
„Wer naht dem Tore dieser Halle, vorsichtig dem Feuerkreis ausweichend? – Was willst du hier, Einsamer? Wen erwartest du? Nach wem verlangst du? – Schere dich fort von dieser Stelle; denn hier darfst du nicht herein, Bettler!"
Da antwortete ihm der Fremdling:
„Was bist du doch für ein Unmensch, dem Wanderer das Gastrecht zu verweigern! Weder ein höflicher Gruß, noch ein freundliches Wort geht über deine Lippen!"
Der Wächter aber sagte trotzig:
„Ich heiße Fiölswid und bin ein verständiger Mensch und lade nicht jeden Dahergelaufenen meiner Herrin zu Gast. Dieses Tor wird dir aber auch aus anderen Gründen verschlossen bleiben. Also, schere dich fort!"
Doch der Fremdling erwiderte freundlich:
„So nahe an meinem Ziel möchte ich nicht gerne umkehren, da ich die Lieblichkeit und die erfüllte Sehnsucht so lange schon suche. Hier möchte ich gerne Frieden finden!"
Der Wächter schien einzulenken:
„So magst du mir deinen Namen und dein Geschlecht nennen!"
Der Fremdling, seinen wahren Namen verschweigend, antwortete:
„Ich heiße Windkald, mein Vater hieß Warkald und mein Großvater Fiölkald. – Nun künde mir, Wächter, was ich zu wissen begehre: wer ist der Herr in dieser Burg und in diesem Land, wer spendet hier Güte und Milde?"

Der Wächter:
„Die Herrin hier ist Menglöd, die Enkelin Swafthorins. Sie schaltet und waltet mit gütiger Hand."
Der Fremdling:
„Und weiter möchte ich dich fragen, und ich bitte dich freundlich, mir zu antworten: Welchen Namen trägt jenes sonderbare Gitter, das den Eingang verschließt? Noch nie sah ich bei den Göttern ein solches!"
Der Wächter:
„Es heißt Thrymgiöll, drei Söhne Soblindis haben es kunstvoll geschmiedet. Jeder, der es unbefugt öffnen will, wird von ihm in harte Fesseln geschlagen."
Der Fremdling:
„Sage mir auch: Wie heißt die Mauer, die die Halle umschließt? Noch nie sah ich eine, die so listig errichtet war."
Der Wächter:
„Die habe ich selber aus den Leibern von Lehmriesen gebaut. Sie trägt den Namen Gastropnir und ist so fest gefügt, daß sie das Menschengeschlecht überdauern wird."
Und weiter fragte ihn der Fremdling:
„Wie ruft man die Hunde, die sich hier so wild gebärden? Noch nie sah ich so grimmige Tiere."
Der Wächter gab nun willig Auskunft:
„Man ruft sie Gif und Geri. Ich sag dir's gerne, weil du es wissen willst."
Der Fremdling:
„Ist es möglich, in das Haus zu gelangen, wenn die Tiere schlafen?"
Der Wächter schüttelte den Kopf.
„Nein, da sie nie gemeinsam schlafen; denn es ist ihnen gebo-

ten, abwechselnd zu wachen. Der eine schläft am Tage, der andere in der Nacht. So ist es unmöglich, unbemerkt in die Halle zu gelangen."

„So vermagst du mir, Wächter, vielleicht zu sagen, ob es eine Lockspeise gibt, die sie zutraulich macht, damit sie den, der in die Burg hinein will, nicht mehr anfallen?"

„Oh, die gibt es wohl! Sieh dir die Flügel des Hahnes Widofnir an! Die würden die Hunde beschwichtigen, wenn du sie ihnen zum Fraße gäbest. Aber es ist nahezu unmöglich, den Hahn zu bekommen!"

Da der Fremdling sah, daß er nicht zum Ziele kam, versuchte er es auf einem anderen Wege.

„So magst du, Wächter, mir sagen, wie ist der Name des Baumes, dessen Äste alles Land überschatten?"

„Wohl, Fremdling, kann ich dir das künden! Sein Name ist Mimameid; aber kaum einer der Menschen weiß, aus welcher Wurzel er wuchs. Und niemand wird ihn fällen können, weil ihm weder Beil noch das Feuer etwas anhaben."

Der Fremdling schüttelte den Kopf.

„Welchen Zweck hat dann dieser eigenartige Baum, wenn er ganz unverwundbar ist von Beil und Feuer, wo man die Bäume doch sonst fällt und sie ins Feuer wirft, wenn es draußen kalt ist?"

Da sagte der Wächter:

„Seine Früchte haben eine wunderbare Kraft. Wenn Mütter in großen Nöten sind, werden sie ihnen Kraft verleihen, sie leicht und schmerzlos zu überwinden!"

„Aber was tut dann jener goldglänzende Hahn auf seinem Ast, und wie heißt er?"

„Er heißt Widofnir, dessen Gefieder so herrlich in der Sonne schillert."

Der Fremdling fuhr fort:
„Gibt es keine Waffe, den Hahn zu treffen und ins Totenreich zu schicken?"
Der Wächter schaute ihn eine Weile unverwandt an.
„Wohl gibt es eine solche Waffe. Es ist der Zweig Häwatein, der am Eingang des Totenreiches wuchs und von Loki gebrochen wurde. Sinmara hält ihn aber hinter neun Schlössern sicher verschlossen."
Der Fremdling:
„Sag, Wächter, kann man den Zweig bekommen, ohne daß man das Leben dabei einbüßt?"
Der Wächter:
„Das ist wohl möglich, wenn man der Sinmara ein seltenes Geschenk macht."
Der Fremdling:
„Und wenn man das tun wollte, so müßte man doch erst wissen, was das Herz der Alten erfreuen könnte."
Langsam antwortete ihm der Wächter:
„Auch dies vermag ich dir zu sagen! Entnimm dem Schwanz des Hahnes eine schillernde Sichelfeder und bringe sie der Sinmara. Dafür wird sie dir gerne den geheimnisvollen Zweig geben."
Der Fremdling:
„Nun möchte ich noch wissen, wie man die Burg nennt, die von dem bannenden Feuerball umkreist ist?"
Der Wächter:
„Man nennt sie Glut, und sie dreht sich immerfort wie auf einer rollenden Scheibe. Man hüte sich aber, ihr zu nahe zu kommen!"
Der Fremdling:
„Und nun künde mir: wie ist der Berg benannt, auf dem ich die herrliche Jungfrau finde?"

Der Wächter:
„Dieser Berg, der allen Lahmen und Gebrechlichen Heilung bringt — und sei die Krankheit noch so heftig und alt — heißt Hyfiaberg. Jeder, der ihn ersteigt, kehrt gesund wieder heim."
Der Fremdling wandte den Blick zur Burg.
„Und nun sage mir, wie heißen die Mädchen, die zu den Füßen ihrer Herrin Menglöd einträchtig beisammen sitzen?"
Da antwortete ihm der Wächter:
„Sie heißen Hlid, Hlifthursa, Dietwarte, Biört, Blid, Frid, Eir und Aurboda."
„Und werden sie allen Ankömmlingen von ihren Gebrechen helfen, wenn sie ihnen eine kostbare Gabe bringen?"
„Ja, sie werden allen und in jeder Not helfen, wenn sie ihnen an geweihtem Orte das rechte Opfer schlachten."
Erregt fragte der Fremdling:
„Und begehrt Menglöd keinen Mann? Sehnt sich ihr Herz nicht nach Liebe und Glück?"
Da nickte der Wächter versonnen:
„O ja, das tut sie schon; aber nur ein Mann dürfte sich ihrer Liebe erfreuen. Das ist Swipdag, nach dem sich ihr Herz schon lange sehnt."
Da sprang der Fremdling auf das Tor zu und rief freudeerfüllt:
„Schnell die Pforten auf, Alter, so schnell du kannst: hier steht Swipdag! Frage deine Herrin, ob ich ihr willkommen bin!"
Der Wächter trat in den Saal und rief:
„Herrin, ein Gast ist angekommen! Mögest du hinausgehen, um ihn zu begrüßen und ihn dir anzusehen! Die sonst so wilden Hunde umjaulen ihn vor Freude, und das verzauberte Gitter öffnete sich von selbst. Mir scheint, Swipdag ist gekommen!"

Erfreut erhob sich Menglöd und sagte:
„Lange habe ich diesen Augenblick ersehnt. Nun ist er da! Wehe, wenn du nicht die Wahrheit sprachst: Die schwarzen Galgenvögel sollen dir dann die Augen aushacken!"
Dann ging sie schnell dem Ankömmling entgegen.
„Ich grüße dich, Fremder, und bitte dich, mir deinen Namen und den deines Geschlechtes zu nennen!"
Da sagte der Fremdling fröhlich:
„Ich bin Swipdag, Solbiarts Sohn! Auf winterlichen Wegen kam ich zu dir nach Urds Willen, den niemand beugen wird!"

Als Menglöd dies hörte, reichte sie ihm beglückt die Hand. „So sei mir willkommen, Geliebter! Mein sehnlichster Wunsch hat sich erfüllt, mein Herz verlangt nach dir. Wie lange saß ich einsam auf diesem Berg und wartete Tag für Tag auf dich! Nun ward mir die Erfüllung, du bist zu mir gekommen auf die stille Burg!"

Ergriffen erwiderte Swipdag:

„Auch meine Sehnsucht und Liebe galt nur dir, wie die deine mir entgegenströmte. Solche Liebe kann nie untergehen, sie wird ewig in uns leben!" —

VON BRAUCHTUM UND SITTE

Ehe du ein Haus betrittst, sieh dich um, damit dich nicht unverhofft ein Feind darin erwartet; denn fast immer ist es unsicher, wo sich der Gegner verborgen hält.

Ein Lob den Gebefreudigen! — Wenn ein Gast gekommen, abgehetzt und bestaubt von weitem Weg und ermüdet von harter Arbeit, sag, wo soll er Platz nehmen?

Er braucht einen warmen Sitz, wenn es kalt ist. Auch gib ihm Nahrung und Kleidung, wenn er deren bedarf, denn er kam weit über Berg und Tal.

Der Gast bedarf auch des Wassers, eines Handtuches und lieber Zurede. Freundlich sollst du ihm entgegenkommen und freundlicher Anfrage freundliche Antwort zuteil werden lassen.

Wer weit in die Fremde wandert, bedarf eines guten Verstandes. (Zu Hause kommt man mit weniger aus!) Der Törichte wird sich nur lächerlich machen. Doch soll sich auch niemand seines Verstandes rühmen. Nie darf man das vergessen. Schweigend zum Gastgeber zu kommen, macht einen besseren Eindruck. Kluge Vorsicht ist der beste Freund des Mannes! Der verständige Gast redet keine unnützen Worte, wenn er zum Mahle kommt, und hört aufmerksam zu. Doch die Augen halte er offen!

Beglückend ist, sich Lob und guten Leumund zu erhalten; denn wir wissen nicht, was der andere von uns denkt. Und glücklich der, der sich selbst zu helfen weiß; denn oft ward dem Fragenden schlechter Rat zuteil.

Die angenehmste Last auf weiter Reise ist Klugheit und Verständigkeit. Was nützt noch so viel Gold, wenn man mit seinen Pfunden nicht zu wirtschaften weiß? Es gibt keinen übleren

Begleiter als Betrunkenheit; denn das Bier ist nicht so gut, wie es mancher ansieht. Je weniger man trinkt, je mehr wird man seiner Sinne Herr sein! (Ich habe da mancherlei Erfahrung; denn oft hat mir der Trunk Schaden gebracht!)

Des Königs Sohn sei schweigsam und zurückhaltend, im Kampfe aber unverzagt. Niemals verlasse ihn Frohsinn und edle Gesinnung bis zum Tode. Auch an ihn sollst du denken! Nur der Törichte vermeint, ein ewiges Leben auf dieser Welt zu besitzen — und der Feige, der den Kampf flieht! Friedlich wird sein Leben aber trotzdem nicht sein, auch wenn ihn der Wurfspeer niemals trifft. —

Der Törichte benimmt sich ungeschickt, wenn er zum Gastmahl kommt. Entweder ist er verlegen oder redet schwerfällig. Wenn er getrunken hat, zeigt er, wes Geistes Kind er ist. Nur der weiß sich recht zu benehmen, der auf der Reise viel gelernt hat und seine Worte klug zu gebrauchen weiß.

Sei kein Hocker und lerne, vom Bierkrug dich rechtzeitig trennen zu können. Trink also mit Maß, und schwatze kein törichtes Zeug. Wenn du nichts Vernünftiges weißt, so schweig! Und niemand wird dich unhöflich schelten, wenn du beizeiten dein Nachtlager aufsuchst. —

Der Schlemmer wird sich den Magen verderben und dem Verständigen zum Spotte werden. Selbst das Vieh weiß, wann Heimgehenszeit ist und läßt willig vom Grase. Nur der Tölpel kennt weder Maß noch Zeit.

Der Geistesarme lacht über alles, weil er vergißt, daß er selbst der Lächerlichste von allen ist.

Auch der ist töricht, der sich um Unwichtiges und Nebensächliches sorgt und daher seine Nächte ruhelos verbringt. Er wird am Morgen nur noch unglücklicher sein!

Auch dem fehlt die nötige Klugheit, der alle die für seine Freunde ansieht, die ihm mit freundlichem Gesicht begegnen. Kommt er aber in Not, wird er ihre wirklichen Gesichter erkennen.
Und allwissend mag sich der halten, der nie sein Wissen auf die Probe stellen muß. Geschieht das aber einmal, so wird er bald erfahren, wie gering es ist. Darum ist es besser, immer zu schweigen, wo man nichts Klügeres zu sagen weiß. Niemand wird da dein mangelndes Wissen erkennen. Aber zumeist ist es so, daß der, der wenig weiß, auch das nicht weiß, daß er besser den Mund halten soll!
Mancher schwatzt oft, was er nicht verantworten kann, und seine Zunge richtet nicht selten Unheil an. Auch sollst du niemand dem Spott preisgeben. Es ist leicht, mit Wissen zu prahlen, wenn dich keiner fragt und du ungerupft davonkommst.
Und dann gibt es Menschen, die glauben, daß der der Klügere ist, der sich vor den Spöttern beleidigt zurückzieht. Manchmal aber wissen sie es wirklich nicht, daß sie Unrecht getan haben. Nicht selten geschieht es, daß der Freund den Freund aus Spaß neckt. Das wird immer so sein!
Wer zum Geizhals (oder zum Feinde) fährt, soll sich nicht auf ein gutes Mahl gefaßt machen. Sonst wird er verschmachten, und sein hungriger Magen wird ihm beim Reden lästig sein.
Zum ungetreuen Freund zu gehen, ist immer ein Umweg, aber nie, wenn er dich zum guten führt, und wohnte er noch so weit.
Und nicht ewig sollst du den Gastgeber heimsuchen, die Freundschaft leidet darunter!
Ein eigenes Haus ist besser als das des anderen. Hier bist du dein eigener Herr, dort nur geduldet. Auch zwei Ziegen im Stalle sind besser, als vor der Tür des Nächsten zu betteln. Das Herz

wird dem bluten, der sein Brot erst erbitten muß. Ein eigenes Heim ist also etwas Köstliches. Und sei es noch so klein.

Auch seine Waffen soll der Mann niemals aus der Hand legen, wenn er von Hause fort ist; denn nie weiß er, wann er den Speer nötig hat.

Und niemals fand ich einen so uneigennützigen Menschen, der nur gibt und nie eine Gabe erwartet. Es ist ja auch verständlich: ein Mensch, der sich auf rechte Weise ein Vermögen erwarb, soll es nicht leichtsinnig verschleudern. Aber man soll auch nicht vergessen, daß man oft für Unwürdige spart, was man für Würdige bestimmt.

Eine Gabe schafft Freude, das merkt man an sich selbst: Freunden mag man Waffen und Gewänder geben. Gabe und Gegengabe sichert den Freundschaftsbund, wenn sonst kein Unstern darüber waltet. Das Geschenk muß ja nicht groß sein, oft genügt schon ein Lob. Ein halbes Brot, ein Trunk aus dem Becher hat mir schon manchen Freund gebracht.

Die Freundschaft soll über alles gehen und sich in jeder Lebenslage bewähren; aber dem Freund eines Feindes soll sich niemand gewogen erzeigen.

Ist ein Freund, auf den du dich verlassen hast, falsch, so rede gut mit ihm, sei aber nicht offenherzig, sondern gib ihm zu gegebener Zeit den rechten Lohn für seine Bosheit. Und kommt dir eines Freundes Gesinnung verdächtig vor, so magst du ihm äußerlich Freundschaft bewahren, halte dich aber für die Vergeltung seiner Gemeinheit bereit. —

Als ich einst in die Welt ging, war ich noch sehr jung und unerfahren. Ich kannte die Welt noch nicht. Und ich pries mein Glück, als ich einen Begleiter fand. —

Am glücklichsten ist der mutige Mann, denn er kennt kaum die

Sorge. Der Ängstliche zittert vor allem, was ihm im Leben entgegenkommt, und den Geizigen reut jedes Geschenk, das er spenden muß. — Einst gab ich zwei Holzmännern draußen auf dem Feld meinen Anzug. Die Fetzen hing ich ihnen um, sie aber bedachten nicht, daß ich dann nackend ging. —

Die Kiefer, die auf einsamer Höhe steht, wird dem Sturme zum Opfer fallen. Was nützen ihr Nadeln und Rinde? So geht es dem Menschen, den alle meiden. Was gilt ihm das Leben?

Aber wahre Freunde sind selten. Bei falschen mag wohl das Feuer des Friedens heißer als anderswo entflammen und fünf Tage brennen. Am sechsten aber ist es sicher in der Asche erstickt und alle Zuneigung erloschen. —

Kleine Seelen haben kleinen Geist. (Die Menschen sind eben verschieden beschenkt mit den Gaben des Geistes.)

Der Mann soll klug sein, aber kein Wissensprotz. Am besten ist der beraten, der sein Wissen recht zu gebrauchen weiß. Der Allzukluge wird selten freudigen Herzens sein.

Niemand begehre, in die Zukunft zu schauen; denn er wird sich nur größere Sorge schaffen.

Feuer entzündet sich am Feuer, bis es verloht ist — und eine Flamme belebt die andere. So wird ein Mann durch den anderen gesprächig und mehrt sein Wissen. In der Einsamkeit würde er töricht bleiben.

Wer des anderen Gut erringen will, muß früh aufstehen. Dem schlafenden Wolf wird schwer eine Beute, noch dem schlafenden Mann ein Sieg!

Auch wer wenig Arbeiter hat, soll sich beizeiten den Schlummer aus den Augen reiben und an sein Werk gehen. Wer den Morgen verschläft, hat vieles versäumt.

Der rechte Mann soll auch stets wissen, wieviel dürres Holz er für den Winter braucht und wieviel Schindeln für das bedürftige Dach. Lieber mehr als zu wenig!

Wenn man zum Thing reitet, trage man reinliche Kleidung — prunkvoll braucht sie nicht zu sein! — und sei nicht hungrigen Magens. Auch schäme man sich nicht seiner bescheidenen Hosen, seines einfachen Schuhwerks und seiner klapprigen Mähre.

Jeder soll wissen, was er sagt und fragt, sonst wird er für dumm gehalten. Auch verschwiegen muß er sein. Nur er selber soll ein Geheimnis wissen, nicht zwei; wissen's drei, so weiß es die ganze Welt. Worte, die man anderen anvertraute, muß man oft hart büßen. —

Wenn der Adler von den weiten Fluren auf das Meer kommt, wird er vor Einsamkeit vergehen; so geht es dem einfachen Manne oft, der keinen beredten Fürsprecher findet.

Seine Machtfülle soll der Mann bedachtsam gebrauchen; denn sonst wird es bald geschehen, daß er sich Feinde schafft, unter denen leicht ein Stärkerer als der Starke ist. —

An manche Stätte bin ich zu früh gekommen, an andere zu spät. Oft war das Bier schon getrunken, oft noch gar nicht gebraut. Der nicht Erwartete kommt immer zur unrechten Zeit.

Bei manchem wäre ich gerne aufgenommen worden, wenn ich hätte von Luft leben können oder wenn nach dem Mahle statt des einen Schinkens, den ich aß, zwei im Rauchfang des Gastgebers gehangen hätten. —

Und noch eines will ich sagen: Eine der besten Gaben an die Menschheit waren das Feuer und die Wärme der Sonne. Man kann sich durch sie leicht einen gesunden Körper erhalten, wenn man sonst tadelfrei lebt.

Und ist man nicht völlig gesund, so braucht man deswegen noch lange nicht unglücklich zu sein. Der eine ist gesegnet an zahl=

reichen Kindern, der andere hat Freunde, der dritte reichen Besitz, und der vierte vollbringt tüchtige Leistungen.

Das Leben ist eine wertvolle Gabe, und sei es auch ein solches in Armut; denn wer lebt, kann auch Besitz gewinnen. Der Tote nicht. — Ich sah aber manches Mal ein köstliches Mahl dem Reichen gerichtet, und er lag tot vor der Tür.

Der Lahme kann reiten, der Handlose das Vieh hüten und des Tauben Hand kann das Schwert umspannen. Blind sein ist besser, als verbrannt zu sein. Wer tot ist, taugt zu nichts mehr.

Gut ist's, wenn dem sterbenden Hausherrn ein Sohn zuteil ward — und sei er noch so spät geboren; denn sonst kann es leicht sein, daß ihm niemand einen Denkstein setzt.

Der kann getrost die Nacht erwarten, der sich seines Besitzes sicher weiß. Die Winternacht ist oft launisch, und in fünf Tagen kann es viel Unwetter geben, mehr aber noch in einem Monat.

Wen nicht allzu viel Wissen drückt, der weiß auch nicht, daß einen oft der Reichtum zum Narren hat. Der eine hat Gold, der andere keins: darob soll ihn keiner verspotten.

Das Vieh kann sterben und die Freunde können dahingehen. Am Ende stirbt man selbst. Wer Gutes tat, braucht sich um ein freundliches Gedenken nicht zu sorgen.

Ich sah manchen an den Fettöpfen, der heute hungert. Der Überfluß ist nicht beständig, denn er hat sich als der falscheste Freund erwiesen.

Der Hanswurst mag Besitz erwerben und leichte Frauenliebe dazu. Er wird dadurch nur noch eingebildeter werden. Doch der Verstand wird nicht Schritt damit halten, sondern nur der Hochmut. — Das alles lehren dich die heiligen Runen, wenn du dich von ihnen belehren lassen willst. Die Götter schufen sie, und Odin gab ihnen Geist. Die größte Weisheit aber ist: zu schweigen. —

DIE ENTFÜHRUNG IDUNS

Der Frühling war jauchzend ins Land gesprungen, Wiese und Wald sproßten in frischem Grün, und die Vögel jubilierten, daß es eine Lust war, ihnen zu lauschen. Hell lag die Sonne auf der blühenden Flur und tauchte alles in Glanz und Licht. Es war eine Freude, durch diesen herrlichen Erdengarten zu wandern und sich das Herz erheben zu lassen. Auch die Bauern begrüßten den Frühling mit großer Beglückung; denn der kalte und entbehrungsreiche Winter, der ihnen und den Tieren im Walde arge Not gebracht hatte, war schmollend in die verlassenste Einsamkeit der Berge zurückgekrochen und hatte das weite Feld geräumt.

Odin, Loki und Hönir waren unterwegs. Sie freuten sich an der Geschäftigkeit der Menschen und an der Blütenfülle, die die befreite Erde dem entzückten Auge darbot. Frohgemut wanderten sie über Berg und Tal, durch liebliche Auen und schattige Wälder, so leicht beschwingt wie lange nicht mehr. Sie gönnten sich kaum eine Rast, so übervoll waren ihnen Herz und Sinne. Aber dann kamen sie, als sie die Höhen des einsamen Gebirges überschritten, in ein ödes Land, wo sie nur schmale Kost fanden und Hunger litten. Das gefiel den Göttern gar nicht, und sie strebten danach, bald wieder in ein nahrhafteres Gebiet zu kommen. Ihr Wunsch sollte ihnen erfüllt werden; denn schon am nächsten Morgen tat sich vor ihnen ein weites Tal auf, in dem sie eine Herde weidender Rinder erblickten.

In jugendlichem Schwung stürmten sie den Hang hinab, fingen

den ersten besten Ochsen ein, schlachteten ihn und entzündeten ein Feuer unter einer breitausladenden Eiche, um über ihm in einem Kessel den Ochsen zu kochen.
Als sie nach einiger Zeit in den Kessel sahen, mußten sie feststellen, daß das Fleisch noch nicht gar war, obgleich es der Zeit nach hätte fertig sein müssen. Geduldig warteten sie. Schließlich meinte Hönir: „Nun aber, scheint mir, können wir uns an das Mahl machen. Das Fleisch wird zart sein wie schmelzender Honig."
Loki hob den Deckel auf, steckte seine neugierige Nase in den dampfenden Sud und spießte ein Stück Fleisch an. Aber das Fleisch war noch ebenso hart wie vordem.
Verwundert schauten sie einander an. So etwas hatten sie noch nie erlebt. Wie mochte es nur kommen, daß das Feuer dem Fleische gegenüber so völlig machtlos war? Niemand fand eine Erklärung dafür. Aber sie machten sich Sorge, wie sie auf diese Weise satt werden und die knurrenden Mägen beruhigen sollten. Plötzlich hörten sie eine krächzende Stimme aus der Krone des Baumes. Erst verstanden sie sie nicht recht. Dann aber war deutlich zu hören: „Ich will nicht, daß das Fleisch gar werde, ich, der ich hier oben auf der Eiche sitze."
Fragend schauten die drei Götter hinauf ins Astgewirr, und da erkannten sie einen großen Adler, der fortfuhr: „Wenn ihr mich sattessen laßt an dem Fleisch, dann wird es auch für euch genießbar werden."
Da die Götter sehr hungrig waren, stimmten sie sogleich zu; der Vogel flog herab, setzte sich auf den Kessel, und im gleichen Augenblick war das Fleisch mürbe. Der Adler nahm für sich die besten und größten Stücke, beide Lenden und beide Bugteile und verschlang sie gierig.

Loki sah dies mit Neid, und ein gewaltiger Zorn erfaßte ihn; denn auch er war auf die saftigen Brocken aus. Wütend ergriff er seine spitze Stange und stieß sie so kräftig gegen den Vogel, daß sie durch dessen ganzen Körper drang. Laut kreischend schwang sich der Vogel in die Lüfte empor und riß Loki, der sich krampfhaft an der Stange festhielt, mit sich. Im Nu waren sie so weit von der Erde entfernt, daß er nicht mehr loslassen konnte, wenn er sich nicht zu Tode stürzen wollte. Im sausenden Flug ging es über Felsspitzen, Berggrate und Bäume, oft so niedrig, daß Loki sich heftig an die Beine stieß, auch die Arme schmerzten ihn; und es schien, als ob sie ihm aus den Schultern gerissen würden. Lange konnte er das nicht mehr aushalten, und es war vorauszusehen, daß ihm ein schauriger Tod bevorstand.

Er geriet in Verzweiflung. In seiner Not bat er den Adler, er möge Erbarmen mit ihm haben. Aber dieser verdoppelte als Antwort nur seine Geschwindigkeit. Loki schwanden fast die Sinne. Der Angstschweiß stand ihm auf der Stirne. Pfeifend ging sein Atem ein und aus. Er zitterte am ganzen Körper. Der Adler merkte dies mit Freude. Schließlich aber hatte er doch Erbarmen mit dem Jämmerling, und er schnarrte: „Bringe mir Idun und ihre Äpfel aus dem Asenreich herbei, dann sollst du das Leben behalten. Sobald die Göttin in meiner Gewalt ist, bist du frei."

In seiner Angst versprach es Loki, ohne sich lange zu besinnen, und da ließ sich der Adler auf die Erde nieder, so daß der Angstschlotternde zu seinen Gefährten zurückkehren konnte. Kein Wort sagte er zu ihnen davon, welchen Preis er zugestehen mußte, um lebend aus diesem Abenteuer herauszukommen. Er hatte auch allen Grund dazu; denn er hatte eine recht unrühmliche Rolle gespielt. Niedergeschlagen schritt er an ihrer Seite

dahin und sprach fast kein Wort mehr, so sehr ihn auch Odin und Hönir dazu ermunterten.
Bald nach der Heimkehr ging Loki zu Idun und bat sie, mit ihm auf die Erde zu kommen. Dort habe er im Walde einen Baum gefunden, auf dem die herrlichsten Äpfel in den leuchtendsten Farben prangten. Sie seien viel schöner als die ihren, die ewige Jugend verhießen.
Idun lachte; denn sie glaubte ihm nicht, weil sie ihn als Aufschneider kannte.
„Nun gut", rief Loki, „nimm deine Äpfel mit, damit wir sie mit den von mir gefundenen vergleichen können. Du wirst sehen, daß ich recht habe."
Da Idun überzeugt war, daß sie die Wette gewinnen würde und es sie reizte, den schwatzhaften Gott zu beschämen, ging sie mit ihm. Als sie in den Wald gelangten, in dem der Baum stehen sollte, kam der Riese Thiassi im Adlerkleid herangebraust, ergriff Idun und ihre Äpfel und trug sie durch die Luft nach Thrymheim, wo er seine Wohnung hatte. Entsetzt machte sich Loki auf den Heimweg. Nun wußte er, daß der Adler im Eichenbaum niemand anders gewesen war als Thiassi, der ihn, den Schlauen, überlistet hatte.
Als im Götterreich bekannt wurde, daß Idun verschwunden war, herrschte große Trauer; denn die Asen hatten ja nicht nur Idun, sondern auch ihre Äpfel verloren, die ihnen Jugend und Frische erhielten. Nun ergrauten ihre Haare, ihre ehedem so gesunden und straffen Gesichter verwelkten, und ihre Muskeln erschlafften. Da traten sie zusammen und ratschlagten, wie sie Idun befreien könnten. Da und dort forschten sie nach ihrem Verbleib und ihrem Aufenthalt. Und da mußten sie hören, daß sie mit Loki nach Midgard gegangen und seitdem nicht mehr zu-

rückgekehrt sei. Die Götter hatten den Ränkeschmied schon in Verdacht gehabt. Da sie ihn nun bestätigt fanden, ergriffen sie Loki, banden ihn und führten ihn vor den Richterstuhl. Marter und Tod drohten sie ihm an, wenn er nicht gestehen wollte, was mit der strahlendschönen Göttin geschehen sei. Darüber erschrak Loki so sehr, daß er gelobte, Idun zurückzubringen, wenn ihm Freya ihr Falkenhemd leihen wollte. Gerne gab es ihm die Göttin, Loki schlüpfte hinein und flog nach Norden ins Riesenreich und vor das Haus Thiassis.

Der Räuber befand sich nicht zu Hause. Er war mit dem Boot zum Fischfang aufs Meer gefahren. Aber Idun saß in der Halle und sehnte sich nach dem Asenreich. Schnell verwandelte sie Loki samt ihren Äpfeln in eine Nuß, packte sie mit den Fängen und trug sie in rasendem Fluge davon.

Müde von der Arbeit kam Thiassi am Abend heim und freute sich auf die Gesellschaft Iduns. Aber er fand sie nicht mehr vor, obgleich er alle Winkel des Hauses nach ihr durchsuchte. Gewaltig lohte der Zorn in ihm empor, als er feststellen mußte, daß man sie ihm geraubt hatte. Flugs fuhr er in sein Adlerhemd und jagte dem Räuber nach; denn er wußte genau, wo er ihn zu suchen hatte. Alle Müdigkeit schien verflogen. Er hatte nur noch einen Gedanken, die liebliche Maid wieder zu erlangen.

Die Götter standen auf den hohen Mauerzinnen Asgards und schauten gespannt in die Richtung, aus der sie Loki und Idun erwarteten. Bald sahen sie auch den Falken mit der Nuß in den Fängen heranjagen, aber zu ihrem Schrecken mußten sie erkennen, daß auch der Riese in Adlergestalt, der die Wolken mit gewaltigem Flügelschlag teilte, hart hinter ihm her war.

„Laßt uns trockene Holzspäne aufhäufen", rief Odin, „und ein Feuer entfachen, so hoch, daß es bis zum Himmel emporschlägt."

Die Götter, die zwar nicht gleich begriffen, was der Göttervater damit bezwecken wollte, eilten sogleich von der Mauer herab und hinaus vor das Tor und entfachten einen gewaltigen Brand. Der Falke kam gerade noch glücklich über die Mauer, in deren Schutz er sich und seine Beute barg, der Adler aber geriet in das Feuer und stürzte mit verbrannten Flügeln auf die Erde herab. Die Götter packten ihn, zerrten ihn, so verzweifelt er sich auch wehrte, durchs Torgatter und töteten ihn.

Zur Erinnerung an diese Tat setzte Thor die Augen Thiassis als Sterne an den Himmel, wo sie heute noch zu sehen sind.

WIE EIN RIESE UM DEN SIEGESPREIS GEBRACHT WURDE

Dereinst saßen ein Riese und ein Bauer beim Schachspiel zusammen. Dem Sieger sollte Haupt und Hals des Unterlegenen verfallen sein. Es war ein verbissener Kampf auf Tod und Leben, und das Glück neigte sich bald dem einen, bald dem anderen zu. Niemand sprach ein Wort, so groß war die innere Erregung und die Anspannung aller geistigen Kräfte. Jeder lauerte auf den anderen und hoffte, daß er einen unglücklichen Zug tun und damit das Spiel verlieren möge. Aber die Spieler waren gleichwertig, und eigentlich nur durch Zufall ward der Bauer am Ende Sieger.

Blaß richtete sich der Riese auf und sah mit glänzenden Augen auf seinen Bezwinger herab, der klein und unscheinbar auf seinem Stuhle hockte, glücklich darüber, den Wettkampf gewonnen zu haben, im Herzen aber doch Furcht trug, daß der Riese wortbrüchig werden und ihn in seiner Angst zermalmen könne. Aber der Riese dachte nicht daran, ein Eidbrecher zu werden, so sehr er sich auch mühte, einen Ausweg zu finden, der ihm den Kopf rettete. Manche Pläne tauchten in ihm auf, aber alle verwarf er, weil er zu wissen glaubte, daß sie bei dem Bauersmann keine Gegenliebe finden würden. Schließlich aber fiel ihm ein, jenem ein prächtiges Haus voller Vorräte anzubieten. Über Nacht wolle er es ihm schaffen. Das sagte er. Und der Bauersmann ging freudig darauf ein; denn er wohnte in einer armseligen Hütte und hätte gerne ein hohes, luftiges Haus besessen. Am nächsten Morgen stand das herrliche Anwesen da, und beglückt zog der Bauer mit Weib und Kind ein und führte ein angenehmes Leben. Aber lange sollte das Glück nicht währen; denn der Riese sann auf Vergeltung. Wie sollte er es denn auch für die Dauer ertragen können, einem tölpelhaften Bauern unterlegen zu sein! Er forderte ihn daher erneut zu einem Wettspiel auf. Und der Bauer konnte nicht ablehnen, weil er durch den Riesen zu solch herrlichem Besitz gekommen war. Diesmal aber verlor der Bauer. Als Preis forderte der Sieger dessen Sohn, allerdings nur dann, wenn es dem Bauern nicht gelänge, ihn vor ihm zu verbergen. In ihrer Not wandten sich die leiderfüllten Eltern an Odin. Und Odin versprach Hilfe.

Ganz unvermittelt stand der Göttervater am Tisch des Bauern, nahm den Jungen mit sich und führte ihn an ein Feld, auf dem in einer Nacht mannshohes Getreide heranwuchs. Odin verwandelte den Knaben in ein Gerstenkorn und pflanzte es mitten in eine Ähre. Aber schon am nächsten Morgen kam der Riese herangestürzt, verwüstete das Feld, riß die Ähren aus und zerschlug sie mit seinem Schwerte. In seiner Angst rief der Knabe Odin um Hilfe an, und flugs kam der Gott herbei und brachte ihn zurück.

Da Odin keine sichere Gewähr bot, den Jungen wirksam zu schützen, wandte sich der Vater an Hönir. Auch der erschien sogleich und führte den Jungen an den Meeresstrand. Weithin dehnte sich die See, und am Himmel zogen sieben Schwäne dahin, die mit weitem, rauschendem Flügelschlag den Sund überflogen. Hönir gebot zweien von ihnen, sich vor ihm niederzulassen, und gehorsam glitten sie aus der Höhe herab. Schnell verwandelte der Gott den Jungen in eine Kopffeder des einen Schwanes und forderte dann die Tiere auf, ihren Weg fortzusetzen. Aber der Riese fing den Schwan mit der verzauberten

Feder ein und riß ihm mit den Zähnen den Hals entzwei. Doch der Junge hatte Glück: die Feder, in die er verwandelt worden war, entkam dem zermalmenden Biß und schlüpfte aus dem Riesenmund ins Freie. Er nahm wieder Menschengestalt an und rannte, so schnell er konnte, über den Sand dahin. Hönir, der dies mitansah, rief den Jungen herbei und brachte ihn ebenfalls wieder zu seinem Vater zurück.

In ihrer Not wandten sich die Eltern nun an Loki, und auch dieser Gott erschien sogleich, wie immer, wenn es ein Abenteuer zu bestehen gab, bei dem er seinen Geist und Witz, seine Bosheit oder Hinterhältigkeit glänzen lassen konnte. Aber bevor er seinen Schützling wegführte, sagte er zu dem Bauer: „Errichte in deinem Hause ein großes Glasfenster und lasse mitten hinein eine starke feste Eisenstange setzen."

Der Bauer schaute ihn verwundert an; doch da Loki bereits mit dem Jungen davongeeilt war, bekam er keine Antwort auf seine Frage. Aber er hielt es doch für ratsam, dem Befehl des Gottes Folge zu leisten.

Loki ging mit dem Knaben zum Meer und fuhr mit ihm zum Fischfang aus. Er hatte die Absicht, die Midgardschlange zu fangen. Doch es gingen nur drei Flundern an die Angel. Das war wenig; aber Loki war darüber nicht erzürnt. Denn schließlich genügte auch dieser etwas dürftige Ersatz für seinen Zweck. Er verwandelte den Knaben in ein Korn und setzte es mitten in den Rogen des einen Fisches und warf diesen ins Wasser zurück.

Aber auch diese Flunder wurde eine Beute des Riesen. Willig war sie ihm an die Angel gegangen. In der Hand drückte sie der Riese tot, riß ihr den Leib auf und zählte sorgfältig die Körner im Rogen, aber er hatte auch diesmal wieder das Mißgeschick, daß gerade das verzauberte seiner mächtigen Hand entschlüpfte.

Verärgert verließ er den Strand, und flugs verwandelte sich das Körnlein wieder in den Bauernknaben. Er eilte so leichtfüßig über den Sand dahin, daß er keine Spur hinterließ. Dennoch wurde er von dem Riesen entdeckt, der sich sogleich an die Verfolgung machte. Aber er sank so tief in den Sand ein, daß er sehr behindert war und ihn nicht einzuholen vermochte. Der Knabe erreichte glücklich das väterliche Haus, und als der Riese ebenfalls dort ankam, hielt er das Fenster für den Eingang. In seinem Eifer und Zorn sah er die Eisenstange nicht und rannte so mächtig gegen diese, daß er ohnmächtig zusammenbrach und wie tot auf dem Boden liegen blieb. Auf diesen Augenblick hatte Loki gewartet. Mit wuchtigem Schwerthieb schlug er ihm ein Bein ab. Aber—o Wunder!—es wuchs ebenso schnell wieder an. Loki holte zum zweiten Hiebe aus, um das andere abzuschlagen. Gleichzeitig aber warf er einen Stein zwischen den Rumpf und das abgetrennte Glied, so daß die beiden sich nicht wieder vereinigen konnten. Darauf zerschlug er den Riesen in lauter kleine Stücke.

So war durch die Schlauheit Lokis der Knabe gerettet worden, und darob war viel Rühmens unter dem Menschenvolk.

DER GAST IN DER SCHMIEDE

Langsam senkte sich die Nacht auf das weite Land herab, und die ersten Sterne funkelten auf. Der Mond goß sein mildes Licht über die Bäume des Waldes, mit deren Rauschen sich der vergehende Tag das Schlummerlied sang. Er zeichnete gespenstische Schatten auf die einsame Schmiede, aus deren kleinen Fenstern die spärliche Glut des Herdfeuers drang und einem Reiter den Weg wies, der auf müdem Pferde noch immer einen Rastplatz für die Nacht suchte.

Schlecht war der Weg und unsicher der Tritt des Tieres, das vorsichtig und schnaufend der Zügelführung seines Herrn folgte. Aber es hätte deren nicht bedurft; denn das Pferd hatte schon seit geraumer Zeit den nahen Stall und die gefüllte Krippe gewittert.

Der Schmied, der am Fenster saß und in die Nacht hinausschaute, hörte den Hufschlag des Pferdes. Verwundert stand er auf und ging an die Tür. Wer mochte zu solch später Stunde noch zu ihm kommen? War es jemand, der ein Lager für die Nacht brauchte? Oder war es ein Tagedieb, der Händel oder noch Schlimmeres suchte? Jedenfalls war er auf Freund und Feind gefaßt. Ein Schwert hing in greifbarer Nähe. Aber er bedurfte der Waffe nicht; denn der einsame Reiter, der nun herangekommen war und aus dem Sattel stieg, begehrte nur ein Plätzchen, wo er sein müdes Haupt hinlegen konnte, und ein schützendes Dach für sein Pferd, das einen weiten Weg hinter sich hatte. Außerdem bedurfte es neuer Hufeisen, wozu die Schmiede und der kundige Meister gerade zupaß kamen.

Der Schmied versprach beides, das Nachtlager und die Hufeisen. Nachdem er das Pferd in den Stall geführt und ihm Futter vorgeschüttet hatte, geleitete er den Mann in die kleine Stube und bereitete das kärgliche Essen, zu einem besseren reichte es nicht. Doch der Gast war damit zufrieden, lobte die Gastfreundschaft des Schmiedes und begab sich bald auf sein Lager, da er am anderen Tage zeitig aufbrechen wollte; denn er hatte einen langen Ritt vor.

Als sie am anderen Morgen in der Schmiede vor dem Amboß standen, auf dem der Gastgeber das Eisen zurecht hämmerte, fragte er den Fremden, wo er die vorige Nacht verbracht habe. Der Mann nannte einen Ort weit im Norden. Verwundert hielt der Schmied in seiner Arbeit inne. Das konnte er nicht glauben; und er sprach es ganz offen aus, daß er seinen Gast für einen Lügner und Aufschneider halte. Der Fremde hielt es nicht für nötig, sich zu verteidigen. Mochte der Schmied es glauben oder nicht, das war ihm gleich. Er hatte keinen Anlaß, ihn zu belügen. Lange hämmerte der Schmied, aber es wurde kein rechtes Hufeisen. „So etwas habe ich noch nicht erlebt", sagte er.

Sein Gast nickte ihm freundlich zu und entgegnete: „Warum gibst du dir so viel Mühe mit dem Stück Eisen? Hämmere lustig drauf los und überlaß dem Eisen selber, was es werden will." Und wirklich, der Gast hatte recht. Mit einem Male formte sich der Eisenstab zu schönen großen Hufeisen, so vortrefflich, wie sie der Schmied noch nie gesehen, noch gar selber gefertigt hatte. Und was noch verwunderlicher war, die Eisen paßten haargenau auf die Hufe des Pferdes. Hell klang der Hammer, als die Nägel in das weiche Horn getrieben wurden, und geduldig ließ es sich das Pferd gefallen.

„Du bist ein unverständiger und unkluger Mann", begann nach

einer Weile der Fremde, „da du nichts sagst und nichts fragst!"
Der Schmied hielt im Hämmern inne, schaute ihm fast ängstlich in die Augen und antwortete stockend: „Was für ein Mann bist du? Woher kommst du, und wohin willst du gehen?"

Der Gast hielt seinem Blick stand. Ruhig gab er ihm Bescheid: „Ich sagte dir gestern schon, daß ich weit aus dem Norden komme, und jetzt will ich nach dem Südland reiten, weit fort noch an diesem Tag."

„An diesem Tag? An diesem einen Tag?" fragte der Schmied. Und er konnte weder Zweifel noch Verwunderung unterdrük=ken. „Man braucht sieben Tage dazu — und du willst es an einem Tag schaffen? Du kannst unmöglich die Wahrheit gesagt haben."

Der Fremde lächelte, indem er sein Roß bestieg, und winkte freundlich mit der Hand. Mächtig und wie ein König sah er im Sattel aus.

„Wer bist du?" fragte der Schmied bestürzt.

Ein Licht blitzte in dem Auge des Reiters auf, und jetzt sah es auch der Schmied, daß das andere verdeckt war. Er ahnte, was der Fremde jetzt aussprach: „Hast du jemals etwas von Odin gehört?"

„Ja, das habe ich!" antwortete der Schmied, und die Furcht be=engte ihm fast das Herz.

„Hier kannst du ihn sehen!" rief der Reiter, indem er die Zügel straffte. „Und wenn du mir nicht glaubst, dann gib acht, wie mein Pferd über den hohen Zaun springt."

Das Roß, das den Druck der Sporen in den Weichen fühlte, setzte über den sieben Ellen hohen Zaun und berührte ihn nicht.

Der Reiter war bald im Wald verschwunden, und noch lange er=füllte es den Schmied mit Erregung und Stolz, daß er Odin, den Göttervater, beherbergt und dessen sagenhaftes Roß beschlagen hatte.

DIE TRÄUME BALDURS

Baldur plagten entsetzliche Träume. Oft schreckte er mitten in der Nacht auf, wurde von Angst gefoltert und von Zweifeln und Fragen gepeinigt. Am Tage dann war er traurig und von Sorge erfüllt. Er wandte sich an alle, von denen er annehmen durfte, daß sie ihm helfen konnten. Aber wen er auch fragte, niemand wußte Rat oder gab ihm eine Antwort, die ihn befriedigte. Auch die Versammlung der Götter war ergebnislos, so sehr man sich auch um eine Deutung mühte. Voll Sorge um den geliebten Sohn raffte sich Odin auf, sattelte sein achtbeiniges Roß Sleipnir und ritt hinab zur Nebelunterwelt, um dort Antwort auf die Fragen zu bekommen, die ihn bedrängten.

Bevor er zum Haus der Todesgöttin Hel kam, sprang ihn ein blutbefleckter Hund an und umheulte ihn. Aber das erregte Tier konnte gegen den zauberkundigen Odin nichts ausrichten, und angsterfüllt verkroch er sich vor dem Blick des Göttervaters. Odin aber ritt weiter, daß die Erde unter den Hufen des Pferdes dröhnte, bis zur Wohnstatt Hels. An der Ostseite des Hauses stieg er vom Pferde. Dort wußte er das Grab der verstorbenen Seherin Wölwa. Feierlich stimmte er den Leichenzauber an; und er sang so lange, bis sich das Weib unheilverkündend aus dem Hügel erhob und fragte: „Welch unbekannter Mann stört meinen Schlummer und reizt mich zum Zorne? Lange war ich tot: der Schnee fiel auf mich nieder, der Regen durchnäßte mich, und der Tau netzte meinen Hügel."

Da Odin fürchtete, daß ihm die Seherin nicht die Wahrheit sagen würde, wenn sie seinen rechten Namen kannte, verschwieg er ihn und antwortete: „Ich heiße Weggewohnt und bin der Sohn Kampfgewohnts. Von der Oberwelt will ich dir berichten, du sollst es von der Unterwelt tun! Sag an, für wen sind die Sitze hier mit den blitzenden Ringen geschmückt und der Boden mit Gold bestreut?"

Da erwiderte ihm die Seherin: „Hier ist für Baldur der köstliche Met bereitet und zum Trunke eingeschenkt. Darüber ist der Schild gedeckt. Die Götter ahnen das drohende Unheil. Ich sagte es nur, weil du mich nötigtest."

Odin wurde blaß, da ihm die Wölwa den Tod Baldurs ankündigte. Heißer Schmerz beengte ihm das Herz, und er war kaum fähig, weiterzusprechen. Aber er mußte Klarheit haben, auch wenn sie großes Leid bedeutete. „Du sollst nicht schweigen", fuhr er fort, „sondern reden! Ich gebe nicht eher Ruhe, bis ich alles weiß, was ich zu wissen begehre. Antworte mir: wer wird der Mörder Baldurs sein, wer wird das Blut von Odins Sohn vergießen?"

Zögernd erwiderte ihm die Seherin, denn der Zorn über die Störung ihrer Ruhe war noch nicht beschwichtigt: „Hödur wird den hochberühmten Baldur ermorden, und die Arglist Lokis wird ihm die Hand führen. So wird Mißgunst und Niedertracht Odins Sohn das Leben kürzen und ihn hierher in die Unterwelt bringen." — Sie hielt geraume Zeit inne. Dann schloß sie: „Du zwangst mich erneut zur Rede. Nun will ich schweigen."

„Nein, schweige nicht! Laß mich weiter fragen, Wölwa! Du siehst meinen Kummer — laß dich's nicht verdrießen. Gerne noch möchte ich wissen, wer die Bluttat Hödurs rächen, wer den Mörder auf den Scheiterhaufen bringen wird?"

Die Seherin schaute eine Weile über ihn hinweg in die Ferne. Ihre Augen waren starr, als ob kein Leben mehr in ihnen wäre.

Dann sagte sie langsam und mit dumpfer Stimme: „Wali, den Rinda gebären wird, sühnt den Tod des strahlenden Götterlieblings. Er wird nicht eher die Hand waschen, noch das Haar kämmen, bis er den Mörder auf den Holzstoß gebracht hat. Nun aber werde ich schweigen, du zwangst mich wider Willen zur Rede."
Odin trat einen Schritt auf sie zu und hob bittend die Hände.
„Schweig noch nicht, Seherin! Noch mehr sollst du mir künden; denn ich muß über alles Klarheit haben, was noch an Rätseln und Zweifeln in meiner Brust schlummert. Sag, welche Frauen und Mädchen werden den Jüngling beweinen?"
Die Seherin schüttelte den Kopf. Noch immer hatte sie den Blick in die Ferne gerichtet, jetzt aber lenkte sie ihn auf den Antwortheischenden. Mit harter Stimme sagte sie:
„Ich werde schweigen; denn du bist nicht der Weggewohnt, als den du dich ausgabst! Die Sorge um den Sohn sagt mir, daß du Odin, der Heervater, selbst bist!"
Da blitzte Odins Auge auf und zornig rief er: „Und du bist nicht Wölwa, du bist keine weise Frau; denn du bist die Mutter dreier Riesentöchter!"
Über das Gesicht der Seherin huschte ein Schimmer von Schadenfreude, als sie antwortete: „Reite nun nach Hause, Odin, und rühme dich des Besuchs an meinem Hügel; denn du bist der letzte gewesen. Kein Mann wird künftig mehr meinen Schlaf stören, bis Loki seiner Bande ledig sein, und das Schicksal die Götter vernichten wird."
Traurig machte sich Odin auf den Heimweg. Wie mochte man im Asenreich die Kunde aufnehmen?

BALDURS ENDE

Baldur erfuhr von seinem baldigen Tode, den die Seherin angekündigt hatte, nichts, wenn er auch ahnte, daß irgendein Ereignis eintreten würde, dem alle Götter mit Bangen entgegensahen. Und daß dieses ihn treffen würde, ließen die ihn jede Nacht peinigenden Träume vermuten. Von Sorge erfüllt, gingen die Tage dahin, und er, der allzeit Fröhliche und zu Scherzen Aufgelegte, war ernst und schweigsam geworden. Auch Odin ging allen Vergnügungen aus dem Wege; sein Sinnen und Trachten galt nur dem Gedanken, wie er das drohende Unheil abwenden könne.

Frigg, die Mutter, beschwor Feuer, Eisen, Wasser, Erz und Steine, Bäume, Krankheiten und alles Getier, Vögel und Schlangen insbesondere, ihr heilige Eide zu leisten, daß sie dem Jüngling weder schaden, noch ihn verderben wollten. Und alle diese banden sich durch feste Schwüre. Nun atmeten die Götter auf; denn jetzt konnte Baldur nichts mehr geschehen.

Um die Wirkung der Eide zu erproben, nahmen sie Baldur als Zielscheibe für ihre Wurfübungen. Aber weder Waffen noch Steine konnten ihn verletzen, die Giftschlangen wandten sich von ihm ab, und auch das sonstige Getier, das ihm hätte Schaden tun können, mied seine Nähe.

Das sahen die Asen mit Wohlgefallen, und sie trieben ihr Spiel mit dem Unverwundbaren auf dem Thingplatze. Die Göttinnen ergötzten sich an den vergnüglichen Übungen der Männer. Nur Loki, der um diese Zeit noch nicht in Fesseln geschlagen war, sah sie mit Mißgunst, und er sann darauf, wie er dem Treiben der Götter Einhalt tun und den übermütigen Jüngling vernichten könne.

Wie immer, so war er auch diesmal um einen Einfall nicht verlegen. Er nahm die Gestalt eines Weibes an und suchte Frigg auf. Mit verstellter Stimme fragte er: „Weißt du nicht, was die Götter auf dem Thingplatz treiben?"

Die Göttin, die nicht ahnte, daß Loki hinter diesem Weibe steckte, lächelte und antwortete: „Sie schießen und werfen nach Baldur. Aber was schadet's ihm? Er ist unverletzlich. Weder Waffen noch Bäume, weder Feuer, Wasser noch Erze tun ihm ein Leid an. Alle habe ich sie schwören lassen — nur einen Mispelzweig, der westlich von Walhall wächst, habe ich ausgelassen, denn er ist zu jung und schwach, als daß er dem Jüngling schaden könnte. Warum sollte ich mir mit dem Strauche Mühe machen?"

Ihre Weisheit preisend, ging das neugierige Weib von dannen — Loki wußte nun, was er wissen wollte und zu tun hatte. Es gab also doch etwas, was den beneideten Jüngling zu Fall bringen konnte. Gar zu leichtfertig hatte Frigg geschwätzt. Schnell ging er zu dem Orte, wo die Mispel wuchs, riß sie samt Wurzeln aus und eilte mit seiner Beute auf den Thingplatz. Dort fand er Hödur, der ganz hinten stand, weil er, der Blinde, ja nicht teilhaben konnte an dem Spaß der Götter.

„Willst du dich nicht auch mit den Männern vergnügen?" fragte ihn Loki.

Hödur wandte sich ihm zu: „Du weißt doch, daß ich blind bin und nicht sehen kann, wo Baldur steht. Außerdem habe ich keine Waffe."

„Das will nichts bedeuten! Mach's getrost den anderen nach. Ich will dir die Hand führen — und hier dieser Zweig mag dir als Geschoß dienen."

Hödur spürte nicht die Arglist, die aus den Worten Lokis sprach. Bereitwillig nahm er den Mispelzweig, legte ihn auf die dargebotene Waffe und schoß nach Anleitung Lokis auf den Jüngling. Der Pfeil durchbohrte, wie es Loki gewollt hatte, die Brust Baldurs. Tot sank der edle Göttersohn zu Boden.

Vor Schreck verschlug es den Göttern die Rede; alle Freude erstarrte, und jähes Entsetzen lag auf den Gesichtern, die eben noch vor Übermut und Lustbarkeit gestrahlt hatten. Wer aber war der Mörder? Einer sah den andern an. Dann aber lohte gewaltiger Zorn wider den Ruchlosen in ihnen auf. Aber sie konnten hier an der Friedensstätte keine Rache nehmen. Tränen der Trauer wurden vergossen, auch von den Männern, und sie schämten sich ihrer nicht. Denn alle fühlten, daß der Tod Baldurs einen unersetzlichen Verlust für Asgard bedeutete. Und nicht nur das, es war auch eine Schande für die Götter, daß in ihren Reihen eine solche Tat verübt wurde.

Besonders hart traf es Odin, da er nicht hatte verhindern können, daß er auf diese niederträchtige Art den geliebten Sohn, den Stolz des Asenreiches, verlor.

BALDURS BESTATTUNG

Nicht nur Asgard war von Trauer über den ruchlosen Mord erfüllt, auch die Menschen auf der Erde lähmte das Entsetzen, das durch die Schandtat Lokis ausgelöst worden war. Es schien, als ob die Sonne ihren Glanz, die Stimme der Vögel ihren Schmelz, die bunten Blumen auf den Fluren ihren Duft und die Quelle im Talgrunde die Lustigkeit ihres Plauschens verloren hätten. Nur die Riesen, die den Asen nicht wohlwollten, sahen den Schmerz der Götter mit tiefer Genugtuung; die Trauer der Menschen begriffen sie nicht. Aber dies war ihnen gleichgültig, weil sie von ihnen nichts zu befürchten hatten.

Die Götter hatten inzwischen das herrlichste Schiff geschmückt, und auf Deck einen mächtigen Scheiterhaufen aufgerichtet, der dem strahlenden Gott zum Feuerbette werden sollte. In feierlichem Zuge brachten die Asen den so meuchlings Gemordeten zum Strande, und viel Volk folgte ihnen.

Als sie das Schiff dem wogenden Meer übergeben wollten, versagten ihnen die Kräfte. Das Boot rührte sich nicht von der Stelle. Und alle Mühe half nichts.

Die Asen wußten nicht, was sie anfangen sollten. Ratlos standen sie am Ufer und schauten hinaus aufs Meer, als ob ihnen von dort Rettung werden könnte. Aber keine Hilfe schien ihnen beschieden zu sein. Weinend standen die Göttinnen in ihrem Kreise. Da kam die Riesin Hyrrokkin auf ihrem Wolf, dem Schlangen als Zäume dienten, dahergeritten, und versetzte alles um sich her in Angst und Schrecken. Odin rief vier Berserker herbei, die das Untier bändigen sollten. Aber das gelang ihnen erst nach vieler Mühe. Thor – von Zorn übermannt – zückte den Hammer, um die Riesin und den Wolf zu erschlagen. Die Götter aber fielen ihm in den Arm, damit an so heiliger Stätte keine Bluttat begangen werde.

Nun konnte der Leichnam auf den Scheiterhaufen gebracht werden. Odin legte den Ring Draupnir, den einst die kunstfertigen Zwerge geschmiedet hatten, neben den bleichen Sohn. Dann führten andere das Roß des Toten herbei und stießen ihm das Schwert ins Herz. Röchelnd brach es neben seinem Herrn zusammen, um ihn ins Totenreich zu tragen, wenn das Feuer sein Werk vollbracht hatte. Ein Schluchzen ging durch die Reihen der Frauen, und auch den Männern brannte das Herz vor Wehmut. Thor weihte den Scheiterhaufen mit seinem Hammer und entzündete ihn. Knisternd und knatternd sprang das Feuer in dem Gebälk empor und tauchte es in purpurrote Glut. Dann ergriff Thor den Zwerg Lit und stieß ihn mit dem Fuß in den Brand. Stumm versank er als ein Opfer Thors an den Toten.

Sobald Thor seinen Fuß wieder in den Sand gesetzt hatte, wurde das Schiff dem Meere übergeben. Fast lautlos glitt es auf den Rollen dahin, und willig ergriffen es die Wellen und trugen es weit hinaus, bis es in der Unendlichkeit entschwand.

Lange standen die Götter und alle, die hierher gekommen waren, am Gestade, um den Toten zu ehren. Da war zuerst Odin, der mit Frigg, den Walküren und seinen Raben dem Leichenbrande beiwohnte, auch Freyr saß stattlich auf seinem Wagen, den sein goldborstiger Eber zum Strande gezogen hatte. Und da hielt Heimdall auf seinem ungeduldig im Sand scharrenden Rosse Goldbüschel. Er hatte es sich nicht nehmen lassen, an das Meer zu reiten. Selbst Freya war da mit ihren hurtigen Katzen an ihrem funkelnden Wagen. Es wären noch viele zu nennen, die

das Ufer säumten und aus aufrichtiger Trauer oder auch aus Neugierde gekommen waren, um das mächtige Schauspiel mit=zuerleben.

Erst als die Sonne ins Meer sank und es in flüssiges Gold zu tauchen schien, zogen sie ihren Wohnungen zu, um diesen Tag nie zu vergessen, solange sie lebten.

HERMOD BEI HEL

Als die Götter den ersten Schmerz überwunden hatten und sich wieder zu Taten aufraffen konnten, fragte Frigg, wer sich die Gunst der Asen dadurch erwerben wolle, daß er hinab ins Totenreich der Hel ritte, um Baldur auszulösen. Da trat sogleich der durch seine Tapferkeit berühmte Hermod, Odins Sohn, hervor. Beifällig wurde dieser kühne Entschluß in der Götterrunde aufgenommen; und Odin war so gerührt, daß er den Jüngling mit feierlicher Gebärde in seine Arme schloß und ihm anbot, sein Leibroß Sleipnir zu dem wagemutigen Ritt zu nehmen.

Das Pferd wurde herbeigebracht, und Hermod schwang sich ohne Zögern in den Sattel und sprengte mit leuchtenden Augen davon. Wohlgefällig schauten ihm die Götter nach, bis er ihren Blicken entschwunden war. Aber Hermod schaute nicht mehr zurück. Er weilte in Gedanken bereits bei seinem Unternehmen, das ihm gefährlich werden konnte. Willig folgte das edle Tier seiner Zügellenkung und jedem Schenkeldruck. Es spürte, daß es bei dieser Reise um ein hehres Ziel ging.

Neun Tage und neun Nächte war Hermod unterwegs. Sein Ritt führte ihn durch tiefe und dunkle Täler, die jeden Ausblick verwehrten und nicht selten das Herz mit Grauen und die Sinne mit Bangnis erfüllten. Aber der Jüngling ließ sich davon weder schrecken noch zurückhalten. Er hatte eine Aufgabe übernommen, die seines Einsatzes wert war. Er tat es weder um Lob, noch um Lohn, noch aus Ruhmsucht. Für ihn hatte es gar kein Zaudern und Überlegen gegeben, als er gerufen wurde. Er bereute auch jetzt seinen Entschluß nicht, obgleich er im voraus nicht gewußt hatte, welche Schrecknisse er erfahren mußte.

Aber kein Weg ist so lang, als daß er nicht endlich ein Ende hätte. Nach der neunten Nacht kam er an den Höllenfluß Giöll und zu einer mit Goldplatten belegten Brücke, die von Modgud bewacht wurde. Sie stellte sich ihm in den Weg, und Hermod hielt das Pferd zurück. „Wo kommst du her? Und wer bist du?" fragte sie mit harter Stimme. Doch ohne eine Antwort abzuwarten, fuhr sie fort: „Gestern ritt Baldur mit fünfhundert Männern über diese Brücke, aber sie dröhnte nicht mehr als jetzt bei dir, der du allein mit deinem Pferd über ihre Planken reitest." Sie wandte den Blick nach Norden. „Da den Berg hinab und dann dort hinauf führt der Weg zur Unterwelt. Wenn er der deine ist, so will ich dich nicht aufhalten. Er wird dir ohnedies wenig Freude bringen." Sie gab ihm die Bahn frei, und Hermod brauchte seinem Pferd nicht die Sporen zu geben, so willig sprengte es den Hang hinab und schlug den Weg nach Norden ein. Es hielt nicht früher inne, als bis es an die Pforte der Unterwelt kam. Hermod klatschte ihm lobend den glatten Hals und stieg ab, um den Sattelgurt festzuziehen. Dann schwang er sich wieder auf den Rücken des edlen Tieres, schlug ihm so heftig die Sporen in die Weichen, daß es sich wild aufbäumte und über die Pforte hinwegsetzte. Als sich Sleipnir ein wenig beruhigt hatte, trabte er leichtbeschwingt weiter, bis er zur Halle Hels gelangte. Hier stieg Hermod ab und trat in den großen Raum, in dem er seinen Bruder Baldur auf dem Hochsitz sitzen sah.

Schnell brach die Nacht herein, und er mußte sich zur Ruhe begeben, noch bevor er sein Anliegen vorbringen konnte. Lang wurde ihm die Nacht, denn er konnte nicht schlafen. Hin und her warf er sich auf seinem schnell bereiteten, notdürftigen Lager, so bewegte ihn das, was er der Herrin der Unterwelt vorzutragen hatte. Endlich tagte es. Sogleich begab er sich zu Hel und überbrachte ihr den Wunsch der Asen. Die Todesgöttin hörte aufmerksam zu und sagte schließlich, sie wolle Baldur mit ihm zurückreiten lassen, wenn alle Dinge, lebende und tote, um ihn weinen würden. Aber wenn sich nur eines ausschließe, müsse der Jüngling für ewig in der Unterwelt bleiben.

Hermod machte sich ohne Zögern auf den Rückweg, und Baldur geleitete ihn bis zur Pforte. Hier übergab er ihm den Ring Draupnir, den ihm Odin auf den brennenden Holzstoß gelegt hatte, damit er ihn dem Göttervater zur Erinnerung zurückbringe. Dann nahmen sie Abschied, und Hermod spornte das Pferd, daß es ihn wie im Fluge zurück nach Asgard trug.

Die Götter vernahmen die Kunde mit einiger Bekümmernis; denn sie wußten, daß sie Mühe haben würden, alle Dinge des Himmels und der Erde zu bewegen, Tränen für Baldur zu vergießen, obgleich der Jüngling kaum einen Feind hatte. So forderten sie alle Dinge auf, Menschen und Tiere, Erde und Gestein, Holz und Erze, ihr Teil zur Lösung Baldurs aus Hels Reich beizutragen. Und alle, zu denen sie mit ihrer Bitte kamen, leisteten ihr Folge. Niemand schloß sich aus; und schon glaubten die Götter, daß sie den Toten bald wieder in Asgard empfangen dürften.

Doch als sie zu der Riesin Thökk kamen, mußten sie feststellen, daß sie sich zu früh gefreut hatten. Sie trafen die Alte in einer Höhle, unfreundlich und mit zusammengekniffenem Mund hockte sie auf einem Felsbrocken. Und als sie ihre Bitte vortrugen, mit den anderen Wesen Baldur aus der Unterwelt loszuweinen, antwortete sie mürrisch: „Was liegt mir an Baldur, der den Holzstoß bestieg und bei der Hel einkehrte? Er hat mir weder als Lebender noch als Toter Nutzen gebracht. Hel mag ihn getrost behalten."

Traurig wandten sich die Götter ab, als sie sahen, daß alles Bitten und Beschwören das alte Weib nicht erweichen konnten. Mit vorwurfsvollem Blick kehrte sich einer von ihnen, bevor er die Höhle verließ, noch einmal um. Da erkannte er in dem hämischen Aufleuchten der Augen des Weibes Loki, der sich in dieser seltsamen Verwandlung wieder einmal an den Göttern für die Zurücksetzung, die er von ihnen erfuhr, rächen wollte. Damit war das Maß des Ränkeschmiedes voll. Die Strafe folgte, sobald sich die Gelegenheit dazu bot. Furchtbar war sein Los, und qualvoll die Demütigung, die sich die Asen ausgedacht hatten. Baldur aber mußte bei Hel bleiben.

DIE RACHE

Wali war erst einen Tag alt, als Baldur der tödliche Mispelzweig traf. Die Erdgöttin Rinda hatte ihn dem Göttervater geboren, ganz in der Stille und abseits von dem grausigen Geschehen, das sich auf der Thingstätte durch Lokis Hinterlist vollendet hatte. Aber die Kunde von Baldurs Tod drang auch in ihre Einsamkeit, und das Kindlein schwor, nicht eher die Hände zu waschen, bis es die gemeine Tat gerächt hätte.

Heimlich stahl sich das eintägige Kind von der Seite der Mutter, um Hödur zu bestrafen; denn es wußte nicht anders, als daß dieser der Schuldige am Tode Baldurs wäre. Aber auch, wenn Wali es gewußt hätte, hätte er ihn töten müssen, um den Mord an seinem Leibbruder zu sühnen. Das war von jeher Gesetz.

Er fand den blinden Mörder auf einem Baumstrunk hockend und über die grausige Tat nachsinnend. Er konnte offenbar selber nicht begreifen, wie sie geschehen konnte. Warum starb Baldur an seinem Geschoß, während er dem der anderen Götter widerstand? Das war ihm ein Rätsel, da er nichts von dem Mispelzweig wußte, dem die Göttin keinen Eid abgenommen und den ihm Loki auf die Waffe gelegt hatte.

Er machte sich bittere Vorwürfe, daß er Loki geglaubt und seiner Beredungskunst nicht mißtraut hatte. Aber jetzt nützten Vorwürfe nichts mehr; und er wußte, daß ihm die Vergeltung dafür werden würde, ihm und dem hinterhältigen Loki. Willig unterwarf er sich dem Geschick.

Der Scheiterhaufen war bald für ihn gerichtet. Ohne Bedauern fuhr er in Hels Reich.

DAS GASTMAHL

Einst lud Ägir die Götter zum Mahle. Seiner Einladung folgten: Odin, dessen Weib Frigg und deren Sohn Widar, Thors Gemahlin Sif — er selbst kam später —, der Gott der Dichtkunst, Bragi, und dessen Frau Idun, die Göttin der ewigen Jugend, dann der Kriegsgott Tyr, der Wane Niörd und Skadi, sein Eheweib, nebst ihren Kindern Freyr und Freya. Auch Freyrs Knecht und Magd waren gekommen.

Die Tische waren mit erlesenen Speisen und Getränken überladen, und es herrschte die fröhlichste Stimmung. Die Götter fühlten sich so wohl wie selten. Vielleicht deswegen, weil Loki, der Spötter und Ränkeschmied, nicht anwesend war. Aber sie hatten sich zu früh gefreut; denn plötzlich stand er in der Vorhalle, wo Eldir, Ägirs Diener, die Tür hütete und ihn vom Eintritt abzuhalten versuchte. Loki schob ihn zur Seite und fragte:

„Worüber reden die Götter beim festlichen Mahle?"

Da antwortete Eldir: „Sie berichten von ihren siegreichen Waffen und hehren Kampfestaten; aber von dir erzählen sie nichts Gutes."

„Nun, so will ich selbst hinein, Eldir, und ihnen die Schwatzhaftigkeit aus Herzenslust vergelten. Keiner von den Lästerern soll ungerupft davonkommen, und sie sollen Dinge über sich hören, daß ihnen die Ohren schmerzen; denn, weißt du, ich bin weit umhergekommen und habe viel gehört, so daß ich nicht so leicht zum Schweigen zu bringen bin."

Eldir versuchte noch immer, ihn zurückzuhalten: „Ja, aber gib acht, daß sich die Götter nicht wieder an dir abtrocknen, wenn du sie mit Gift und Geifer bespritzt!"

Diese Belehrung durch den Diener reizte Lokis Trotz. Höhnisch erwiderte er: „Glaube, Eldir, wenn wir uns zanken, werde ich bestimmt das letzte Wort haben. Laß mich den Asen Ärger und Verlegenheit bringen und den Hochmütigen gründlich die Freude am goldenen Mete verderben! Doch, was schwätze ich mit dem Knechte, wenn ich's lohnender in der hohen Halle tun kann!"

Damit stieß er Eldir zur Seite und trat in den Saal. Als ihn die Götter in der Tür erblickten, schwiegen sie betreten. Aus ihrem Verhalten erkannte Loki sogleich, daß er nicht nur ungebeten kam, sondern daß ihn die Tischgenossen ans Ende der Welt wünschten. Aber er tat, als ob er das nicht merke, und begann mit scheinheiligen Worten:

„Ich habe eine weite Wanderung hinter mir und bin durstig, vergönnt mir daher einen Schluck süßen Mets und ein Plätzchen zum Rasten; verwehrt dem Freunde nicht das Gastrecht, das ihr jedem Müden spendet, der zu euch kommt."

Doch niemand gab ihm Antwort, noch wies ihm jemand einen Sitzplatz an. Wütend wollte er aufbegehren, aber er hielt es für klüger, sich noch zurückzuhalten. Man möge ihm doch wenigstens ein Wort vergönnen, sagte er, wenn man ihm schon nicht auf der Bank Platz machen und ihm nicht einmal einen kühlen Trunk bieten wolle. Und ein wenig grollend schloß er: „Oder nimmt man sich noch nicht einmal die Mühe, mich wegzuschicken?"

Da wandte sich ihm Bragi verächtlich zu und rief: „Die Götter kennen dich und deine Ränke! Sie werden dir daher keinen Platz anbieten. Sie wissen sehr wohl, wen sie einladen sollen und wen nicht!"

Die Götter waren nicht ganz mit Bragis heftiger Rede einverstanden; denn es war von jeher üblich, jedem, selbst dem Todfeinde, die erbetene Gastfreundschaft zu gewähren. Loki spürte das, und er wandte sich daher direkt an Odin:
„Denkst du noch daran, Heervater, daß wir einst Blutsbrüderschaft schworen und du mir versprachst, nie mehr einen Trunk zu dir zu nehmen, der nicht uns beiden gebracht würde?"
Odin konnte das nicht leugnen; er klopfte daher seinem Sohn auf die Schulter und sagte: „So räume deinen Platz, Widar, und laß ihn setzen, damit er keinen Grund zum Schelten hat."
Gehorsam erhob sich Widar, schenkte Loki Bier ein und stellte es ihm auf den Tisch. Bevor dieser trank, brachte er einen Trinkspruch aus: „Gesundheit euch, Asen, Gesundheit euch, Asinnen! Gesundheit euch, ihr erhabenen Götter — nur Bragi schließ ich aus, der feige dort auf der Bank hockt!"
Der Dichtergott, der Lokis spitze Zunge fürchtete, versuchte einzulenken: „Laß es die Götter nicht vergelten, daß ich dich beleidigte! Ich will dir gerne Buße dafür bieten: Ring, Roß und Schwert magst du aus meinem Besitz haben."
Loki lächelte spöttisch: „Rede doch nicht so selbstherrlich von deinem Besitz; denn du wirst kaum etwas zu verschenken haben. — Und mit deiner Tapferkeit ist's auch nicht weit her; denn du bist der feigste von den Göttern hier im Saale. Während die anderen kämpfen und Wunden empfangen, sitzt du jammernd und zitternd im verborgenen Winkel."
„Wäre ich nur draußen", rief Bragi aus, „so wollte ich dir schnell diese Gemeinheit an deinem Kopfe entgelten!"
Da lachte Loki noch ärger: „Wen's zum Zweikampf drängt, der zögert nicht. Dort ist die Tür — ich will dir willig folgen!"
Mit Entsetzen empfand Idun die Not ihres Gemahls. Sie rief

ihm zu: „Ich bitte dich, Bragi, laß das Streiten hier in Ägirs sonst so friedlicher Halle!"
Spöttisch erwiderte ihr Loki: „Es wäre besser, du schwiegest; denn du bist das leichtfertigste Weib, dem ich je begegnet bin. Selbst dem Brudermörder versagtest du dich nicht."
Doch Idun entgegnete ruhig: „Ich sprach nicht mit dir, Loki, sondern mahnte meinen Mann zur Ruhe, damit er nicht törichtes Zeug schwätzt oder sich gar noch auf einen Zweikampf einläßt."
Da mischte sich die Göttin Gefion in das Gespräch:
„Warum streitet ihr euch? Ziemt sich das für Götter? Freilich, Loki hielt nie auf Würde."
Wütend fuhr der Verleumder auf seinem Platze herum und starrte die Sprecherin mit zornigen Augen an: „Schweig du, Gefion! Von dir weiß ich noch üblere Dinge! Soll ich sie erzählen? Die Götter würden viel Freude daran haben!"
Odin versuchte den Erregten zu beruhigen: „Halte ein, Loki! Dein Geist scheint verwirrt zu sein; denn sonst würdest du dir nicht Gefion zur Feindin machen, die, wie ich, alle Geschicke der Lebenden kennt."
Aber Loki antwortete ihm schnell: „Auch für dich, Odin, wäre es gut, wenn du schweigen wolltest; denn du bist von jeher ein ungerechter Richter und Helfer gewesen. Wie oft schon schenktest du dem Bösen den Sieg und vernichtetest den Guten."
Ärgerlich winkte Odin ab und brummte: „Kehre vor deiner eigenen Tür! Hast du vergessen, daß du acht Winter unter der Erde haustest und dort Magddienste tatest, ja, noch Schlimmeres triebst, wovon ich gar nicht berichten mag?"
Streitsüchtig blitzte ihn Loki an: „Und du? Gingst du nicht auf der Insel Samsö als Zauberer von Haus zu Haus und triebst dein Unwesen und betrogst die Menschen?"

Da mahnte Frigg: „Ihr solltet euch schämen, euch so in aller Offenheit eure Schandtaten vorzuhalten! Es wäre besser, ihr behieltet diese häßlichen Dinge für euch!"
Zornig wandte sich ihr der Lästerer zu: „Rede du nicht! Oder ich erzähle hier von dir, was du deinem Manne Odin noch nicht einmal ins Ohr zu flüstern wagen würdest!"
Aber Frigg ließ sich nicht einschüchtern. „Lebte doch mein Sohn Baldur noch, du würdest nicht ungestraft den Saal verlassen!"
Loki fuhr auf. „Reizest du mich noch mehr? So sollst du wissen, daß ich schuld daran bin, daß Baldur nicht mehr unter den Göttern lebt."
Unwirsch unterbrach in Freya: „Du bist ja von Sinnen, Loki, daß du selber deine Meintat preisgibst! Doch brauchst du sie Frigg nicht zu erzählen, sie weiß alles, was geschieht, nur kann sie schweigen."
Grimmig blickte sie Loki an. „Du solltest zuallererst den Mund halten; denn es gibt keinen Fehler, den du nicht begangen hättest. Alle Asen und Alfen hier im Saale wissen von einem Geheimnis mit dir."
Aber auch Freya gab nicht nach und sagte: „Deine Zunge ist so lasterhaft, daß sie dir selbst noch ein Unglück herbeischwätzen wird. Keiner der Götter ist dir wohlgesinnt. Dein Heimweg kann leicht gefährlich werden."
Loki antwortete mit einer Gemeinheit, und Niörd wies ihn gebührend zurecht. Doch Loki ließ sich nicht beeindrucken und begann, seinen Widersacher zu höhnen: „Bist du nicht als Geisel zu den Göttern gekommen und taten dir nicht Hymirs Töchter die größte Schande an?"
Niörd schüttelte den Kopf: „Den Schaden habe ich leicht über-

wunden; denn mir ward der herrlichste Sohn geschenkt, der unter den Asen größtes Ansehen genießt und der im Himmel und auf der Erde geliebt und verehrt wird."

Darüber geriet Loki so in Wut, daß er ihn der übelsten Verbrechen zieh. Doch da griff Tyr ein und sagte mit fester Stimme: „Niörds Sohn ist der hehrste Recke unter den Göttern. Noch nie hat er eine Maid betrübt, noch eine Frau. In jeder Notlage war er ein bereiter Helfer."

„Schweig, Tyr", fuhr ihm Loki in die Rede, „denn du hast keinerlei Geschick, zwei Streitende zu versöhnen. Wo ist deine rechte Hand? Hast du vergessen, daß sie der Riesenwolf abriß und sie auffraß?"

Tyr blieb dem Spötter die Antwort nicht schuldig: „Ja, meine Hand habe ich dem Untier, dessen Vater du bist, geopfert; aber in unzerreißbare Fesseln ist es doch geschlagen, daß es ein hartes Leben bis zum Untergang der Götter haben wird." Wieder klagte Loki als Antwort Tyrs Frau an.

Aufbrausend fuhr Freyr dazwischen: „Der Riesenwolf ist für alle Zeiten an der Flußmündung angekettet, und erst in der Götterdämmerung wird er seiner Fesseln ledig sein. Wenn du, Loki, nicht bald den Mund hälst, wird dir das gleiche Los zuteil werden."

Loki rümpfte die Nase. „Und du hast mit Geld Gymirs Tochter erhandelt und dabei sogar dein gutes Schwert vertändelt. Womit willst du kämpfen, wenn einst die Riesen durch den Dunkelwald reiten?"

Da mischte sich Byggwir, der Knecht Freyrs, ein: „Wäre ich so edler Abstammung wie mein Herr, und hätte ich einen so stattlichen Besitz wie er, würde ich dich, zänkische Krähe, zu Brei zerstampfen und dir jeden Knochen einzeln zermalmen."

Verächtlich entgegnete ihm Loki: „Was willst du armseliger Kerl? Und was wedelst du um mich herum, der du sonst nur nach Speise schnappst? Natürlich singst du dessen Lied, dem du Knechtarbeit leistest!"
Doch Byggwir ließ sich nicht einschüchtern: „Ich stehe bei allen Asen in Gunst, und alle, Götter und Menschen, rühmen meine Gefälligkeit. Drum bin ich auch gerne gesehen, wo Odins Freunde beim Bier zusammensitzen."
Unwirsch fuhr ihn der Zänker an: „Halte deinen Mund, Byggwir, denn du hast keine Ahnung davon, wie man den Gästen aufwartet! Und wenn es zum Kampf geht, versteckst du dich feige unterm Bettstroh."
Da unterbrach ihn Heimdall, der Wächter der Himmelsbrücke: „Du bist betrunken, Loki, und nicht mehr Herr über deine Worte! Höre endlich auf mit deinen Zänkereien; denn im Rausche redet man viel dummes Zeug."
Loki wandte sich ihm mit einem Ruck zu. „Auch du würdest besser schweigen, Heimdall, denn du trägst von der Urzeit her schon an einer häßlichen Bürde. Dein Rücken ist stets vom Tau benetzt, und mit nassem Buckel mußt du den Wächter für die Götter spielen."
Skadi, Thiassis Tochter, sagte darauf: „Du bist ein schlimmer Kerl, Loki, aber nicht lange mehr, denn bald werden dich die Götter mit deines Sohnes Därmen auf den Felsen fesseln."
Boshaft entgegnete ihr Loki: „Wenn mir ein solches Schicksal bevorsteht, so will ich dir auch sagen, daß ich den größten Eifer zeigte, als es Thiassi zu erschlagen galt."
Voll Bitternis rief Skadi aus: „Nun, so wird von meinem Haus aus das Unheil über dich, Schändlicher, kommen!"

Loki schmunzelte: „Du warst einst zärtlicher zu mir, Skadi! Soll ich davon mehr erzählen?"

Da trat Sif, Thors Gattin, auf ihn zu und schenkte ihm den Kelch voll Met und sagte: „Ich biete dir Gesundheit und reiche dir den Eiskelch voll Firnmets. Wolltest du doch wenigstens eine von den Göttinnen mit deinem geifernden Spott verschonen!"

Loki nickte. „Und diese einzige wärest vielleicht du gewesen, wenn ich nicht auch von dir Schlimmes wüßte!"

Da sagte Beyla, Freyrs Magd: „Thor naht; denn alle Felsen dröhnen. Er wird den Lästerer bald zum Schweigen bringen und die Götter vor weiterem Spott bewahren."

Loki entgegnete ihr scharf: „Schweig, denn du bist als Byggwirs Frau aller Schandtaten bekannt, und unter allen hier gibt es kein dreckigeres Wesen, als du eines bist!"

Da trat Thor in die Halle und rief: „Halte endlich den Mund, trauriger Gesell, sonst wird dich mein Hammer Miölnir schnell zum Schweigen bringen. Ich schlag dir den Schädel vom Halse, daß dir das Leben leid wird."

Loki antwortete grollend: „Schaut her, der Sohn der Erde ist gekommen! Ja, hier kannst du wüten, aber wenn du mit dem Fenriswolf kämpfen sollst, der Odin verschlingen wird, dann ist es mit deinem Mut schlecht bestellt."

Da brüllte Thor, daß die Wände wankten: „Schweige, Erbärmlicher, oder ich lasse dir wirklich meinen Zerschmetterer auf den Schädel sausen und bringe dich nach dem Ostlande, von wo du niemals mehr zurückkommen wirst."

Loki unterbrach ihn bissig: „Es wäre besser für dich, du würdest von deinen Ostfahrten schweigen, seitdem du angstvoll die Nacht in des Riesen Handschuh verbrachtest und gern deinen Namen geleugnet hättest!"

Thor fuhr fort: „Zum letzten Male: Schweige! Mein Hammer wird sonst Ruhe gebieten, wie er mir bei Hrungnir Geltung verschaffte. Leicht werde ich deine Knochen im Leibe zerschmettern."

Spöttisch entgegnete ihm Loki: „Oh, ich gedenke noch lange zu leben, trotz deiner Hammerschläge. — Aber sag mal, wie war denn die Sache, als dich Skrymirs Riemen hinderten, zu Speise und Trank zu kommen und du schrecklichen Hunger littest?"

Thor schrie ihn wütend an: „Ich sag dir's nicht noch einmal vergeblich, daß du deinen Mund halten sollst! Noch ein lasterhaftes Wort, und mein Hammer wird dich zur Hel ins Totenreich schicken!"

Da erhob sich Loki und sagte: „Ich habe euch, Göttern und Göttinnen gesagt, was seit langem mein Herz bedrückte. Nun gehe ich, denn länger wird Thor kaum seinen Hammer zurückhalten. Auch du, Ägir, wirst zum letzten Male die Götter zum Mahle zu dir geladen haben, denn bald wird eine Feuersbrunst dein Haus vernichten, und auch dein Buckel wird ihr zum Opfer fallen." — Nachdem er gegangen war, verwandelte er sich in einen Lachs und tummelte sich in einem Wasserfall. Hier fingen ihn die Götter nach langer Mühe in einem Netze, das er selber angefertigt hatte. Dann packte ihn Thor mit beiden Fäusten; aber das war ein schwieriges Beginnen, da der Lachs so glatt war, daß er ihn kaum festhalten konnte. Loki versuchte mit aller Gewalt, sich den ihn umklammernden Händen zu entwinden. Es gelang ihm auch fast, doch blieb er mit dem Schwanze hängen.

Die Götter führten nun den Gefangenen in eine Höhle, in der sie drei große Felsblöcke aufrichteten und in jeden eine Vertiefung schlugen. Dann packten sie Lokis Söhne, verzauberten den einen in einen Wolf, der sich im gleichen Augenblick über

seinen Bruder stürzte und ihn zerriß. Mit dessen Därmen fesselten die Götter Loki und banden ihn auf den scharfen Kanten der drei Felsblöcke fest, und alsbald wurden die Fesseln so fest wie Eisen.

Um die Qualen noch zu erhöhen, nahm Skadi eine giftige Schlange und hing sie so über seinem Haupte auf, daß ihm das Gift unablässig ins Gesicht tropfte. Doch Sigyn, Lokis Frau, setzte sich in erbarmender Liebe neben ihn und hielt eine Schale unter den quälenden Tropfenfall. Nur wenn sie das Gefäß entleerte, fiel der Giftspeichel aus dem züngelnden Rachen der Schlange auf Lokis Antlitz. Vor Schmerz riß dann der Gepeinigte so machtvoll an den Fesseln, daß die ganze Erde erzitterte. So kam das Erdbeben in die Welt.

DAS ENDE NAHT

Als die Nornen dereinst in die Welt kamen, brachten sie eine harte Last mit: das Schicksal, und in seinem Gefolge das Unheil, das seither Menschen und Götter bedrückte und bedrückt, Streit und Totschlag, Eidbrüche und Kriege, Untreue und Undank heraufbeschwor und Gesetzlosigkeit an die Stelle des Gesetzes rückte. Große Not entstand, wo vorher eitel Freude und Frohlocken geherrscht, Sorgen brannten in den Seelen, wo einst die süßen Düfte der Glückseligkeit die Sinne erfreuten, und Bürden zwangen Schultern zu Boden, die einst hochaufgerichtet von männlicher Kraft und fraulicher Würde zeugten.

So war das goldene Zeitalter zerronnen — zerronnen wie ein Tropfen Wasser auf glühendem Stein. Der erste Totschlag hatte es beendet; und er gebar eine bittere Frucht nach der andern — kein Ende war abzusehen. Die Götter stöhnten unter dieser Last, und die Menschen vergossen Tränen über Tränen. Ein großes Jammern war in die friedvolle Welt gekommen. Die Brüderlichkeit, die edlen Gesinnungen und das Hehre waren wie die ehernen Standbilder von den Sockeln gestürzt worden und galten nichts mehr.

Die Riesen hatten sich die Götter zum Feinde gemacht, da sie den Riesenbaumeister auf so schmähliche Art um seinen Lohn brachten. Am letzten Tage werden daher die Riesen auf der Seite der Götterfeinde stehen, und furchtbar wird ihre Rache sein.

Auch der Weltenbaum war von feindlichen Gewalten bedroht. Und die Götter hatten viel von ihrer Kraft und Entschlossenheit eingebüßt. Ihr Kampfeswille war durch ihr wohlgefälliges und lasterhaftes Leben gehemmt und gelähmt. Dazu kamen Gebrechen mancherlei Art: Odin hatte dereinst dem Riesen Mimir ein Auge gegen einen Schluck Wasser aus der Weisheitsquelle verpfändet – seitdem mußte er einäugig durch die Welt gehen. Freyr hatte sein goldenes Schwert bei der Werbung um Gerda verloren und Tyr seine rechte Hand, als es den Fenriswolf zu fesseln galt. Den größten Verlust aber erlitten die Asen durch den Tod Baldurs, der für ewig an Hel gebunden war und dessen Schwert im letzten Kampfe fehlen wird. Aber auch mit der Fesselung Lokis hatten sich die Asen einen unversöhnlichen Feind geschaffen, der Tag und Nacht in seiner qualvollen Lage auf Rache und Vergeltung sann. Auch er wird am jüngsten Tage gegen die Götter ziehen – und dieser Tag ist nahe. Er wird furchtbar anbrechen, wenn die Zeit erfüllt ist.

Die Götter wußten schon längst, daß das schreckliche Ende wie ein Gewittersturm heraufziehen würde. Sie waren nicht untätig: sie hatten den Fenriswolf, die Midgardschlange und die Hel schon einmal unschädlich gemacht. Walhall war voll von wakkeren Streitern, die Odin dort aufgenommen und denen er Herberge und vielerlei Freuden gegeben hatte. Der Göttervater selber suchte sich alle Weisheit zu erwerben, die Erde und Himmel zu bieten hatten; er war unermüdlich darin und scheute kein Opfer und keine Gefahr.

So waren die Götter für die große und entscheidende Auseinandersetzung bereit.

AUF DER WACHT

Bald nach dem Tode Baldurs und der Fesselung Lokis machten sich die ersten Anzeichen der Götterdämmerung bemerkbar. Die Wölfe wurden geboren, von denen der eine das Himmelslicht verfolgte und den Sitz der Götter mit Blut rötete. Die Sonne verdunkelte sich zeitweise und versetzte die Menschen, die das drohende Ende ahnten, in Angst und Schrecken. Auch das Wetter wurde unberechenbar; Äcker und Wiesen litten unter seiner Laune. Die Früchte der Felder wurden oft von Hagel und Sturmwind oder von sengender Hitze und Trockenheit vernichtet, noch bevor sie reif waren und in die Scheunen gebracht werden konnten. So herrschte viel Not, wo einst Zufriedenheit und volle Tische eine Heimstatt hatten.
Die Götter und ihre Widersacher waren auf der Wacht. Jeder erwartete den Angriff des anderen. Es lag eine unheimliche Spannung in der Luft, die alle mit Angst und Sorge erfüllte. An der Grenze zwischen dem Menschen- und Riesenreich hielt Eggther Ausschau nach Süden zu den Menschen und nach oben zu den Göttern. Surt bewachte Muspelheim, das Land der Feuerriesen. Drohend hielt er das glühende Schwert in der Hand, bereit, jeden Augenblick zuzuschlagen. Am Höllenfluß hockte der schreckliche Hund Garm und fletschte die Zähne in bißwütiger Abwehr. Und Heimdall hatte seinen Platz seit Anbeginn an der Himmelsbrücke bezogen. Er bedurfte weniger Schlaf als ein Vogel, und seine Augen durchdrangen jede Dunkelheit. Sie waren gleich gut bei Tag und bei Nacht. Doch alle Wachsamkeit war vergebens, Loki konnte sich doch seines

Schwertes bemächtigen, als es zum Endkampfe kam. Und obgleich er das Gras auf der Wiese und die Wolle auf den Schafen wachsen hörte, so stieß er doch erst ins Horn, als im Riesenreich bereits voller Aufruhr herrschte.

Und noch andere Zeichen kündigten das Ende der Welt an: die Hähne in den drei Reichen – dem der Götter, der Riesen und der Hel – krähten immer drohender. Laut und gellend war der Ruf Gullinkambis, der die Recken in Walhall zum Kampfe weckte. Über dem Wächter der Riesen, der vor Übermut ein Lied zur Harfe sang, krähte der blutigrote Hahn, und in den Gefilden des Helreichs ließ der nußbraune Hahn seine rauhe Stimme erschallen, daß es allen Lebenden durch Mark und Bein ging.

Auch der Höllenhund Garm richtete sich gähnend empor. Und zum ersten Male ließ er sein schauriges Bellen hören. Götter, Menschen und Riesen wußten nun, daß dies die letzte und unwiderrufliche Mahnung zur Wachsamkeit war.

Schon rüttelte der Fenriswolf an seinen Fesseln. Wann wird er sie zerreißen? Wann? Quälende Frage für alle, die die letzte Stunde der Welt zu fürchten hatten.

DIE ERSTEN ANZEICHEN DES UNTERGANGES

Aber auch auf der Erde, wo die Menschen ihre Hütten hatten und das Feld bestellten, war das nahe Ende der Welt zu spüren. Zucht und Sitte waren verfallen, die Treue galt nichts mehr. Der Sohn stand gegen den Vater auf, die Tochter ehrte die Mutter nicht und höhnte Frauenwürde und Tugend. Einer schonte den anderen nicht, und eines Mannes Rede bedeutete keines Mannes Rede mehr. Den Eid hatte man seiner Heiligkeit entkleidet, er blieb nur ein leeres Versprechen. Wen kümmerte es, daß man ihn einen Wortbrecher oder Lügner nannte? Er starb nicht daran, ja, er hatte meist nicht einmal Nachteil davon, weil alle Lebenden nicht anders waren — Götter, Riesen und Menschen.

Die Familie, die dereinst als unversehrbar galt und der Hort des Friedens und der Geborgenheit war, litt unter dem mangelnden Willen ihrer Glieder, diesen köstlichen Schatz zu pflegen und zu erhalten. Klaffende Risse spalteten diese Mauer, die ehemals unüberwindbar schien. Schrecklich wurde die Zeit, die man daher Schwertzeit, Beilzeit, nannte.

Auch die Natur entsprach ganz diesem Verhalten der Menschen. Schneestürme jagten in irrsinniger Wut über die geplagte Erde, eisige Winde heulten dahin, zerstörten die ärmlichen Hütten und Früchte der Arbeit auf dem kargen Land. Die Windzeit brach an. Sonne und Mond verlöschten, grausige Dunkelheit legte sich über den Erdball: Wolfzeit.

Ein Stöhnen klang schauernd über Feld und Flur, ein ohnmächtiges Jammern der Angst und Not, Verzweiflung und Auf-

bäumen gegen ein Geschick, das die Lebenden selbst verschuldet hatten und doch nicht aufhalten konnten.
So kündete sich der letzte Winter an, der nicht enden wollte und den Sommer gänzlich verbannt hatte.
Wie bei den Menschen, so herrschte auch bei den Riesen hellste Verzweiflung. Von Unruhe und Angst erfüllt, rannten sie hin und her und wußten nicht, was sie in ihrer Ratlosigkeit tun sollten. Mächtig stieß Heimdall an der Himmelsbrücke ins Horn, als er ihre Unrast, die auf einen baldigen Angriff schließen ließ, sah.
Die Götter schreckte er auf, und Odin befragte nochmals Mimir, wann das Ende zu erwarten sei. Die Kunde ließ ihm und den Asen keine Hoffnung mehr. Auch der Fenriswolf ahnte seine nahe Befreiung. Er riß so wild an seinen Fesseln, daß die Erde erbebte und der mächtige Weltenbaum schwankte, dessen Blätter wie im Sturmwinde rauschten.
Die Helleute rannten entsetzt zusammen. Das Aufbäumen und Toben des Wolfes, die Ratlosigkeit der Götter, die Unrast der Riesen und die lähmende Angst der Menschen bereiteten ihnen große Sorge, derer sie nicht Herr werden konnten. Erst als sich die Bande des Untiers ein wenig gelockert hatten, gab er Ruhe, und die Erschütterung der Erde hörte für kurze Zeit auf.
Aber auch die Zwerge hatten arge Not. Sie standen hilflos vor den Felswänden; denn sie fanden die Spalten und Ritzen nicht mehr, die in ihre Höhle führten. Schaurig klang ihr Jammern durch die Talgründe und Gebirgsschluchten.
Da heulte zu allem Überfluß der Höllenhund zum zweiten Male laut und schaurig auf. Und wieder tobte der Wolf, der die Stunde der Rache und das nahende Ende der Götter mit wollüstiger Freude spürte.

DER LETZTE KAMPF DER ASEN

Schließlich aber war der Tag da, an dem sich das Schicksal dieser Welt erfüllen sollte. Grausig dämmerte er aus der schwarzen, schier endlosen Nacht herauf, blutigrot färbte sich der Himmel, und eine unheimliche Stille erfüllte den Raum. Es war die Stille vor dem Sturm, die das Unheil und das Grauen ankündigte.
Dort wo die Sonne aufging, hatten sich die Riesen versammelt. Hrym führte sie an. Mächtig stand er auf dem Schiffe, den Schild sichernd vor sich gehalten und den Blick unerschrocken nach Westen gerichtet, wo der Strand von Asgard lag und wo ihn und die Seinen die verhaßten Götter erwarteten. Kraftvoll lenkte er das Schiff, das rauschend die schäumenden Wogen durchschnitt. Es schaukelte im Toben des Meeres, daß manchen Riesen das Bangen ankam. Aber wenn er dann den Blick auf den Anführer richtete, der unbeirrt auf das Ziel schaute und das Schiff mit nerviger Faust sich untertan machte, dann verflog alle Angst und alles Zaudern.
Neben diesem Leichenschiff wand sich die Riesenschlange durch die stürmische Flut. In ihrem grenzenlosen Zorn peitschte sie das Meer so gewaltig auf, daß die Wellen in haushohen Brechern an das Ufer jagten und dort das Totenschiff Naglfar aus der Verankerung rissen und auf das Meer hinaustrieben. In weitausholendem Flügelschlag schwang sich der Windadler Hräswelg empor und begleitete krächzend das Schiff. Da und dort stürzte er sich auf im Meer schwimmende Leichen herab und zerriß sie. Es war ein schrecklicher Anblick, der von Menschen nicht zu ertragen war und der auch die Riesen mit Schaudern erfüllte.

Ein anderes Schiff brauste mit windgeblähten Segeln vom Norden daher. Es trug Muspels Söhne zum Kampfe. Der Fenriswolf, der sich von seinen Fesseln befreit hatte, führte es, und Loki stand am Steuer, hoch aufgerichtet, weil seine Stunde gekommen war und er nun die Schmach vergelten konnte, die ihm die Götter angetan hatten. Der Fenrir hatte das Schwert, das ihm einst Tyr, da er seinen Arm verlor, als Keil in den Rachen gezwängt hatte, ausgespien. Noch floß zwar das Blut in Strömen aus dem wunden Rachen, dessen Oberkiefer den Himmel und dessen Unterkiefer die Erde berührte, aber das kümmerte ihn nicht. Sein Grimm war so gewaltig, daß ihn weder Blut noch Schmerz hindern konnten, gegen die Götter zu ziehen. Im Gegenteil, er hätte noch andere Qualen ertragen, wenn er das Schiff hätte beschleunigen und seinen Rachedurst noch früher hätte befriedigen können. Funken sprühten aus seinen Augen, und aus seinen Nüstern züngelten heiße Feuerflammen.

Von Süden her stürmte Surt mit knatternden Feuerwogen, sein Schwert leuchtete wie eine goldene Schlange voran, und aus allen Erdspalten und =rissen spritzte in sengender Glut rotglühende Lohe, die alles verschlang, was ihr in den Weg kam. Die Felsen stürzten zusammen, und die Bergriesen verloren das Gleichgewicht und sanken ohnmächtig auf die brennende Erde. Gähnende Öde zeichnete den Weg, auf dem das Verderben dahingerast war.

Auch in der Unterwelt wurde es lebendig. Hel machte sich auf, verließ ihr Reich und begab sich zu den Menschen, die sie in grimmiger Gier in ihren unersättlichen Schlund hinabschlang. Ein schauriges Sterben kam mit ihr über die Erde.

Auch der Himmel wurde vom Grauen überwältigt. Sengende Flammenblitze zuckten an ihm dahin, und ein ohrenbetäuben=

der Lärm durchdröhnte den Raum. Unter der Glut zerbarst die eherne Wölbung des Himmels; und als die Feuersöhne über die Regenbogenbrücke ritten, ging sie in hellen Flammen auf, zerbrach in tausend und abertausend Teile und stürzte jäh in die gähnende Tiefe. Entsetzens- und Todesschreie erfüllten die Luft.

Auf Wigrid, dem Feld vor Walhall, erwarteten die Götter ihre Feinde. Es war hundert Meilen breit und hundert Meilen lang. In blinkenden Waffen standen die Asen und die Einherier da. Entschlossenheit lag in ihren Blicken, und Kampfeswille straffte ihnen die Muskeln. Sie wußten, daß es um die Entscheidung, um Sieg oder Vernichtung ging. Unentschlossenheit und Zaudern wäre das Ende gewesen.

Der Göttervater führte sie an. Golden blitzte sein Helm mit den mächtig gewölbten Adlerflügeln in der Sonne des beginnenden Tages. Seine starke Faust umschloß den Speer Gungnir, und sein Haar flatterte im frischen Morgenwind. Immer noch stürzten Götter und Recken mit klirrenden Waffen aus den Hallen und Gemächern herbei. Auch die Göttinnen wollten nicht fehlen, wenn es um Bestand oder Untergang des Asenreiches ging.

Auf feurigen Rossen brausten die Walküren daher, schwangen die Schwerter wie Feuerblitze in der Hand und zügelten die schlachtgewohnten Pferde erst, als sie die Walstatt erreichten.

Unübersehbar war das Heer, das hier den Kampf erwartete und die Ungeduld kaum zügeln konnte. So weit der Blick reichte, sah er blinkende Waffen und feste, gewölbte Schilde, harte Keulen, scharfgeschliffene Beile, kampferprobte Speere und mancherlei Wurfgeschosse.

Lange brauchten sie nicht zu warten. Lärmend kamen die Riesen heran. Es schien, als ob sie sich mit ihrem Geschrei selber Mut machen wollten. Als sie dem Feld Wigrid nahe waren, stellten sie sich in Schlachtordnung auf und warteten auf die Ereignisse, die sich hier vollziehen sollten.

Nach altgewohntem Brauch traten die Hauptkämpfer der Götter den Führern der Riesen zum Einzelkampf gegenüber. Odin stürzte ohne Zögern auf den Fenriswolf. Aber er hatte seine Kräfte überschätzt. Das wölfische Ungetüm wich geschickt aus, sprang ihn im günstigen Augenblick von der Seite an, und der Göttervater mußte seinen Eifer mit dem Tode bezahlen. Gierig und vor Wonne stöhnend, verschlang ihn Fenrir, und Frigg, die noch nicht den Tod Baldurs überwunden hatte, brach in ohnmächtiger Trauer zusammen, da sie den Schmerz nicht ertragen konnte. Aber da stand schon Widar auf dem Plane, Feuerblitze sprühten seine Augen, und mit mächtigem Wutgeschrei warf er sich dem Untier entgegen, trat ihm mit dem Eisenschuh in den aufgerissenen Rachen und preßte mit voller Kraft den Unterkiefer des Wolfes so fest auf den Boden, daß ihm die furchtbaren Zähne nichts anhaben konnten. Mit der linken Hand aber riß er den Oberkiefer des Scheusals so hoch, daß die Kinnbacken krachten. Wehrlos mußte sich Fenrir in sein Schicksal ergeben. Mit wuchtig geführtem Stoß fuhr ihm Widars Schwert durch den Rachen ins Herz. Röchelnd brach der Wolf zusammen und gab sein elendes Leben auf.

Freyr, der Sonnengott, trat gegen Surt, den Führer der Feuerriesen an. Klirrend schlugen ihre Waffen aneinander, daß die Funken gleich einem Feuerregen auseinanderstoben. Aber Freyr hatte sein gutes Schwert, das von selbst auf den Gegner niederschlug, nicht mehr. Das besaß der Gegner. So war es vorauszusehen, daß Freyr am Ende seinem Widersacher doch unterliegen mußte. Es war ein billiger Sieg, den Surt errungen hatte,

und er brauchte sich dessen nicht zu rühmen. Freyr aber war tot, und die Götter hatten mit ihm einen tapferen Streiter verloren.
Mächtig tobte auch die Midgardschlange im Meere. Schnaubend und fauchend kam sie ans Land und fuhr, Entsetzen und Grauen um sich verbreitend, mitten unter die Recken. Thor, der einst schon mit ihr gekämpft und sie so verwundet hatte, daß sie sich in der unergründlichen Tiefe des Weltmeeres verborgen hatte, trat ihr in den Weg, der von Schrecken gezeichnet war, und fürchtete sich weder vor dem Gift, das sie ihm entgegenschleuderte, noch vor dem ekligen Gestank, den sie ausströmte. Mit Riesenkräften schleuderte er den Hammer, daß er krachend in den Schädel des Scheusals fuhr und ihn zertrümmerte. Aber Thor konnte nur noch wenige Schritte tun, dann brach er ebenfalls tot zusammen, weil er zuviel von dem Gift der Midgardschlange eingeatmet hatte. Auch das bedeutete einen unersetzlichen Verlust für die Asen. Tiefer Schmerz erfaßte die harrenden Göttinnen, und ein gewaltiger Zorn lohte in den Recken auf, die tatenlos zusehen mußten, wie das Blut der Besten den Boden Wigrids rötete.
Heimdall hatte sich Loki erkoren; denn er hatte mit ihm eine alte Rechnung zu begleichen und freute sich daher, ihn die Schärfe seiner Waffen fühlen zu lassen. Noch war der Streit unvergessen, den er einst an den Meeresklippen mit dem Ränkeschmied um das Halsband Brisingamen führen mußte, mit Loki, der sich in eine Robbe verwandelt hatte, um der gerechten Strafe zu entgehen. Jetzt war die Stunde da, in der die Niedertracht von damals ihre Sühne finden konnte. Schrecklich war Heimdall in seinem Zorn anzusehen. Kurz war der Kampf. Loki empfing den Todesstreich, aber auch Heimdall strauchelte durch die Wucht des Hiebes und stürzte in das eigene Schwert. So

mußte auch er, der weise Gott und Wächter der Himmelsbrücke Bifröst, das Leben lassen. Mit Entsetzen und Schrecken sahen es die Göttinnen und die Einherier.

Wutenbrannt stürzte sich Tyr, der seinen Kampfeseifer nicht mehr zügeln konnte, auf die Walstatt. Er suchte den Wolf, den Widar bereits erlegt hatte, um an ihm Rache zu üben. Aber er fand ihn nicht. Stattdessen hörte er das grauenerregende Heulen des Höllenhundes Garm. Sogleich wandte er sich gegen ihn; denn auch dieses Untier mußte ausgetilgt werden, da es ein ebenso gefährlicher Feind der Götter als der Fenrir war. Und obgleich er das Schwert nur mit der linken Hand führen konnte, da er die rechte seinerzeit dem Wolfe opfern mußte, schlug er so sicher und geübt wie früher, als er noch im Besitz beider Hände war. Es war ein verzweifelter Kampf, den er mit Garm auszufechten hatte. Schließlich aber blieb er doch Sieger. Röchelnd verblutete das Ungeheuer an seinen unzähligen Wunden, die ihm sein Gegner beigebracht hatte. Aber Tyr hatte so gefährliche Bisse von dem Hund empfangen, daß er den Kampf nicht lebend überstand.

Auch den Menschen auf der Erde ging es traurig genug, seitdem Thor, der Schützer und Wohltäter der Erdbewohner, den Tod erlitten hatte. Sie mußten alle die Heimat verlassen, irrten ruh- und ratlos umher, bis sie zugrunde gingen.

Trostlos war die Erde geworden, die einst mit dem Segen ihrer Felder und dem duftenden Gras ihrer Wiesen geprunkt hatte, durch deren saftgrüne Täler muntere Bäche geflossen waren und in deren Baumkronen die Vögel ihre Lieder gesungen hatten — das alles war erstorben wie die, deren fleißige Hände den Wohlstand geschaffen hatten. Ein Grauen war über die Erde gekommen, und es war Zeit, daß auch sie starb.

Noch leuchteten zwar am Himmel die Gestirne und beschienen das Elend, das Himmel und Erde bedeckte. Aber auch ihre Stunde war gekommen. Die Wölfe, die von Anbeginn Sonne und Mond verfolgten und sie bisher nie einholen konnten, kamen jetzt zum Ziele und warfen sich mit grimmiger Gier auf sie. Sonne und Mond verschwanden in den weit aufgerissenen Rachen und verlöschten. Da fielen auch die Sterne vom einst so strahlenden Himmel wie wandermüde Schwalben in das Meer. Dunkelheit kam über die Erde und hüllte alles in sich ein, was an Untaten und Schrecken geschehen war.

In all diesem Grauen richtete sich Surt mächtig auf und schleuderte das Feuer über die ganze Erde, daß es hell auflodernd alles verschlang, was ihm zum Fraße dienen mochte. Ein einziges Flammenmeer erfüllte den schaurigen Raum, selbst aus dem Innern der Erde schlug eine flammende Lohe empor und tat das ihre zur völligen Vernichtung.

Als das Feuer keine Nahrung mehr fand und versiegte, bot sich ein grausiger Anblick dar. Nicht nur alles Leben, sondern auch alles Wachstum war vernichtet. Kein Baum, kein Blatt, kein Hauch einer Lebensspur waren mehr da, und die gequälte Erde zeigte tiefe Risse und zersprungene Felsen, die Folgen der entsetzlichen Hitze. Auch die Himmelsdecke war zerklüftet; und da keine Gestirne mehr an ihr leuchteten, war sie das Abbild trostloser Leere, die erschauern machte. Ruß und Asche waren alles, was von Schönheit, Freude und Wohlstand übriggeblieben war.

Aber nun traten die Flüsse und Meere lechzend über ihre Ufer und überschwemmten mit mächtigem Brausen das geplagte Land. Von allen Seiten jagten die Wogen heran, wälzten sich über die Trümmer und die verbrannten Fluren, spülten die Risse und Spalten zu, rissen mit sich, was den Halt verloren hatte, und schwollen immer mächtiger an. Tief versank die Erde in den allesverschlingenden Fluten.

Das war das Ende – das Ende der Welt, auf der die Götter, die Menschen, Riesen und Alfen ihre Schicksale erlebt, ihre Freuden genossen, ihre Trauer beweint und sich gegenseitig in Unvernunft und Grausamkeit ausgetilgt hatten. Es war eine Welt gewesen, die nicht wert war zu bestehen, weil die Lebenden auf ihr, Hohe und Niedrige, das Heilige, das ihnen in die Hände gelegt und zur Verehrung anvertraut war, nicht zu hüten und zu nützen gewußt hatten.

Aber die Barmherzigkeit, die immer war und immer sein wird, siegte über Grauen und Vernichtung, über Undank und Rachsucht, über Meintat und Lieblosigkeit.

DIE NEUE WELT

Noch lange lag das Grauen und Entsetzen über der untergegangenen Welt. Weit dehnte sich das Meer, das alles überflutet hatte, was einst der Götter, Riesen, Menschen und Alfen Heimstatt war. Kein Lichtstrahl erhellte die Trostlosigkeit, kein Vogel schwang sich mehr durch die Weite des Himmels, der sich zerborsten und öde über die Wasser wölbte.

War es schade um die untergegangene Welt? Schade um die, die sie bevölkert, die ihre Freuden und Leiden auf ihr genossen und erduldet hatten? Es war Schicksal und Notwendigkeit, das Ende von Unwürdigkeit und Lieblosigkeit, von Sittenlosigkeit und Niedergang. Und doch war es nicht ein Ende für die Ewigkeit.

Als die Zeit da war, stieg eine neue Erde aus den Fluten empor, und wie im Morgendämmern glühte das Licht im Osten auf und übergoß das neue Land und die zurückbrausenden Wasserfluten mit dem Purpur eines neuen Tages. In mächtigen Rinnsalen strömte das Wasser hinab in die Abgründe und gab immer größere Flächen der neuen Erde frei, die von allem Unrat der Vergangenheit, von allen Aschenresten und Trümmern zerfallener Pracht gereinigt war und den Schoß zu neuer Saat und Ernte bereithielt.

In den Meerestiefen wuchsen wieder die Fische heran, die sie in Überzahl bevölkerten. Und mit weitem Flügelschlag flog der Adler aus dem Gebirge hernieder, spähte nach den Fischen und stürzte sich in sausendem Fluge herab und holte die Nahrung, die er sich erneut in die Lüfte emporschwingend, im beseligten Kraftgefühl verschlang.

Als sich die Wasser verlaufen hatten und die Berge und Hügel, die Ebenen und Talgründe sich wieder ungehindert dem Lichte darbieten konnten, sproßte auch das erste Grün auf den Wiesen, auf den Äckern wuchs das Getreide heran, und die fruchtreichen Ähren wogten erneut im leichten Winde des jungen Morgens, der sie zart und werbend liebkoste.

Und auch die Asen, die am Kampfe und an der Sittenverderbnis nicht teilgenommen hatten, waren vom mächtigen Weltenbrand verschont geblieben. Sie versammelten sich wieder auf dem Platze, wo sich einst die Götter im goldenen Zeitalter zusammengefunden hatten. Wohl waren Odin tot und viele andere, die mit ihm dereinst durch Walhalls Gefilde geschritten waren, doch lebten noch manche, die ihn früher gekannt und mit ihm gescherzt und gezecht hatten. Aber sie vereinten sich jetzt nicht mehr zu fröhlicher Tätigkeit und zu heiterem Spiele, sondern zu ernsten und schwermütigen Gesprächen, die geprägt waren von der Erinnerung an den grausigen Weltuntergang, an die entsetzliche Nacht, als die Wölfe Sonne und Mond verschlungen und sie selber mit knapper Not die schreckliche Götterdämmerung überstanden hatten. Viel erzählten sie von dem Göttervater, dessen Weisheit sie priesen und dessen Kenntnisse geheimer Dinge mit seinem Tode für ewig verlorengegangen waren. Auch bei der erdumgürtenden Midgardschlange verweilten sie lange und ließen in ihren Worten erneut die Greuel erstehen, deren sie sich schuldig gemacht hatte, und auch an Loki erinnerten sie sich, an seine Streiche und Hinterhältigkeiten. Niemand wurde vergessen von den Göttern, die einst mit ihnen zusammen gelebt hatten und nun in den Abgrund für ewig hinabgetaucht waren.

Und als sie über die neu emporgewachsene Erde hinwegschrit-

ten, fanden sie im Grase die wundersamen goldenen Tafeln wieder, mit denen sie sich einst in kindlicher Unschuld und Freude im Brettspiel geübt hatten. Wie aus Jugendtagen klang aus ihnen die Erinnerung in die Gegenwart herüber und erfüllte sie mit Wehmut und Beglückung zugleich. Was gestern war, sollte nicht vergessen sein, und das Heute bedeutete für sie einen Anfang und einen Blick in die ungewisse Zukunft, von der sie überzeugt waren, daß sie, der Vorausbestimmung nach, eine glücklichere und schönere sein sollte als die Vergangenheit, die in Feuerlohe und Wassersturz untergegangen war.
Ein Glück, daß die Sonne, bevor sie der Wolf verschlungen, noch eine Tochter geboren hatte, die strahlender und schöner als die Mutter war und mit jugendlichem Jauchzen über die Welt sprang, sie mit Glanz und Wonne erfüllt und den Göttern Lebenslust und Tatendrang verlieh. Und auch das größte Unglück, das die alte Welt betroffen hatte, der Tod Baldurs, wurde in der neuen Welt überwunden: Baldur kehrte zurück und mit ihm sein Bruder Hödur, die beide in der alten Welt nur ein kurzes Leben genossen hatten und sich nun eines neuen gesegneteren Lebens erfreuen sollten. Sie zogen ein in die Hallen und Behausungen, in denen einst die Schlachtengötter, und allen voran Odin, gelebt und gewirkt hatten. Sie waren aus der Asche neu erstanden, strahlender und größer als je zuvor. Und dort, wo einst Schwertgeklirr und Waffenübungen Feld und Raum erfüllt hatten, herrschte jetzt ewiger Friede und feierten jene Tugenden Triumphe, die zum Glücke aller Lebenden dienten. Es gab keine Gegensätze mehr, keinen Grund mehr zu Streit und Hader, jedes war des andern Freund und Helfer, niemand des anderen Herr und niemand Knecht. Aber die Götter waren auf der Hut und bereit, jeden zu vernichten, der den Frieden und die Eintracht

brechen wollte. Der Göttervater Odin war tot und blieb tot. Er konnte und durfte nicht mehr leben in einer Zeit, in der das Schwert begraben sein sollte, in der die Helden des Krieges keine Heimstatt mehr hatten, sondern nur die Künder und Bewahrer des Friedens, dem die Götter Tempel zur Heiligung und Anbetung errichteten.

Und da waren auch wieder Wili und We, die dereinst bei der Schöpfung der Welt mitgewirkt hatten. Sie bewohnten auch jetzt wieder das weite Windheim. Auch Odins Brüder Hönir und Lodur ragten als lebendige Zeugen aus grauer Vorzeit in die von Glück erfüllte Gegenwart. In ihnen waren noch die Urgeheimnisse der ersten Tage lebendig: Lodur bewahrte die der Gesundheit und des ewigen Werdens und Hönir die der Wahrsagekunst, die dem neuen Geschlechte Wegzeigung und Berater sein sollte. Beides sollte ihm zum Segen und Glücke gereichen.

Und auch Widar und Wali, die Söhne Odins, und Modi und Magni, die Söhne Thors, fanden sich in der neuen Welt ein, um mitzuhelfen, daß das gute Alte und die Erinnerung daran nicht vergessen sondern zur Lehre werde für das Neue, das sich anbahnte und im jungen Tag heranwuchs.

Über die urmächtige Vernichtung hinweg hatte sich auch der Weltenbaum Yggdrasil erhalten und in seiner Krone die Stammeltern des neuen Menschengeschlechts. Sie stiegen auf die Erde hernieder, nahmen das Land wieder in Besitz, schufen sich den Pflug und das Gerät, das sie zu ihrer täglichen Arbeit brauchten, um das Feld zu bestellen, die Wiese zu mähen und das Notwendige für die tägliche Notdurft zu erwerben. Bis alles so weit war, lebten sie vom Morgentau und vom Sonnenlicht, das nicht nur die Natur, sondern auch ihr Leben erhellte und erquickte. Sie waren genügsam, weil ihr Leben ohne Wünsche war.

Die neue Welt

Mit den meisten Göttern waren auch die Nornen untergegangen. Keine von ihnen hatte sich in die neue Welt, die ihrer nicht mehr bedurfte, hinüberretten können. Andere Wesen traten an ihre Stelle, die weniger launisch und weniger mißgünstig waren als die Vergangenen. Drei Gruppen von Mädchen ersetzten sie, Mädchen, die durch die Lüfte ritten, die Stätten der Menschen besuchten, ihre Ehen segneten und den Müttern beistanden, wenn sie ihrer bedurften. Sie wurden den Menschen nicht zum Schicksal, sondern zum Segen.

Wenn sie auch Abkömmlinge der Riesen, der alten Feinde der Götter und Menschen, waren, so hatte das in der neuen Welt keine Bedeutung mehr. Die Vergangenheit und ihre Abstammung waren vorbei und vergessen. Ihre Sorge galt nur dem Glück und Wohlstand.

Die Menschen der neuen Welt hatten mit jenen Menschen, die mit der alten untergegangen waren, nichts mehr gemein. Sie kannten weder die Lüge noch die Sorge, weder Leid noch Hoffart, weder Zank noch Friedlosigkeit. Leitstern für sie war die Hilfsbereitschaft, Beständigkeit und Treue oberstes Gebot. Sie wohnten im goldenen Saal auf Gimle, dessen Dach statt mit Schindeln mit Edelsteinen bedeckt war, die selbst die Sonne überstrahlten. Anstatt der Waffen aber, die dereinst die Wände der Halle schmückten, hingen jetzt die Zeichen des Friedens dort.

Trotz aller Beglückung, die die Menschen der neuen Welt erfüllte, lagen als Zeichen der Erinnerung an die Vergangenheit noch da und dort Leichen verstreut umher, die der Feuerbrand nicht vernichtet und die hin- und herflutenden Wasser nicht weggeschwemmt hatten. Es waren die traurigen Reste von Menschen, Riesen und Göttern. Um sie zu vertilgen, stieg Nidhögg, der furchtbare Drache, aus der dunklen Tiefe, wo er an der Wurzel des Weltenbaumes nagte und in Hels Reich die Leichen verschlang, empor und tat auch hier sein grausiges Werk. Unheimlich glänzte sein Schuppenpanzer im fahlen Licht der Nacht, und gespenstisch hoben sich die mächtigen, krallenbewehrten Flügel gegen den Himmel ab. Mit nie erlahmender Gier schleppte er die in der Götterdämmerung Getöteten hinweg und tilgte so die letzten Spuren der Vergangenheit.

Das neue Geschlecht aber ging von nun an fröhlichen Sinnes seiner Arbeit nach und harrte und harrt auf den Tag, an dem der Allgewaltige auf diese Erde herniederkommt zum höchsten Gericht. Daß er kommen wird, ist allen Lebenden Gewißheit und Richtschnur ihres Handelns und Strebens.

Ein weiterer Band dieser
Reihe ist im XENOS Verlag
unter dem Titel

Germanische Heldensagen

erschienen.

Dieses Buch zieht einen jeden in seinen Bann.

Hier sind die bekanntesten Sagen wie:
Wieland der Schmied
Walther und Hildegund
Die Nibelungensage
Dietrich von Bern
König Ortnit
Hugdietrich und Wolfdietrich
Die Gudrunsage
Die Frithjofsage
Beowulf
zu einem prachtvollen Band vereinigt und von erstklassigen Künstlern illustriert worden.

ISBN 3-8212-0110-X

SAGEN
ERZÄHLUNGEN
MYTHEN

Ein weiterer Band dieser
Reihe ist im XENOS Verlag
unter dem Titel

Deutsche Burgensagen

erschienen.

Hier hat der Herausgeber aus der Fülle des Materials die schönsten Sagen auswählen und zu einem stattlichen Buch vereinigen können.
Dieser Band wurde von Arno Reißenweber neu erzählt und von hervorragenden Künstlern neu illustriert.

ISBN 3-8212-0109-6

SAGEN
ERZÄHLUNGEN
MYTHEN

Ein weiterer Band dieser
Reihe ist im XENOS Verlag
unter dem Titel

Artus-Sagen

erschienen.

König Artus, Parzival, Gawan, Erec, Iwein, Lanzelot um nur ein paar Namen zu nennen die für das mitreißende Grundmotiv: »Brüderlichkeit, Reinheit und Treue der Ritterrunde« eintreten.

Dieser Band wurde von Ulla Leippe neu erzählt und von hervorragenden Künstlern illustriert.

ISBN 3-8212-0108-8

SAGEN
ERZÄHLUNGEN
MYTHEN

JACK LONDON

JACK LONDON

Gleichzeitig erscheint in der Jack London-Reihe bei XENOS:

Der Sohn des Wolfs, Zuvielgold
und andere Erzählungen

Der Sohn des Wolfs, Zuvielgold und andere Erzählungen – Stories rund um den Yukon, jenem sagenumwobenen Fluß hoch im Norden des amerikanischen Kontinents, wo Männer innerhalb weniger Tage ihr Glück machen konnten – und innerhalb weniger Tage oft wieder alles verloren. Erzählungen um Liebe, Habgier, Glück und Leid, packend und unvergleichlich geschrieben und oft mit jenem Schuß Humor gewürzt, der den großen Romancier ausmacht.

Jack London (1876-1916) ist zweifellos der Klassiker des großangelegten Abenteuerromans. Daß er sich auch darauf verstand, exquisite Short Stories zu verfassen, beweist das vorliegende Buch.

JACK LONDON

Gleichzeitig erscheint in der Jack London-Reihe bei XENOS:

Der Ruf der Wildnis

Der Ruf der Wildnis – immer öfter vernimmt ihn Buck, jener hünenhafte Hund, der einst verzärtelt in den Südstaaten aufwuchs und erst im hohen Norden die ihm innewohnenden Kräfte richtig einzuschätzen lernt. Nach vielen schlechten Erfahrungen mit den Menschen findet er schließlich einen Freund, für den er abgöttische Liebe empfindet. Doch eines Tages erweist sich der Ruf der Wildnis als stärker...

Jack London (1876-1916), dessen aktionsgeladene Werke schon mehrere Lesergenerationen fesselten, schuf mit **Der Ruf der Wildnis** einen Roman um einen Hund, der in den Nordländern Legende wurde.